Kapitel 1

Meine Großmutter sagt immer, das Leben sei ein bunter Strauß von Überraschungen. Nur ob sie gut oder schlecht sind, kann man sich leider nicht aussuchen. Ich für meinen Teil würde komplett darauf verzichten, aber mich fragt ja keiner.

»Hey, Keisha.« Hank streckt mir sein leeres Bierglas über den Tresen entgegen. »Zapfst du mir noch eins?«

Ich werfe einen Blick auf die Uhr über der Theke und lasse ihn weiter zu Granny wandern. Sie schrubbt bereits die eiserne Platte des alten Herdes mit einer solchen Vehemenz, als wollte sie sie durchscheuern. Für einen winzigen Moment unterbricht sie ihr Tun und schüttelt beinahe unmerklich den Kopf.

»Tut mir leid«, sage ich, nehme ihm das Glas ab und spüle es. »Wir wollen schließen.«

»Jetzt schon?«, murrt Hank, obwohl er ganz genau weiß, dass wir in der Nebensaison sonntags immer schon um acht dichtmachen. »Wird Zeit, dass die Touristen zurückkommen«, fügt er hinzu, macht aber Anstalten, sich von seinem Barhocker zu erheben.

»Ich schätze, du hattest trotzdem genug«, bemerke ich trocken. Hank quittiert es mit einem Schnauben. Auf dem Weg zur Tür schwankt er verdächtig, was meine Vermutung bestätigt, dass er ziemlich einen sitzen hat. Ich folge ihm, um hinter ihm abzuschließen.

»Ganz schön windig«, sagt Hank, klappt den Kragen seiner abgewetzten Holzfällerjacke hoch und wankt die Stufen zum Parkplatz hinunter. Die Tür schlägt krachend hinter ihm zu und ich drehe den Schlüssel zweimal, bevor ich mich wieder meiner Großmutter zuwende. Die fummelt bereits am Radio herum, um den Sender zu wechseln, und kurz darauf schwebt die Stimme von Donna Summer durch den Raum.

»Ah, besser«, sagt Granny und atmet auf. In diesem Diner gilt ein ungeschriebenes Gesetz: Solange Gäste da sind, dudelt Country, pausenlos. Die Einheimischen wollen nichts anderes hören und die Touristen erwarten es so. Schließlich gehören Tennessee und Country zusammen wie Erdnussbutter und Toast. Aber sobald der letzte Gast gegangen ist, läuft hier schwarze Musik. Jazz, Blues, Soul, R'n'B, egal. Granny ist da sehr tolerant. Nur Hip-Hop und Gangster-Rap gefallen ihr nicht, aber ich kann es ihr nicht verübeln. Diesen frauenfeindlichen Mist braucht kein Mensch.

Auf Donna folgt Whitney Houston mit I wanna dance with somebody. Das war Moms Lieblingslied, und ich sehe meiner Großmutter an, dass sie auch gerade daran gedacht hat.

»Sie fehlt mir so.« Es ist jetzt fünf Monate her, dass Mom von uns gegangen ist, aber in Momenten wie diesen vermisse ich sie schrecklich.

Granny nickt. »Mir auch. Aber findest du nicht, dass du langsam genug getrauert hast?«, fragt sie sanft. »Du bist viel zu jung, um immer nur zu Hause zu hocken, und solltest auch mal wieder mit jemandem tanzen gehen.«

»Mit wem denn? Der Einzige, der mit mir tanzt, ist der Wischmopp«, gebe ich augenrollend zurück, schnappe mir besagten Mopp und lasse einen Eimer mit heißem Wasser volllaufen. Dann fange ich in der Ecke mit den Sitznischen an. Die wischen sich nämlich nicht von allein.

Als ich meine abendliche Putzrunde fast beendet habe, erfasst eine mächtige Windböe das Diner. Die alten Holzwände ächzen, ich kann das Knacken und Ziehen sogar über die Musik hinweg hören. Nicht mal eine Sekunde später erklingt von oben ein seltsames, reißendes Geräusch, dicht gefolgt von einem Poltern. Granny und ich tauschen einen unheilvollen Blick.

»Der Sturm deckt das Dach ab«, brüllt sie mir über den Lärm hinweg zu.

Keine Ahnung, wo der so plötzlich herkam, aber kurz entschlossen fasse ich meine Großmutter an den Schultern und schiebe sie vor mir her durch die Tür zum Lagerraum. Seine Wände sind aus massivem Stein gemauert, damit die Vorräte im Sommer kühl bleiben, und außerdem liegt sein Flachdach auf der windabgewandten Seite des Hauses. Fürs Erste sind wir in Sicherheit und wie alle Südstaatler sind wir sturmerprobt. Deshalb lagern wir hier auch ein paar Schlafsäcke für Notfälle sowie zwei alte Matratzen. Sie lehnen an der Wand und ich lasse eine davon auf den Boden kippen.

Also hocken wir da zwischen Kisten mit Obstkonserven und Kondensmilch und warten, bis der Sturm weitergezogen ist. Nach nicht mal zehn Minuten ist der Spuk vorbei. Vorsichtig gehen wir hoch in unsere Wohnung, die im ersten

Stock über dem Diner liegt. Am schwersten hat es Grannys Zimmer getroffen, da fehlen ganze Teile der Dachschrägen inklusive der Gipsplatten, mit denen sie von innen verkleidet sind. Bei Mom und mir geht's, aber die Lautstärke, in der ich den Wind pfeifen höre, verrät mir, dass auf der anderen Seite der Wand nicht mehr viel vom Dach übrig sein kann.

Doch das ganze Ausmaß des Schadens wird erst am nächsten Morgen sichtbar.

Überall liegen umgestürzte Bäume und etliche Häuser im Ort haben Schäden davongetragen.

»Warum muss Gott uns so bestrafen?«, klagt Granny und knetet ihre Finger. »Erst nimmt er mir mein einziges Kind und jetzt das. Was haben wir getan, dass wir das verdient haben?«

»Ich weiß es nicht«, antworte ich mit Blick zu dem, was einst unser Dach war. So wie es von hier unten aussieht, ist nach der vergangenen Nacht nur noch die Hälfte davon übrig. »Was sollen wir jetzt tun?«

»Den Herd anheizen, was sonst?« Mit einem grimmigen Lächeln krempelt sie die Ärmel ihrer schneeweißen Bluse hoch. »In seiner gesamten Geschichte war dieses Diner nicht einen einzigen Tag geschlossen und außerdem haben die bestimmt Hunger«, fügt sie mit einem Nicken in Richtung des Übertragungswagens von BCN hinzu, der mitten auf dem Mainsquare parkt. Daneben steht ein Reporter und interviewt gerade Bürgermeister Patton.

Ich bahne mir einen Weg über unseren Parkplatz, um zuzuhören, und stelle mich an den Rand des Grüppchens, das sich bereits gebildet hat.

»Es war ein Tornado«, sagt Mr. Patton. »Er ist die Hauptstraße entlanggezogen und muss dann über dem See in sich zusammengefallen sein. Aber er kam aus heiterem Himmel, es gab keine Vorzeichen oder Warnungen.«

Der Reporter faselt irgendwas von Wetterphänomen

und unglücklichen Umständen. Warme Luftmassen, die vom Golf von Mexiko heraufgezogen seien und sich mit den Fallwinden aus den eisigen Höhen der Smoky Mountains vermischt haben. Nur ein Zufall, eine Laune der Natur. Doch sie könnte uns unsere Existenz kosten, denn finanziell steht uns das Wasser sowieso schon bis zum Hals. Ich spüre, wie meine Kehle eng wird, und schlucke. Verstohlen hebe ich meine Brille an und wische mir über die Augen.

»Kopf hoch, das wird schon wieder«, sagt Noah, der plötzlich neben mir steht. Der Anblick seiner Polizeiuniform hat irgendwie etwas Beruhigendes. Nur einen Moment später taucht auch schon sein bester Freund und Kollege Ryan auf und schleppt eine Leiter heran.

»Zu dumm, dass James nicht da ist.«

»Ist er nicht?«, frage ich entgeistert. James ist der einzige professionelle Zimmermann im Ort.

Ryan schüttelt den Kopf. »Nein, er und Penny sind vorgestern in die verspäteten Flitterwochen geflogen. Zwei Wochen Bahamas«, setzt er zur Erklärung hinzu.

»Da wäre ich jetzt auch lieber«, sage ich und seufze schwer. Sonne, Strand, kristallklares Wasser und ein Drink mit einem Cocktailschirmchen. Ja, das hätte was.

»Wir haben eine Plane hinten im Wagen«, sagt Noah und zeigt mit dem Daumen über die Schulter zu seinem Pick-up. »Damit können wir das Dach zumindest vorläufig abdecken, damit es nicht reinregnet.«

Dankbar lächele ich die beiden an. »Ihr seid die Besten.«

»Ich weiß«, sagt Ryan grinsend. »Und du darfst deine Dankbarkeit später gern in Form eines kostenlosen Spezialfrühstücks zum Ausdruck bringen.«

»Worauf du dich verlassen kannst«, gebe ich zurück und gehe rein, um Granny zu helfen. Während ich mir meine Schürze umbinde, fällt mir wieder mal auf, welch unverschämtes Glück wir haben, im Happy Valley zu leben. Hier im Tal hilft jeder jedem, das ist Ehrensache. Trotzdem, dass James und Penny nicht da sind, ist saublöd. Ich kann nur hoffen, dass die Plane so lange hält, bis sie zurückkommen. Sonst kriegen wir ein echtes Problem.

Kapitel Zwei

Ich steige aus dem Pick-up und nehme einen tiefen Atemzug. Die Luft ist frisch und klar nach dem Sturm vergangene Nacht, sie schmeckt nach Freiheit. Dad öffnet die Haustür und ich folge ihm hinein. Mom steht an der Spüle, mit dem Rücken zu mir.

»Hallo, Brad«, sagt sie tonlos und als sie sich umdreht, wünschte ich, sie hätte es nicht getan. Ihr enttäuschter Blick sagt alles, ich kann ihr kaum in die Augen sehen.

Der Einzige, der sich freut, dass ich wieder da bin, ist der Hund. Spike erhebt sich mühsam von seiner Decke in der Ecke und trottet zu mir rüber.

»Na, Alter?«, sage ich und tätschele seinen breiten Schädel. »Ich gehe kurz ins Clubhaus«, setze ich an meine Eltern gewandt hinzu, weil ich es hier nicht aushalte. Dad brummt was Unverständliches und nickt.

Der Schotter, mit dem unsere löcherige Einfahrt notdürftig geflickt ist, knirscht unter den Sohlen meiner Boots, als ich die paar Schritte rüber zum *Murphy's Law* gehe.

Es ist nicht wirklich ein Clubhaus. Nur eine schäbige Bar, in der die *League of their own* ihren Stammsitz hat, wie der Aufkleber mit dem Logo des Motorradclubs auf der Eingangstür verrät. Wir spielen in unserer eigenen Liga. Wer nicht dazugehört, sollte also besser nicht herkommen.

Ich straffe die Schultern und trete ein. Sofort umfängt mich der vertraute Geruch von schalem Bier und kaltem Rauch, der noch von gestern Abend in der Luft hängt. Das Rauchverbot interessiert hier kein Schwein, sollen die Bullen doch kommen und was sagen, wenn sie sich trauen.

Steve steht hinter der Theke, wie immer. Als er mich bemerkt, gleitet ein breites Grinsen über sein Gesicht.

»Hey Brad«, sagt er. »Schaut mal, Leute, wer wieder da ist.«

Um die Mittagszeit ist nur eine Handvoll Gäste hier, die Arbeitslosen und Säufer. Also die üblichen Verdächtigen. Sie versammeln sich um mich und klopfen mir anerkennend auf die Schulter, als wäre ich ein Held, der von einem Kriegseinsatz zurückgekehrt ist. Doch das Einzige, woran ich denken kann, ist der enttäuschte Blick in den Augen meiner Mutter.

»Seit wann bist du draußen?«, will Steve wissen.

»Seit heut Morgen, aber nur auf Kaution bis zur Verhandlung.« Zweieinhalb Wochen Aufschub. Wenn es schlecht läuft, werde ich für verdammt lange Zeit hinter Gittern verschwinden. Die vier Wochen, die Dad gebraucht hat, um die Kautionsgebühr aufzutreiben, haben mir einen ziemlich deutlichen Vorgeschmack darauf gegeben, was mich erwartet. Das ist das Letzte, was ich will, um genau zu sein. Aber es sieht nicht gut für mich aus, gar nicht gut.

»O Mann, eure Aktion war so cool«, sagt Kenny und strahlt mich aus wässrig-blauen Augen an. Er ist einer der *Prospects*, Anwärter auf eine Mitgliedschaft im Club und ein schrecklicher Arschkriecher.

Wut lodert in mir auf, heiß und glühend. Ich packe Kenny am Kragen seines Holzfällerhemds und ziehe ihn zu mir hoch, bis er auf Zehenspitzen steht und unsere Nasen sich fast berühren.

»Halt deine Schnauze«, zische ich durch meine zusammengebissenen Zähne. »Die Aktion war nicht cool, sondern hat uns erst in diese Scheißsituation gebracht.«

Kenny wird bleich. »Ich ... ist ... schon gut«, stammelt er. Am liebsten würde ich ihm seine dämliche Fresse polieren, aber er war noch nie der Hellste. »Tut mir leid, Boss.«

»Boss?«, frage ich irritiert und löse meinen Griff.

»Na, du weißt schon, jetzt wo die anderen ...« Kenny bricht ab und zuckt mit den Schultern.

So langsam dämmert mir, was er meint. Der gesamte Vorstand sitzt im Knast, und da ist er wohl auf die Idee gekommen, dass ich den Platz einnehme.

»Vergesst es«, sage ich entschieden und werfe einen Blick in die Runde. »John ist der Chef und das wird er auch bleiben, ist das klar?«

»Klar«, sagt Kenny betreten und blickt auf seine Fußspitzen. »Ich dachte nur, solange John ...«

»Er ist unser Anführer«, unterbreche ich ihn heftig. »Wir sollten jetzt hinter ihm stehen. Unsere Loyalität beweisen, indem wir zu ihm halten. Das ist die Ehre der League, schon vergessen?«

Kenny schüttelt hektisch den Kopf. »Nein, natürlich nicht, du hast Recht.«

»Ich weiß«, sage ich nachsichtig. »Wir haben Treue geschworen und gemeinsam stehen wir das durch. Das sind wir John schuldig.« Zustimmendes Nicken und Gemurmel. Außerdem wäre es nicht gerade förderlich für meine eigene Verhandlung, wenn sie mich übergangsweise zu ihrem Chef erklärten. Das würde mit Sicherheit kein gutes Licht auf mich werfen.

»Jetzt beruhigt euch erst mal alle«, lenkt Steve ein. »Lasst uns lieber darauf anstoßen, dass Brad wieder da ist.«

Er schiebt mir eine Flasche Budweiser über die Theke zu. »Hier, geht aufs Haus, zur Feier des Tages.«

Erleichtert über den Themenwechsel trinke ich einen großen Schluck. Das Bier ist eiskalt und rinnt frisch durch meine Kehle. Ich hätte nicht gedacht, dass man so schnell lernt, solche Kleinigkeiten wieder wertzuschätzen. Nach vier Wochen Knast schmeckt es einfach nur gigantisch.

»Aber den Rest bezahlst du noch, damit das klar ist.« Steve kramt einen Zettel aus der Schublade unter der Theke. »Ihr seid ja einfach abgehauen«, schiebt er nach. »Hast du Geld?«

Ich hebe die Hände in einer Geste, die alles und nichts bedeuten kann. »Wie viel ist es denn?«

»Du schuldest mir siebenundachtzig Dollar.«

»Was?«, frage ich entgeistert.

Steve zuckt mit den Schultern. »Du hattest neun Bier und eine ganze Flasche Whiskey. Dafür habe ich dir schon einen Sonderpreis gemacht«, fügt er hinzu.

»Okay ...«, sage ich gedehnt und lasse mich auf einen Barhocker sinken. Kein Wunder, dass ich mich an nichts mehr erinnern kann.

»Weiß Tracy schon, dass du wieder draußen bist?«, will Steve augenzwinkernd wissen.

»Nein, noch nicht«, entgegne ich. Aber gute Idee eigentlich. Mir platzen bald die Eier. Vielleicht sollte ich sie anrufen und ihr Bescheid geben. Andererseits taucht sie vermutlich spätestens heute Abend sowieso hier auf. Bis dahin kann ich genauso gut dableiben und mich volllaufen lassen. Ich setze die Flasche an und halte inne. Eigentlich hatte ich mir ja geschworen, nie wieder was zu trinken. Weil es mich zu jemandem macht, der mir fremd ist und der ich nicht sein will. Plötzlich habe ich keinen Durst mehr.

»Wie geil!«, ruft Kenny. »Den Niggern in Heavenfield hat's das Dach weggeweht.«

»Wem?«, frage ich.

»Na, den Niggerweibern vom Diner, drüben in Heavenfield«, sagt er und deutet mit einem breiten Grinsen zum Fernseher über der Theke.

»Ah, das kenne ich.«

Tornado wütet über Heavenfield lautet die Schlagzeile passend zu den Bildern vom frühen Morgen. Die Kamera schwenkt über den zentralen Platz des Ortes und zeigt zwei Frauen. Sie stehen mit dem Rücken zum Zuschauer und blicken hoch zum Dach. Auch wenn man ihre Gesichter nicht erkennen kann, spricht ihre Körperhaltung Bände.

Ich weiß selbst nicht genau, warum, aber im Gegensatz zu Kenny empfinde ich keine Schadenfreude bei dem Anblick, sondern Mitleid. Ich kann auf den kurzen Sequenzen nicht erkennen, wie groß der tatsächliche Schaden ist, dazu müsste ich mir das mal aus der Nähe anschauen.

Einem plötzlichen Impuls folgend stehe ich auf.

»Wo willst du hin?«, fragt Kenny verständnislos. »Ich dachte, wir trinken einen.«

»Später«, entgegne ich knapp. »Ich muss zu meinem Kautionsagenten.«

Eigentlich soll ich mich erst ab morgen früh täglich bei ihm melden, um unter Beweis zu stellen, dass ich nicht abgehauen bin.

Steve zwinkert mir zu. »Soll ich Tracy sagen, dass du wieder da bist, wenn sie auftaucht?«

»Nein, lass nur.« Ich schüttele den Kopf. »Wird sie schon merken.«

»Alles klar«, sagt Steve mit einem wissenden Grinsen.

Einen Scheiß weiß er, aber ist ja auch egal. Ich zwinge mich zur Ruhe, als ich zurück nach Hause gehe.

Dad sitzt mit einem Bier vor dem Fernseher.

Ich blättere durch das Notizbuch auf dem Küchentresen, in dem wir normalerweise alles eintragen. Die meisten Termine sind durchgestrichen.

»Haben wir keine Aufträge?«

Er wirft mir einen kurzen Blick zu und hebt die Schultern. »Alle abgesprungen«, brummt er und richtet seine Aufmerksamkeit wieder auf den Bildschirm.

»Warum hast du dich nicht um neue gekümmert?«

»Wie denn?«, knurrt Dad und diesmal sieht er mich länger an. »Ich hatte genug damit zu tun, deinen Arsch aus dem Knast zu holen.«

»Wie hast du die Gebühr für die Kaution bezahlt?«

»Zusammengekratzt«, antwortet Dad wortkarg.

Na großartig! Er hat sich die fünfzehntausend Dollar also bei irgendwelchen Leuten geliehen. Keine Ahnung, wie wir das wieder abstottern sollen, wenn kein frisches Geld reinkommt. Aber immerhin habe ich jetzt Zeit, das ist zumindest etwas.

»Bin heut Abend zurück«, sage ich und schnappe mir die Schlüssel des Transporters.

»Wohin willst du?«

»Na, wohin wohl? Ein paar Baustellen abklappern, vielleicht findet sich kurzfristig was, wo wir mit anpacken können.«

Mein Vater reagiert noch nicht mal darauf. Aber in diesem Fall ist mir das auch gar nicht so unrecht. Ich weiß ja selbst nicht, warum ich ins Auto steige, um nach Heavenfield zu fahren. Dabei darf ich die Stadt eigentlich nicht verlassen. Aber auf eine seltsame Weise, die ich mir nicht erklären kann, habe ich das Bedürfnis zu helfen. Als ob ich damit irgendwas wiedergutmachen könnte ...

Kapitel Drei

Dreieinhalb Stunden später sind Noah und Ryan fertig und klettern die Leiter wieder runter.

»Und, wie sieht's aus?«, frage ich ungeduldig.

Noah legt den Kopf schief. »Ganz ehrlich?«, fragt er.

»Natürlich, was denn sonst?«

»Nicht gut«, sagt er langsam. »Fürs Erste wird es wohl halten, aber beim nächsten Sturm sehe ich schwarz. Ihr müsst das Dach decken lassen, so schnell es geht. Aber ich fürchte, das wird nicht ganz billig.«

Mir rutscht das Herz in die Magengrube. »Meinst du?«

»Die Reparatur kostet sicher ein paar hundert Dollar«, sagt Noah düster und mir wird schlecht.

»Das können wir uns nicht leisten«, sage ich leise. Uns steht das Wasser sowieso schon bis zum Hals. Das Einzige, was von meiner Mutter geblieben ist, sind Erinnerungen und ein Berg unbezahlter Krankenhausrechnungen.

»Mach dir keine Sorgen, Keisha«, sagt Noah sanft und drückt meinen Arm. »Irgendwie kriegen wir das schon hin.«

Die mitfühlende Geste ist zu viel für mein eh schon angespanntes Nervenkostüm. Zum zweiten Mal an diesem

Morgen verliere ich beinahe die Fassung, blinzele gegen die Tränen an und wische mir verstohlen über die Augen.

»Schon okay«, sagt Noah und lächelt schief. »Wenn ihr irgendwas braucht, wir sind für euch da«, setzt er mit fester Stimme hinzu und Ryan nickt bekräftigend.

»Danke«, schniefe ich. Ich weiß ihre Hilfsbereitschaft wirklich zu schätzen, aber sie ändert nichts an meinem eigentlichen Problem. Ich muss irgendeinen Weg finden, das Geld aufzutreiben, sonst sind wir geliefert. Das Diner ist alles, was wir haben, und von irgendwas müssen Granny und ich leben.

Ich fahre ja nur mal schauen, rede ich mir während der gesamten Fahrt ein. Doch mit jeder Meile, die ich meinem Ziel näher komme, zweifle ich, ob es eine so gute Idee war.

Noch ist nichts passiert, ich kann jederzeit umdrehen. Nach einer weiteren Kurve öffnet sich der Blick auf das Happy Valley und raubt mir einen Moment den Atem. Es wirkt wie aus einem Märchen. So schön, dass es fast schon kitschig ist. Das Tal liegt geschützt, zur einen Seite durch die sanften Hügel der Foothills, zur anderen durch die eisigen Höhen der Smoky Mountains. Doch genau das ist ihm gestern Nacht zum Verhängnis geworden. Jetzt sieht es wieder so friedlich aus, als ob nichts gewesen wäre. Das Wasser des Lake in the Sky funkelt in der Frühlingssonne. Ich war ewig nicht hier und frage mich, wieso. Eigentlich wäre es eine ganz schöne Strecke zum Motorradfahren, im Sommer genau richtig für einen kurzen Ausflug an den See. Als Kind bin ich manchmal mit meinen Eltern hergekommen, und ich erinnere mich daran, dass wir sogar mal Tretboot gefahren sind. Da war ich fünf oder sechs und Jenna noch ganz klein, sie konnte gerade erst laufen. Alles scheint so perfekt, wie auf einer Postkarte, von einigen umgeknickten Bäumen am Straßenrand mal abgesehen. Der Sturm muss hier voll durchgezogen sein wie durch einen Tunnel. Überall sehe ich Männer mit Motorsägen und die Straße nach Heavenfield ist zum Glück bereits wieder passierbar. Ich folge der Main Road durch den Ort und erkenne mein Ziel schon von Weitem. Die grüne Plane auf dem Dach weist mir den Weg zum Diner.

Als ich auf den Parkplatz biege, sehe ich auch die Frau aus dem Beitrag im Fernsehen. Sie steht mit dem Rücken zu mir neben zwei Polizisten, bei deren Anblick sich meine Eingeweide zusammenziehen. Früher hatte ich nie Angst vor den Bullen, eher sie vor uns. Aber das hat sich seit der verhängnisvollen Nacht und der anschließenden Zeit im Gefängnis grundlegend geändert.

Ich parke den Transporter und warte, bis die Cops gegangen sind. Sie schlendern gemächlich zur Polizeistation auf der anderen Seite des Platzes. Dann sehe ich mir im Rückspiegel in die Augen und atme einmal tief durch, bevor ich aussteige und zu ihr rübergehe. Sie steht immer noch da und sieht hoch zum Dach, hat mich noch nicht bemerkt.

»Entschuldigung«, sage ich und sie wirbelt zu mir herum. Ihre Haut hat die Farbe von Milchkaffee und die Locken des Afros umrahmen ihren Kopf wie die Mähne eines Löwen, verleihen ihr etwas Wildes. Doch ihre Gesichtszüge sind sanft, mit hohen Wangenknochen und vollen, sinnlichen Lippen. Die dunklen Augen wirken riesig hinter den dicken Gläsern der Hipsterbrille. Wenn sie das Ding absetzt, ist sie vermutlich blind wie ein Maulwurf.

»Ja?«, fragt sie, und ich erinnere mich daran, warum ich hergekommen bin.

»Ich hab gehört, Sie können Hilfe gebrauchen«, sage ich und zeige Richtung Dach.

»Ja, schon.« Sie nickt langsam und runzelt die Stirn. »Aber woher wissen Sie …?«

»Kam vorhin im Fernsehen, und da dachte ich, ich schau mal vorbei und sehe mir die Sache an. Ich bin Zimmermann«, setze ich zur Erklärung hinzu und zeige mit dem Daumen über die Schulter zum Transporter.

Sie blickt ungläubig zwischen mir und dem Wagen hin und her. Dann hellt sich ihre Miene auf.

»Sie schickt der Himmel«, sagt sie und ein erleichtertes Lächeln gleitet über ihr Gesicht.

Da wär ich mir nicht so sicher, denke ich, verkneife mir aber einen Kommentar und komme zurück auf das Wesentliche.

»Darf ich mir das mal aus der Nähe ansehen?«

»Klar.«

»Warten Sie, ich hol nur schnell meine Leiter.«

»Wir haben eine«, sagt sie und deutet auf das wacklige Holzding, das an der Wand des Anbaus lehnt. Keine zehn Pferde kriegen mich da rauf.

»Lassen Sie nur, ich habe Profi-Equipment«, sage ich mit einer großspurigen Geste und gehe rüber zum Transporter. Als ich jedoch die Hecktür öffne, bemerke ich, dass die vierfach ausziehbare Aluleiter nicht da ist, wo sie eigentlich sein sollte.

»Verdammt, Dad«, murmele ich gereizt. Wie kann man nur so bescheuert sein? Wenn er sie zu Hause gebraucht hat, hätte er sie einfach wieder einladen können, aber nein. Jetzt stehe ich da wie der letzte Depp. Entnervt knalle ich die Tür zu und wende mich mit einer entschuldigenden Geste an die Frau. »Sorry, sie muss noch auf der anderen Baustelle stehen. Ich nehme einfach Ihre, okay?«, schlage ich vor, bevor ich mich noch vollends zum Affen mache.

»Ja, äh, klar ...«, sage ich, immer noch reichlich verdutzt. Keine Ahnung, wo der Typ so plötzlich herkam. Laut der Aufschrift auf der Seite des Transporters ist er aus Maryville, zumindest hat da die Firma ihren Sitz, für die er arbeitet. Vielleicht ist es auch seine. Jedenfalls habe ich ihn vorher noch nie gesehen. Daran würde ich mich erinnern. Er ist groß und kräftig, seine Beine stecken in derben Boots und verwaschenen schwarzen Jeans. Dazu trägt er eine gefütterte Fliegerjacke in einem glänzenden Schilfgrün. Mit der rechten Hand streicht er sich durch sein nussbraunes Haar, und der Blick, mit dem er mich ansieht, ist aufrichtig und ehrlich. Trotzdem frage ich mich immer noch, wo der Haken an der Sache ist. Kein Fremder taucht einfach so auf und bietet seine Hilfe an. Aber eigentlich kann es mir auch egal sein. Hauptsache er kümmert sich um unser Dach.

»Also, äh, ich geh dann mal ...«, sagt er und deutet zum Haus.

Ich sehe ihm nach und betrachte seinen schmalen Hintern in den engen Jeans, während er die Leiter erklimmt. Routiniert nimmt er die letzten zwei Sprossen, schwingt ein Bein über die Kante des Flachdachs und verschwindet dann aus meinem Blickfeld.

Ungeduldig trippele ich von einem Fuß auf den anderen, während von oben ab und zu mal ein kurzes Hämmern und Klopfen erklingt. Nach ein paar Minuten taucht er wieder auf und sieht zu mir runter.

»Und, was meinen Sie?« Vor Anspannung halte ich die Luft an.

Er wiegt den Kopf hin und her. »Schwer zu sagen. Ich wollte nicht überall die Plane lösen und druntergucken. Aber ich schätze mal, so um die viertausend Dollar.«

»Viertausend Dollar?«, keuche ich entsetzt.

»Ja, aber es ist nur eine grobe Schätzung.«

Noah hat nur von ein paar hundert gesprochen. Der

will mich doch verarschen. Vielleicht ist er genau deshalb hier: um unsere Notlage auszunutzen.

Argwöhnisch blicke ich ihn an. »Sind Sie sicher?«

»Kommen Sie hoch und schauen Sie selbst, wenn Sie mir nicht glauben«, sagt er.

Eigentlich habe ich Höhenangst und die Leiter macht nicht gerade den stabilsten Eindruck. Aber hier geht es um verdammt viel Geld.

Todesmutig setze ich den Fuß auf die erste Sprosse, doch meine Knie zittern, als ich sie erklimme. Jetzt bloß nicht nach unten sehen, rede ich mir zu und steige weiter. Cool bleiben, einen Schritt nach dem anderen. Als ich das Ende der Leiter erreicht habe, streckt er mir die Hand entgegen und hilft mir über die Kante. Mein Herz klopft mir bis zum Hals und ich weiß nicht, ob es an der Aufregung liegt oder an der Tatsache, dass er immer noch meine Hand festhält. Mit einer brüsken Bewegung entziehe ich sie ihm.

»Geht schon, danke«, murmele ich.

»Wenn man einmal oben ist, ist es gar nicht so schlimm«, sagt er. »Und man hat eine fantastische Aussicht«, fügt er mit einer ausladenden Geste über den See und die schneebedeckten Gipfel der Berge hinzu.

»Ich weiß«, bemerke ich trocken und deute auf die Gaube, hinter der sich mein Zimmer befindet. »Ich genieße sie jeden Tag.« Ich habe auch schon oft auf dem Dach gesessen, aber normalerweise steige ich aus dem Fenster.

»Hm«, macht er und wirkt auf einmal verlegen. Mit einer knappen Handbewegung lenkt er meine Aufmerksamkeit auf den eigentlichen Grund, aus dem wir hier sind.

»Auf dieser Seite sieht es nicht so wild aus, aber das täuscht. Sehen Sie das dort oben am First? Das ist alles locker und die andere Seite des Dachs beinah komplett abgedeckt«, sagt er und deutet auf die Plane.

»Darunter ist alles weg?«, frage ich entgeistert.

Er nickt. »Ja, soweit ich das sehen konnte, schon. Der Wind hat nicht nur die Dachschindeln und die Latten weggerissen, sondern auch Teile der Lattung darunter, die das Ganze trägt.«

»Shit«, murmele ich leise.

»Die viertausend Dollar sind nur eine grobe Schätzung. Nageln Sie mich nicht drauf fest«, schiebt er schnell nach. »Das ist schon ein absoluter Freundschaftspreis, günstiger bekommen Sie das definitiv nirgends.«

»Wir sind aber keine Freunde«, bemerke ich und sehe ihn von der Seite an. »Wieso sollten Sie mir also einen Sonderpreis machen?« Ich werde das Gefühl nicht los, dass der mich über den Tisch ziehen will.

»Weil Sie Hilfe brauchen, oder etwa nicht?«, sagt er und sieht mich eindringlich an. »Es muss gemacht werden, sonst hebt Ihnen beim nächsten Sturm das gesamte Dach ab.«

Er hat Recht, aber trotzdem, das muss ich erst mal sacken lassen.

»Sie sollten auch nicht zu lange damit warten«, fügt er mit Blick auf die Abdeckplane hinzu. »Ich schätze mal, der Wind hat bereits genug angerichtet. Aber wenn das irgendwo undicht wird, läuft Ihnen beim nächsten Regen das ganze Wasser in die Dämmung und dann können Sie alles neu machen.«

»Okay.« Ich gebe mich geschlagen und hebe in einer hilflosen Geste die Hände. »Wann können Sie anfangen?«

»Gleich morgen früh«, sagt er und sein warmes Lächeln hat etwas Beruhigendes. Verlass dich auf mich, sagt dieses Lächeln, wir kriegen das schon wieder hin, du kannst mir vertrauen. Trotzdem zögere ich einen Moment, bevor ich ihm die Hand hinstrecke.

»Also schön, Sie haben den Auftrag.«

»Abgemacht Miss ... äh?« Er sieht mich fragend an.

»Williams«, sage ich. »Keisha Williams.«

»Brad Turner«, sagt er und schlägt ein.

Irgendwie ist mir schon viel leichter ums Herz. Jetzt darf ich bloß Granny schonend beibringen, dass wir viertausend Dollar brauchen. Aber erst mal muss ich irgendwie einen Weg finden, wieder vom Dach zu kommen. Normalerweise klettere ich durch mein Fenster raus und rein, aber das ist jetzt natürlich verschlossen. Als ich hochgestiegen bin, habe ich das nicht bedacht. Beim Blick in die Tiefe schlägt mein Magen einen doppelten Salto.

»Warten Sie, ich zeig es Ihnen. So, sehen Sie?«, sagt er, dreht sich rum und schwingt ein Bein auf die Leiter. Dann kommt er zurück, um mir den Vortritt zu lassen. »Ihnen kann nichts passieren«, sagt er. »Ich halte die Leiter fest. Oder soll ich vorgehen und unten auf Sie warten?«

»Nein«, sage ich und schüttele hektisch den Kopf. Wenn ich alleine hier oben stehe und da runtermuss, kann ich für nichts garantieren, da ist es mir so rum lieber. Mir schlottern die Knie, als ich die Bewegung imitiere, die er mir gerade vorgemacht hat, und den Fuß auf die oberste Sprosse setze.

»Gut, nun den anderen«, verlangt er und ich komme seiner Aufforderung nach. »Sie schaffen das schon«, spricht er mir Mut zu und hockt sich hin, um wie versprochen die Leiter festzuhalten, während ich mich vorsichtig einen Schritt nach unten taste. Jetzt sind unsere Gesichter auf einer Höhe und ich blicke direkt in seine Augen. Sie haben die gleiche Farbe wie seine Jacke. Ein sanftes Schilfgrün, mit goldenen Sprenkeln.

»Na bitte, es geht doch«, sagt er und lächelt. »Das erste Mal ist immer am schlimmsten. Aber Sie werden sehen, es wird immer leichter, und irgendwann denken Sie gar nicht mehr groß drüber nach. Das ist wie beim Autofahren.«

»Hmm«, mache ich und verkneife mir einen Kommentar. Was meint er denn, wie oft ich in Zukunft vorhabe, die Leiter zu nehmen, wenn ich aufs Dach will? Für meinen Geschmack war das absolut ausreichend und es wird eine einmalige Erfahrung bleiben.

Als ich endlich wieder festen Boden unter den Füßen habe, atme ich auf. Er folgt mir flink wie ein Affe und dreht sich zu mir um.

»Dann bis morgen, Miss Williams«, sagt er, und ich weiß nicht, ob es an der überstandenen Angst liegt oder an dem Blick, mit dem er mich ansieht. Meine Knie fühlen sich immer noch an wie Gummi.

Kapitel Vier

Während ich zurück nach Maryville fahre, denke ich darüber nach, was gerade passiert ist.

»Was soll schon passiert sein, du Idiot?«, sage ich zu mir selbst. Ich habe bloß einen Auftrag angenommen, mehr nicht. Einen, bei dem ich möglicherweise sogar noch Geld drauflegen werde. Ich weiß, dass ich damit das, was in dieser Nacht passiert ist, nicht ungeschehen machen kann. Aber irgendwie fühlt es sich an, als wäre das meine Chance, die Dinge wieder geradezurücken, die aus der Bahn geraten sind.

Aus den mickrigen Boxen des Transporters dröhnt der aggressive Sound der Band Five Finger Death Punch. Normalerweise stehe ich voll auf den Song, aber plötzlich sehne ich mich nach Ruhe. Entnervt schalte ich das Radio aus und verbringe den Rest der Fahrt in Stille.

»Wir haben einen Auftrag«, lasse ich Dad wissen, als ich nach Hause komme.

»Gut« ist alles, was er dazu sagt. »Gehst du noch weg?«

Was ist das für 'ne bescheuerte Frage? Früher hat es ihn auch nie interessiert, ob ich da bin oder nicht.

»Nein«, sage ich. »Ich bin müde und will morgen fit sein.«

Dad sieht mich an, als hätte ich nicht alle Latten am Zaun. »Es ist kurz vor drei«, stellt er fest.

»Na und? Du sitzt doch auch bloß vor dem Fernseher. Ich hab einfach keinen Bock, okay?« Im Kühlschrank finde ich ein eingeschweißtes TV-Dinner. Käsemakkaroni mit Chicken Nuggets. Kinderessen. Das liebe ich, seit ich ein kleiner Junge war. Passt ja zu jemandem, der mit achtundzwanzig noch bei seinen Eltern wohnt, denke ich mit einem kleinen Schnauben und schiebe es in die Mikrowelle. Bis vor ein paar Wochen habe ich mich immer für einen coolen Typen gehalten, aber jetzt weiß ich, dass ich das nicht bin. Ich bin Abschaum, der letzte Dreck, mit dem man sich besser nicht abgibt.

Das schrille Piepen des Timers verkündet, dass mein Essen heiß ist. Ich ziehe die Folie ab und werfe sie in den Müll, bevor ich das Plastiktablett mit zum Tisch nehme. Lustlos stochere ich in den pampigen Makkaroni herum, aber nach ein paar Bissen ist mir der Appetit vergangen.

Granny sieht mich prüfend an. »Und der Kerl ist einfach so aufgetaucht?«

Ich nicke. »Wenn ich es dir doch sage. Plötzlich stand er da und hat gefragt, ob wir Hilfe brauchen.«

»Der will uns doch über den Tisch ziehen«, knurrt Granny, schält in Rekordzeit eine weitere Kartoffel und befördert sie zu den anderen in den Topf. Sie käme nie auf die Idee, gekauftes Püree zu servieren. Es wird immer frisch gekocht, und sie stampft die Kartoffeln von Hand, bevor sie einen Becher Sahne und einen ordentlichen Klecks Butter hineinrührt.

»Das dachte ich auch erst«, gebe ich zurück. »Aber er hat gesagt, er würde uns einen Freundschaftspreis machen.«

»Wieso sollte er das tun?« Granny funkelt mich herausfordernd an. »Ich verrate dir was«, sagt sie, wirft einen kurzen Blick rüber zu Hank an der Theke und senkt die Stimme. »Kein Weißer hat je einem Schwarzen was geschenkt.«

»Granny!«, zische ich.

»Ich sag nur, was ich denke«, sagt Granny und zuckt mit den Schultern. »Diesen Kerl nehme ich morgen früh erst mal unter die Lupe. Mir kann der nichts vormachen und mich für dumm verkaufen.«

»Danke«, bemerke ich säuerlich, doch meine Großmutter hat die kleine Spitze gegen mich anscheinend noch nicht mal mitbekommen. Vielleicht bin ich auch einfach zu empfindlich. Sie kann manchmal äußerst direkt sein und sagt immer freiheraus, was ihr gerade durch den Kopf schießt. Man sollte also nicht jedes ihrer Worte auf die Goldwaage legen. Ihre Menschenkenntnis ist unübertroffen, das muss ich ihr lassen.

Trotzdem, auf mich hat dieser Brad einen aufrichtigen Eindruck gemacht, und ich glaube nicht, dass ich mich getäuscht habe. Außerdem haben wir eh keine andere Wahl, solange James nicht da ist.

Ich verziehe mich in mein Zimmer. Der ehemals vertraute Geruch darin ist mir fremd geworden. Nach der Zeit im Knast ist die Luft abgestanden und schal. Ich reiße das Fenster auf und lasse mich aufs Bett fallen. Mom hat das Bettzeug gewechselt. Der Duft von Weichspüler steigt mir in die Nase und der angeraute Flanellbezug vermittelt mir ein Gefühl von Geborgenheit, die jemand wie ich nicht verdient hat. Von draußen wehen die Stimmen der Nachbarskinder herein, die sich im Garten über irgendwas streiten. Ich liege auf dem Rücken und starre die Wand an, an der immer noch die gleichen alten Poster hängen wie früher. Von irgendwelchen Rockbands, auf deren Konzerten ich war oder auch nicht. In meinem Kopf kreisen die Gedanken immer wieder um die gleiche Sache. Um diesen verschissenen Abend vor viereinhalb Wochen, der mein ganzes Leben verändert hat.

Das Klingeln meines Handys reißt mich heraus und vom Display leuchtet mir Tracys Nummer entgegen. Am liebsten würde ich einfach nicht rangehen, aber dann kommt sie noch auf die Idee, einfach so vorbeizuschauen.

»Hi«, sage ich deshalb und versuche, möglichst desinteressiert zu klingen.

»Steve hat mir erzählt, dass du wieder draußen bist«, plappert sie.

»Ja, seit heut Morgen.«

»Gehst du später noch ins Murphy's?«

»Glaub, nicht«, antworte ich ausweichend.

Tracy senkt die Stimme. »Soll ich rüberkommen?«, haucht sie ins Telefon.

»Nein, ich ... Hör zu, Tracy, ich hab noch was zu erledigen, es ist ziemlich viel liegen geblieben.« Ich flüchte mich in eine halbwegs glaubwürdige Ausrede.

»Schade«, sagt Tracy, und ich kann hören, dass sie sauer ist. Das zwischen uns ist nichts Festes, nur Sex. Wenn ich Bock habe, macht sie die Beine für mich breit. Wobei, streng genommen macht sie vermutlich für jeden die Beine breit, der Bock hat. So genau will ich es gar nicht wissen. Doch solange ich in der Nähe bin, genieße ich jedenfalls bei Tracy eine Art Exklusivität. Man könnte sagen, sie ist die treueste Schlampe, die ich kenne.

»Wir sehen uns«, sage ich und lege auf, bevor sie etwas erwidert. Normalerweise kann ich immer, zu jeder Tages- und Nachtzeit, aber irgendwie ist mir jetzt nicht nach Sex.

Ich betrachte das Handy in meiner Hand. Die Bullen hatten es mir abgenommen, als sie mich eingelocht haben. Man muss sich ausziehen, alles, bis auf die Haut. Für mich war ein feister Typ zuständig, locker einen Kopf kleiner als ich. Das dreckige Grinsen, mit dem er sich den Latexhandschuh übergezogen hat, um mir in den Arsch zu packen, werde ich wohl nie vergessen. Der kleine Wichser hatte Spaß daran, das schwöre ich. Dank ihm weiß ich jetzt, wie es sich anfühlt.

Das ist auch das Einzige, was ich weiß. Denn an das, was man mir vorwirft, gemeinschaftliche Brandstiftung, schwere Körperverletzung und Vergewaltigung, kann ich mich nicht erinnern. Es klingt wie eine billige Ausrede. Ich weiß noch, wie wir zu dem Jugendclub gefahren sind, und ich erinnere mich dunkel, von da abgehauen zu sein. Irgendwo auf der Strecke muss ich mich auf die Fresse gelegt haben. Die komplette linke Seite meiner Harley war am nächsten Morgen verbeult und verkratzt. Aber wann und wo das passiert ist und wie ich nach Hause gekommen bin? Keine Ahnung, ich hab nicht den leisesten Schimmer. Mom sagt, es sei um vier gewesen. In meinem Gedächtnis fehlen also vier Stunden, einfach so, als wären sie gelöscht.

Das Nächste, an das ich mich erinnere, ist, dass die Bullen mich aus dem Bett geholt haben. Das Opfer, Latisha Booker, konnte sich an einen der Namen auf unseren Clubwesten erinnern, Nick Grimes. Er hat wohl gefilmt, als kleine Erinnerung für die Hall of Fame der Clubgeschichte oder so. Keine Ahnung, was er sich dabei gedacht hat, aber ich kann mir gut vorstellen, wie wir am nächsten Tag im Clubheim gesessen und das Video angeschaut hätten. Die Cops fanden es jedenfalls höchst informativ. Angeblich bin ich auch darauf zu sehen. Deshalb klickten um kurz nach acht am nächsten Morgen für mich und neun weitere Verdächtige die Handschellen und ich wurde einer ganzen Reihe schwerer Verbrechen bezichtigt, von denen ich mir noch nicht mal vorstellen kann, sie begangen zu haben. Dazu wäre ich gar nicht in der Lage. Ich würde doch nie einer Frau etwas tun, das verstieße gegen alles, woran ich immer geglaubt habe. Deshalb bin ich mir ziemlich sicher, dass ich unschuldig bin. Nur kann ich das leider nicht beweisen.

Als ich am Ende eines langen Tages in mein Bett sinke, fühle ich mich hundeelend. Woher sollen wir nur das Geld nehmen, um die Reparatur zu bezahlen? Allein wenn ich an all die unbezahlten Krankenhausrechnungen denke, wird mir schlecht. Die Behandlung meiner Mutter hat Unsummen verschlungen, dazu die Kosten für ihre Unterbringung im Pflegeheim.

So gesehen kommt es auf viertausend Dollar mehr oder weniger auch nicht an, denke ich bitter. Den Schuldenberg werde ich sowieso mein ganzes Leben lang abstottern müssen. Von dem, was das Diner abwirft, kommen wir gerade so über die Runden, und jeder Cent, der übrig bleibt, wandert direkt an die Bank.

»Ach, Mom«, sage ich und sehe rüber zum Foto auf meiner Kommode. Es zeigt Granny, Mom und mich am Tag meiner Abschlussfeier vom College. »Warum muss das alles so kompliziert sein?«

Damals hatte ich noch große Pläne und dachte, mit einem Wirtschaftsstudium in der Tasche stünde mir die Welt offen. Aber ich musste ziemlich schnell feststellen, dass dem nicht so war. Als Frau hat man es in diesem Land nicht leicht, einen vernünftigen Job zu bekommen, ebenso wenig wenn man schwarz ist. Wenn man beides ist, also eine schwarze Frau, ist das die wohl ziemlich größte Arschkarte, die man im Karrierespiel ziehen kann. Nach ein paar mittelmäßigen Jobs und der gescheiterten Beziehung mit Joseph bin ich eigentlich nur übergangsweise zurück nach Heavenfield gekommen. Die Trennung war keine große Sache, wir hatten uns einfach auseinandergelebt und eigentlich wollte ich nur in vertrauter Umgebung meine Wunden lecken und mich wieder aufrappeln.

Aus ein paar Wochen wurden Monate, dann ein Jahr, und als der Unfall passiert ist, musste ich mich um Granny und das Diner kümmern. Solange Mom noch gelebt hat, konnte ich das alles ausblenden. Doch seit ihrem Tod habe ich mehr als einmal drüber nachgedacht, von hier fortzugehen und mir wieder einen richtigen Job zu suchen, um zumindest eine winzige Aussicht darauf zu haben, irgendwann mal schuldenfrei zu sein.

Aber ich darf doch Granny nicht im Stich lassen. Sie und das Diner sind das Einzige, was mir noch geblieben ist.

Und jetzt auch noch die Sache mit dem Dach ...

Alle glauben immer, ich wäre stark und tough. Aber das stimmt nicht. In meinem Innern fühle ich mich schwach und hilflos, ich zeige es bloß nicht. Doch jetzt, wo ich in meinem Bett liege, gibt es keinen Grund mehr, die Fassade aufrechtzuerhalten, und die Anspannung der letzten Monate bricht aus mir heraus. All die stumme Verzweiflung, der Kummer, den ich runtergeschluckt, und die Tränen, die ich nicht geweint habe. Sie laufen mir über die Wangen und ich heule stumm in mein Kissen, um Granny nicht zu wecken.

Kapitel Fünf

Als ich am nächsten Morgen erwache, fühle ich mich wie gerädert. Ich dachte, es würde besser, wenn ich wieder zu Hause bin und in meinem eigenen Bett schlafe, aber da habe ich mich wohl getäuscht. Auf nackten Füßen tappe ich ins Bad und betrachte mich im Spiegel. Mein Nacken ist steif, die Wirbel knacken und knirschen, als ich den Kopf hin und her lege und ein paar Mal mit den verspannten Schultern kreise, um die Muskeln zu lockern. Es fühlt sich an, als hätte ich gestern den ganzen Tag hart gearbeitet.

Stattdessen habe ich mich die halbe Nacht im Bett gewälzt, auf der Suche nach Schlaf, den ich gleichzeitig fürchte. Denn sobald ich die Augen schließe, kommen erst die Bilder und dann die Träume.

Ich schüttele die Erinnerung daran ab, stelle die Dusche an und warte, bevor ich hineinsteige. Von kaltem Wasser habe ich fürs Erste genug. Das ist nur eine der kleinen Sonderbehandlungen, die die Wärter im Knast bereithalten, um jemanden zu schikanieren. Wobei kaltes Wasser meine geringste Sorge in der Gemeinschaftsdusche war. Zum Glück bin ich nicht klein und schmächtig und auf meiner Stirn steht nicht *Opfer*. Auf meiner Brust auch nicht, ganz im Gegenteil. Unsere Tattoos haben dafür gesorgt, dass die Aryan Brotherhood ihre schützende Hand über mich und die anderen Clubmitglieder gehalten hat, und es würde mich nicht wundern, wenn sie John mittlerweile angeworben hätten.

Ich verlasse die Dusche und betrachte im Spiegel den Schriftzug, der sich quer über meine Brust spannt. *CWB* steht da in massiven, kantigen Buchstaben, die an nordische Runen erinnern. Und das wiederum steht für *Crazy White Boy*, verrückter, weißer Junge. Für mich lag die Betonung immer auf *weiß*. Inzwischen finde ich, dass sie auf *verrückt* liegen müsste. Ich trockne mich ab und ziehe ein T-Shirt über, natürlich ein weißes, haha, bevor ich in Boxershorts und eine frische Jeans steige.

»Guten Morgen«, sage ich zu Mom, als ich in die Küche komme. Aber sie erwidert den Gruß nicht und stellt mir stumm einen Becher Kaffee hin.

»Hat er den ganzen Abend gesoffen?«, frage ich mit Blick auf die leeren Bierflaschen neben der Couch. Meine Mutter macht sich sofort pflichtschuldig daran, sie wegzuräumen.

»Lass«, halte ich sie auf und fasse nach ihrem Arm, aber sie zuckt zurück. »Das kann er selbst tun, er hat sie ja auch getrunken.« Mom schüttelt den Kopf und sammelt weiter die Flaschen ein.

»Als ob ich mir von dir Vorträge anhören müsste«, faucht Dad, der gerade aus dem Schlafzimmer kommt, und verschwindet im Bad. Durch die geschlossene Tür höre ich ihn husten und ausspucken. Nach dem Aufstehen dauert es immer fünf Minuten, bis er wieder Luft bekommt. Kein Wunder, so viel, wie er raucht. Diesem Laster bin ich zum Glück nie verfallen. Meine erste Zigarette war auch meine letzte. Ich war damals neun und hatte sie aus der Schachtel meines Vaters geklaut, um sie heimlich mit meinen Freunden zu teilen. Drüben, an unserem Treffpunkt hinter dem 7-Eleven-Markt an der Ecke. Bei meinem ersten Zug hab ich mich irgendwie verschluckt, jedenfalls musste ich husten und gleichzeitig würgen. Der Rauch ist mir aus der Nase geschossen und mein Rachen hat gebrannt wie Feuer. Es war ekelhaft, aber gleichzeitig eine sehr heilsame Lektion. Danach hatte ich jedenfalls nie wieder das Bedürfnis, eine Zigarette anzuzünden.

Ich wünschte bloß, mein erster Kontakt mit Alkohol wäre ähnlich traumatisch verlaufen. Das hätte mir eine Menge Ärger erspart. Eine ganze Menge. Aber ich schwöre, ich werde nie wieder einen Tropfen anrühren.

Der Wecker reißt mich mit seinem schrillen Piepen aus dem Schlaf. Ich knipse die Nachttischlampe an und mein erster Blick gleitet hoch zur Decke. Anscheinend hat die Plane dicht gehalten und ich atme erleichtert auf. Gott sei Dank hat dieser Mr. Turner versprochen, direkt heute Morgen zu kommen. Brad. Beim Gedanken an seine schilfgrünen Augen läuft mir ein wohliger Schauer über den Rücken.

»Herrgott, was ist denn nur los?«, murmele ich und schwinge meine Beine aus dem Bett. Ich weiß echt nicht, warum dieser Typ so eine Wirkung auf mich gehabt hat. Eigentlich bin ich jeden Tag umgeben von Männern, und uneigentlich habe ich auch gar keine Zeit, mich um was Neues zu kümmern. Außerdem war ich schon immer vorsichtig, wenn es darum ging, mich auf jemanden einzulassen. Erst recht auf einen Weißen. Aber das ist wohl kein Wunder bei meiner Geschichte. Mein Erzeuger war weiß, aber er hat meine Mutter sitzen lassen, als sie mit mir schwanger war. Ich habe ihn nie kennengelernt und er hat sich nie für mich interessiert.

Das Einzige, was ich von ihm geerbt habe, ist, dass die Farbe meiner Haut heller ist. So als hätte er einen bleichen Schatten hinterlassen, bevor er sich aus dem Staub gemacht hat. Als Kind habe ich sehr darunter gelitten, keinen Vater zu haben, aber Mom hat es mit all der Liebe aufgewogen, zu der eine Mutter nur fähig sein kann.

Im Bad gilt mein erster Blick ebenfalls der Decke, doch auch hier kann ich keine Anzeichen von Feuchtigkeit erkennen. Immerhin etwas. Wie es scheint, haben Noah und Ryan ganze Arbeit geleistet. Nach einer schnellen Dusche putze ich mir die Zähne, wasche mein Gesicht und verteile einen Klecks Feuchtigkeitscreme darauf, bevor ich mit einem grobzinkigen Kamm versuche, meine Locken zu bändigen.

Wie jeden Tag verliere ich den Kampf, gebe irgendwann genervt auf und föhne sie mit dem Diffusor trocken, bis sie wie eine wilde Wolke von meinem Kopf abstehen. Anschließend verreibe ich etwas Kokosnussöl zwischen den Handflächen und streiche mir damit durchs Haar, um es immerhin ein bisschen zu zähmen. Dann schlüpfe ich in bequeme Jeans und ein T-Shirt und bin startklar für die Arbeit.

Granny ist bereits dabei, den alten Herd anzufachen. Er stammt noch aus den Zeiten, als meine Urgroßeltern das Diner gebaut haben, und wird mit Holzscheiten befeuert. Es dauert ewig, bis die schwere, gusseiserne Kochplatte gleichmäßig aufgeheizt ist. Aber wenn er einmal auf Temperatur ist, brennt er so heiß wie das Fegefeuer, wie Granny immer zu sagen pflegt.

»Guten Morgen«, begrüße ich meine Großmutter und gieße mir einen Becher Kaffee ein.

»Ich wüsste nicht, was daran gut sein soll«, entgegnet Granny missmutig.

»Welche Laus ist dir denn über die Leber gelaufen?«

»Na, welche wohl?«, faucht Granny. »Die halbe Nacht habe ich wach gelegen und gebetet, dass die Plane auf dem Dach hält.«

»Sie hat gehalten«, entgegne ich und muss mir ein Schmunzeln verkneifen. »Deine Gebete wurden also erhört.«

»Ja, spotte du nur«, gibt Granny zurück und verzieht das Gesicht zu einem missbilligenden Ausdruck. Meine Großmutter ist eine sehr gottesfürchtige Frau, was man von mir nicht gerade behaupten kann. Trotzdem begleite ich sie gerne in die Kirche, denn ich mag den Gesang, aber im Gegensatz zu Granny und Mom war ich nie Mitglied des Gospelchors unserer Gemeinde. Mein Erzeuger hat auch auf meinen Stimmbändern seinen Schatten hinterlassen, deshalb klinge ich wie eine Weiße. Eine untalentierte Weiße, um genau zu sein.

»Der Herr hat letzte Nacht jedenfalls seine schützende Hand über unser Haus gebreitet, deshalb ist das Dach dicht geblieben«, sagt Granny.

Ich für meinen Teil glaube ja immer noch, dass es eher an Noahs und Ryans handwerklichem Geschick lag, halte aber lieber meinen Mund.

»Außerdem kommt gleich jemand, um es zu reparieren«, sage ich stattdessen.

»Den Kerl werde ich mir erst mal ansehen, bevor wir ihm den Auftrag geben«, knurrt Granny, und auch diesbezüglich verkneife ich mir jeglichen Kommentar, denn im Grunde genommen habe ich ihm den Auftrag bereits erteilt. Per Handschlag. Die Erinnerung, wie er mich dabei angesehen hat, verursacht ein nervöses Kribbeln in meiner

Magengegend. Wenn ich es nicht besser wüsste, würde ich sagen, ich freue mich darauf, ihn wiederzusehen.

Um Punkt neun betrete ich das Büro des Kautionsagenten. Mr. Rearden erweist sich als beleibter Mann Ende fünfzig, mit schütterem Haar und dem schlecht sitzenden Anzug eines Gebrauchtwagenhändlers.

»Sie sind also Brad Turner?«, stellt er fest und mustert mich abfällig, anscheindend vollkommen unbeeindruckt von meiner Statur.

»Der bin ich«, sage ich und reiche ihm meinen Führerschein. Er studiert ihn eingehend, bevor er ihn mir zurückgibt.

»Okay«, sagt er. »Das sind die Regeln: Sie werden die Stadt nicht verlassen, und Sie finden sich jeden Tag hier ein, damit ich mich mit eigenen Augen davon überzeugen kann, dass Sie nicht abgehauen sind. Ansonsten ist schneller jemand hinter Ihnen her, als Sie ‚Kopfgeldjäger' sagen können. Haben Sie das verstanden, Mr. Turner?«

»Ja, Sir«, antworte ich und die Respektbezeugung scheint ihn zu erheitern. Ein schmales Lächeln zuckt über seine Lippen, aber ich bin nicht hier, um den starken Kerl zu markieren. Im Gegenteil, schließlich hat der Mann einhunderttausend Dollar ausgelegt, damit ich jetzt frei herumspazieren kann. Dafür hat er ja auch die fünfzehntausend bekommen, die er als Gebühr verlangt, aber ... »Ich hätte da bloß eine kleine Bitte«, setze ich hinzu.

Er runzelt die Stirn. »Was für eine Bitte?«

»Ich ... Wir haben einen Auftrag in Heavenfield. Ich bin Zimmermann«, setze ich zur Erklärung hinzu. »In der Firma meines Dads, und wenn ich die Stadt nicht verlassen darf, können wir nicht arbeiten.«

Er legt den Kopf schräg, als müsste er darüber nachdenken.

»Bitte, Mr. Rearden«, schiebe ich nach und sehe ihn eindringlich an. »Wir brauchen das Geld. Mein Vater hat die Gebühr, die Sie bekommen, nur mit Mühe zusammengekratzt und er haftet mit seinem Haus für die Kaution. Ich will nicht, dass meine Eltern meinetwegen in Schwierigkeiten geraten.« Das scheint ihn zu überzeugen.

Er nickt. »Also schön«, sagt er dann. »Aber wenn Sie nicht jeden Tag hier auf der Matte stehen, werden Sie mich kennenlernen.«

Erleichtert atme ich auf. »Keine Sorge«, gebe ich zurück. »Sie können sich auf mich verlassen, und ich verspreche Ihnen, keinen Ärger zu machen.«

Er schenkt mir ein müdes Lächeln. »Das habe ich schon so oft gehört, dass ich es nicht mehr zählen kann«, sagt er. »Bis morgen früh um neun«, fügt er hinzu.

Ich nicke und sehe schleunigst zu, dass ich rauskomme. Vor der Tür atme ich tief durch. Das war schon mal ganz gut. Ich kann nur hoffen, dass das nächste Gespräch ebenso glatt läuft.

Meine Laune hat sich inzwischen ein Loch gebuddelt, damit sie noch ein bisschen tiefer sinken kann. Es ist kurz vor zehn und ich habe von Mr. Turner immer noch nichts gehört oder gesehen. Typisch Handwerker! Erst große Sprüche klopfen und Versprechungen machen, um sie dann nicht einzuhalten.

»Ist die Plane noch dicht?«, erkundigt sich Noah, als die Jungs von der Polizeiwache sich zu ihrer täglichen Frühstückspause einfinden.

»Ja, Gott sei Dank«, antworte ich. »Eigentlich wollte

heute jemand kommen, aber keine Ahnung, wo der Kerl bleibt.«

»Er wird schon noch auftauchen«, sagt Ryan aufmunternd. »Du kannst von Glück reden, dass du so schnell einen Zimmermann gefunden hast.«

»Vermutlich hast du Recht«, gebe ich zurück und seufze. »Außerdem weiß ich sowieso nicht, wie wir ihn bezahlen sollen«, bekenne ich. »Er sprach von viertausend Dollar.«

Ryan pfeift leise durch die Zähne. »O Mann«, sagt er. »Das ist echt ’ne Hausnummer.«

»Keine Ahnung, wo wir so viel Geld hernehmen sollen.« Ich schlucke gegen den Kloß an, der schon wieder in meiner Kehle sitzt.

»Wir könnten sammeln«, schlägt Noah vor.

»Nein«, wehre ich ab und schüttele den Kopf. »Das will ich nicht.«

»Aber wieso denn nicht?«, widerspricht Liz, die anscheinend gerade zur Tür hereingekommen ist.

»Hey, was machst du denn hier?«, frage ich und falle ihr vor Freude um den Hals. Seit Noahs Vater aus dem Pflegeheim entlassen wurde, sehen wir uns nicht mehr so häufig. Liz hilft nur noch manchmal am Wochenende im Diner aus. Aber das wird sich bald erledigt haben, wie die kleine Babykugel verrät, die sich langsam über den Bund ihrer Jeans wölbt. »Wie geht's euch?«

»Ganz gut«, sagt Liz und legt die Hand auf den Bauch. »Zumindest seitdem das kleine Fröschlein kein totales Hormonchaos mehr verursacht und mir nicht mehr dauernd schlecht ist.«

»Wisst ihr schon, was es wird?«

Liz schüttelt den Kopf. »Nein, wir wollen uns überraschen lassen.« Sie sieht zu Noah und der schenkt ihr ein warmes Lächeln. Es ist schön, wie glücklich die beiden sind.

»Jetzt mal ernsthaft, Keisha«, sagt Liz, nachdem sie sich zu ihm auf die Bank geschoben hat. »Das mit der Spendenaktion ist doch eine ausgezeichnete Idee.«

»Aber es wäre mir unangenehm. Es würde sich anfühlen wie Betteln, verstehst du?«

»Unsinn«, wehrt Noah ab. »Wir stellen einfach Sammelbüchsen auf und jeder gibt so viel, wie er möchte und kann. Es muss ja kein großer Betrag sein.«

»Meinst du?«, hake ich nach, denn mir ist immer noch nicht wohl bei dem Gedanken.

»Na klar«, sagt Noah. »Kleinvieh macht bekanntlich auch Mist. Außerdem haben wir schließlich alle etwas davon.«

Ich sehe ihn fragend an.

»Na, wo sollen wir sonst frühstücken, wenn es unser Diner nicht mehr gibt?«

»Da ist was Wahres dran«, stimmt Ryan zu und zückt sein Portmonee. »Hier, ich stifte die ersten fünfzig Dollar.« Mit großer Geste zieht er einen Schein hervor, damit es auch ja alle sehen.

»Und ich verwalte die Aktion«, sagt Liz und pflückt ihm den Fünfziger aus den Fingern. »Du musst damit gar nichts zu tun haben, wenn es dir unangenehm ist, Keisha. Überlass das einfach uns, okay?«

»Also schön.« Ich gebe mich geschlagen. Außerdem fällt mir sowieso keine bessere Lösung ein. »Ihr seid echt die Besten, Leute. Das Frühstück geht aufs Haus«, füge ich hinzu.

»Kommt auf keinen Fall infrage«, widerspricht Liz. »Wie willst du das Geld für die Reparatur zusammenbekommen, wenn du dich umdrehst und gleich wieder alles verschenkst?«, fügt sie mit tadelnder Miene hinzu. »Ich glaube, ich muss dir mal dringend eine Lektion in Betriebswirtschaft erteilen.«

»Danke«, sage ich und hebe abwehrend die Hände. »Das hatte ich selbst auf dem College.«

»Dann wird es Zeit, dass du dich schleunigst erinnerst, was du gelernt hast«, gibt Liz zurück und zwinkert mir zu. Damit ist das Thema für sie erledigt und wieder einmal stelle ich fest, wie glücklich ich mich schätzen kann, solche Freunde zu haben. Selbstverständlich ist das jedenfalls nicht.

Genau danach habe ich gesucht. Die Holzschindeln passen perfekt, um die fehlenden auf dem Dach des Diners zu ersetzen. Die Sache hat bloß einen klitzekleinen Haken ... Seit einer ganzen Weile diskutiere ich jetzt mit Mr. Glatz, dem Besitzer des Sägewerks, von dem wir unser Material bekommen. Doch er weigert sich beharrlich, mir welche zu geben.

Er schüttelt den Kopf. »Kommen Sie wieder, wenn Sie Ihre Rechnung beglichen haben.«

»Wir haben immer pünktlich gezahlt«, sage ich.

»Die letzte nicht«, stellt er nüchtern fest.

»Aber alle anderen davor«, beharre ich. »Und das wissen Sie auch.«

»Ich weiß bloß, dass Sie mir noch achthundert Dollar schulden«, sagt er und wendet sich zum Gehen.

»Bitte, Mr. Glatz«, setze ich an. Scheiße, seit wann hab ich es eigentlich nötig zu betteln? Die altbekannte Wut kocht in mir auf, aber ich dränge sie zurück und zwinge mich zur Ruhe. »Wir brauchen das Material für einen Auftrag«, sage ich. »Wenn wir den erledigt haben, bekommen Sie Ihr Geld, gleich nächste Woche. Ich schwöre es.« Doch, ich habe es nötig zu betteln und hebe zwei Finger zum Schwur, aber Mr. Glatz bleibt stur.

»Erst das Geld«, sagt er. »Und dann die Ware.« Er dreht sich um und lässt mich einfach stehen.

Shit! Nur mit Mühe unterdrücke ich den Impuls, in den Stapel Schindeln zu treten, aber das würde auch nichts ändern.

Trotzdem ärgert es mich. Vor allem weil ich zugesagt hatte, direkt anzufangen, und jetzt ist es gleich Mittag. Ich sollte zumindest Bescheid sagen, dass das heute nichts mehr wird, denke ich, zücke seufzend mein Handy und google die Telefonnummer des Diners.

Nach dem fünften Klingeln hebt endlich jemand ab.

»Granny Mae's Diner and Grill«, schallt es mir entgegen.

»Ja, ähm, hi«, sage ich und räuspere mich. »Ist Miss Williams zu sprechen?«

»Wer will das wissen?«

»Turner«, sage ich. »Äh, Brad Turner, meinte ich.«

»Na endlich«, knurrt sie. Sie ist also dran. »Wo stecken Sie?«

»Tut mir leid«, beeile ich mich zu sagen. »Mir ist etwas dazwischengekommen. Ein Notfall«, setze ich schnell hinzu.

»Was kann dringender sein als ein abgedecktes Dach?«, gibt sie verstimmt zurück.

»Es ist nicht so leicht, die Dachschindeln aufzutreiben, die Sie benötigen«, flunkere ich, obwohl ich gerade neben fünf Paletten mit genau diesen Schindeln stehe.

»Was kann daran so schwer sein?«

»Die auf Ihrem Dach sind historisch«, flüchte ich mich in eine noch dämlichere Ausrede.

»Die sind nicht historisch, sondern alt«, stellt sie klar. »Also bringen Sie einfach irgendwelche mit, okay?«

»Ich sehe, was ich tun kann. Morgen früh, versprochen.«

»Also schön«, brummt sie. »Und seien Sie gefälligst pünktlich.«

»Bestimmt«, gebe ich betont zuversichtlich zurück, auch wenn ich nicht weiß, woher ich diese Sicherheit nehme. Schließlich werde ich bis morgen früh definitiv keine Dachschindeln bekommen. Aber mir wird schon was einfallen. Hauptsache sie ist erst mal besänftigt, und der Rest findet sich irgendwie.

»Dann bis morgen«, sagt sie und legt einfach auf. Das Freizeichen tutet in mein Ohr und ich lasse verdutzt das Handy sinken. Besonders höflich ist sie nicht, diese Miss Williams, das muss man schon sagen. Aber egal, ich habe es auch nicht verdient, dass mich jemand zuvorkommend behandelt, und schon gar nicht sie.

Ein Angestellter rollt eine Palette mit Brettern auf einem Hubwagen an mir vorbei. Solche haben wir noch in der Garage. Kurzerhand nehme ich eine der Dachschindeln von dem Stapel, laufe ihm nach und halte sie zum Vergleich an eines der Bretter. Sie hat die gleiche Breite. Vielleicht könnte ich selbst welche herstellen. Das wäre natürlich eine ziemliche Scheißarbeit, sie alle von Hand zu sägen und oben ein Stück auszufräsen, damit sie exakt überlappen. Aber es würde gehen, zur Überbrückung wäre das besser als nichts.

Na, dann weiß ich ja, was ich den restlichen Tag tun werde, denke ich seufzend und mache mich auf den Weg nach Hause.

Kapitel Sechs

Irgendwann letzte Nacht hat es angefangen zu regnen. Vom Geräusch der Tropfen auf der Plane bin ich um kurz nach drei wach geworden. Danach habe ich mich nur noch hin und her gewälzt, an Schlaf war nicht mehr zu denken. Anscheinend bin ich doch noch mal eingenickt, denn die Melodie meines Handyweckers reißt mich unsanft um Viertel nach sechs aus einer Tiefschlafphase. Selbst im schwachen Licht, das durch das Fenster hereinfällt, erkenne ich den feuchten Fleck an der Decke über mir.

»O Shit«, murmele ich und bin mit einem Sprung auf den Beinen. Nur in Leggings und T-Shirt laufe ich auf nackten Füßen die Treppe hinunter, durchquere das verlassene Diner und besorge ein paar Eimer aus dem Lagerraum. Als ich damit wieder nach oben zurückkehre, begegnet mir Granny auf dem Weg ins Bad.

»Bei mir hat es reingeregnet«, begrüßt sie mich missmutig.

»Ich weiß«, antworte ich und blicke demonstrativ auf die beiden Eimer in meiner Hand. »Bei mir auch.« Verdammt, wenn dieser Brad Wort gehalten hätte, wäre es gar nicht so weit gekommen.

Während meine Großmutter im Bad verschwindet, gehe ich in ihr Schlafzimmer. Bei ihr ist der Schaden größer, an mehreren Stellen tropft es von der Decke. Also stelle ich seufzend die Eimer darunter, bevor ich wieder nach unten laufe und mir diverse Schüsseln und Töpfe schnappe, um meinen Teppich zu retten.

Vor Moms Tür zögere ich einen Moment, bevor ich ihr Zimmer betrete. Alles ist unverändert, genau wie sie es am Morgen des Unfalls verlassen hat. Natürlich waren Granny und ich regelmäßig hier drin, um irgendwas zu holen und es ihr ins Krankenhaus oder Pflegeheim zu bringen. Aber seit Mom nicht mehr da ist, war auch ich nicht mehr hier. Weder Granny noch ich haben bisher die Kraft gefunden, ihre Sachen auszuräumen. Der Raum riecht nach ihr. Nach all den Monaten hängt immer noch der schwache Rest ihres Parfüms in der Luft, als wäre sie nur kurz fortgegangen und nicht für immer. Meine Kehle schnürt sich zusammen, und ich zwinge mich, die Decke nach nassen Stellen abzusuchen. Nur ein feuchter Fleck über der Kommode, aber es tropft nicht. Trotzdem stelle ich sicherheitshalber eine Schüssel darunter.

Was bildet dieser Kerl sich eigentlich ein? Taucht hier auf und mimt den Retter, nur um uns dann hängen zu lassen. Der kann was erleben! Wutentbrannt schnappe ich mir mein Telefon. Seine Nummer ist die oberste in der Liste der angenommenen Anrufe. Kein Wunder, schließlich telefoniere ich fast nur noch mit ihm. Seit gestern hält er mich hin und vertröstet mich ein ums andere Mal, aber jetzt reicht's!

Nach dem dritten Klingeln hebt er ab. »Guten Morgen«, dringt seine Stimme an mein Ohr.

»Ich wüsste nicht, was daran gut sein soll«, fahre ich ihn an. »Es regnet rein.«

»Mist!« Im Hintergrund höre ich Stoff rascheln, dann

ein dumpfes Poltern. So wie es klingt, hüpft er gerade auf einem Bein, um seine Jeans anzuziehen, während er mit mir spricht.

»Wir sind gleich da«, sagt er hektisch.

»Ich gebe Ihnen eine halbe Stunde.«

»Das geht nicht, ich … Wir haben einen Termin um neun«, sagt er. »Zehn, okay?«

»Letzte Chance«, entgegne ich mit fester Stimme. »Wenn Sie dann nicht auftauchen, rufe ich eine andere Firma«, füge ich hinzu und lege einfach auf. Wäre ja gelacht, wenn wir nicht irgendwo jemanden auftreiben könnten, der unser Dach deckt.

Die war ganz schön sauer. Kein Wunder, wäre ich vermutlich auch, wenn's bei uns reinregnen würde. Ich ziehe ein T-Shirt über den Kopf und darüber ein schwarz-weiß kariertes Holzfällerhemd, das ich bis oben zuknöpfe, damit man meine Tattoos nicht sieht. Kommt sicher nicht so gut bei dem Kautionstypen an, rede ich mir ein. Aber in Wahrheit will ich nicht, dass sie sie sieht. Miss Williams. Sie ist sowieso schon wütend auf mich und sie soll mich nicht für einen schlechten Menschen halten. Ha, der war gut!

»Guten Morgen«, sage ich, als ich die Küche betrete. Meine Mutter streckt mir grußlos einen Becher Kaffee entgegen.

»Danke, Mom«, sage ich und sie sieht mich kaum an. »Wie lange soll das noch so weitergehen?«, frage ich. Sie zuckt hilflos mit den Schultern und schnaubt durch die Nase. »Das, was passiert ist«, beginne ich und suche nach Worten. »Es tut mir leid, ich wollte … dich nicht enttäuschen.«

»Mich?«, fragt sie erstaunt. »Es geht nicht um mich,

sondern um das, was ihr getan habt.« Ihr Blick wird hart. »Da waren Kinder drin.«

»Wir hatten keine Ahnung«, verteidige ich mich lahm.

»Und dann die Sache mit dem Mädchen. Es ist abscheulich, und ich schäme mich dafür, dass mein Sohn dabei war.«

»Ich mich auch«, bekenne ich leise. »Aber ich weiß nicht, ob ich überhaupt was gemacht habe. Da ist einfach nur Leere in meinem Kopf.«

»Ja, weil du so besoffen warst«, gibt Mom ungerührt zurück. »Du warst immer noch sternhagelvoll, als du am nächsten Morgen aufgetaucht bist.«

»Warum hast du den Bullen gesagt, dass es vier war?«

»Weil es die Wahrheit ist. Oder hätte ich für dich lügen sollen?«

Dann hätte ich ein Alibi. Andere Mütter würden das vermutlich für ihre Söhne tun, denke ich bitter, schlucke aber den Kommentar hinunter.

»Ich bin unschuldig«, sage ich stattdessen. »Ich könnte nie einer Frau etwas antun.« Das muss ihr doch klar sein, schließlich habe ich immer versucht, sie und Jenna vor den Fäusten meines Dads zu schützen.

Aber Mom schüttelt den Kopf. »Ich weiß nicht, was ich noch glauben kann.«

»Ich auch nicht«, sage ich leise. Wenn selbst meine eigene Mutter nicht an meine Unschuld glaubt, wer dann? Ich weiß bloß, was ich jetzt tun muss. Entschlossen gehe ich in die Garage und packe die Kisten mit den Schindeln sowie unser Werkzeug in den Transporter. Diesmal auch die Leiter, bevor wir wieder dastehen wie die letzten Deppen.

»Sag Dad, er soll um halb zehn nach Heavenfield fahren, wir treffen uns da«, sage ich zu Mom, drücke ihr einen Zettel mit der Adresse des Diners in die Hand und mache mich auf den Weg ins Kautionsbüro.

Kurz vor zehn, so langsam füllt sich das Diner und immer mehr Frühstücksgäste trudeln ein. Logisch, dass der Kerl natürlich genau zur Stoßzeit hier auftauchen will, wenn ich zu viel zu tun habe, um mich mit ihm zu befassen.

»Bringst du das rüber an Tisch sechs?« Granny reißt mich aus meinen Gedanken und drückt mir zwei Teller in die Hand. Drei Spiegeleier mit Bratkartoffeln, Speck und Toast und ein gegrilltes Sandwich mit Roastbeef und doppelt Käse für Nick und Harper von der Rangerstation. Auf dem Weg zur Sitznische überlege ich, wer welches Gericht bestellt hat. Obwohl Harper mit ihren langen blonden Haaren und der schmalen Taille eher an eine zierliche Elfe erinnert, verfügt sie über den Appetit eines ausgewachsenen Orks. Was deftiges Frühstück betrifft, steht sie ihren männlichen Kollegen in nichts nach. Deshalb serviere ich prompt falsch.

»Die Bratkartoffeln sind für mich«, sagt sie, während sie mit Nick die Teller tauscht.

»Sorry«, entgegne ich und schüttle den Kopf. »Ist heut nicht mein Tag.«

Als ich das Diner durchquere, öffnet sich die Tür. Brad tritt ein und schaut sich suchend um. Als er mich entdeckt, gleitet ein entschuldigendes Lächeln über sein Gesicht, bei dem ich fast vergessen könnte, dass ich sauer auf ihn bin. Aber nur fast.

»Da sind Sie ja endlich«, fahre ich ihn an. »Wurde auch langsam Zeit.«

»Es ging nicht eher«, sagt er und wirkt aufrichtig zerknirscht. »Tut mir leid.«

»Das sollte es auch«, gebe ich gereizt zurück. »Oben regnet es überall rein.«

»Ich bringe das wieder in Ordnung«, sagt er und schaut mich wieder mit diesem eindringlichen Blick an, der mir unter die Haut geht. Keine Ahnung, warum er mich so nervös macht. Schließlich habe ich den ganzen Tag Männer um mich und so toll sieht er nun wirklich nicht aus. Dafür ist sein Gesicht ein bisschen zu weich. Außerdem hat er eine Stupsnase und ... Doch, ich weiß es! Es liegt daran, dass er der Einzige ist, der mich nicht so ansieht, so voller Mitleid. Weil er nicht weiß, was Mom zugestoßen ist, und vor allem, was auf ihrer Beerdigung passiert ist. Es war ein grauer Tag Anfang November und die halbe Stadt war gekommen, um sich von ihr zu verabschieden. Die ganzen Leute, der Pfarrer, die Predigt, das war einfach zu viel für mich. Deshalb hatte ich einen Zusammenbruch an ihrem Grab, und seitdem behandeln mich alle wie ein rohes Ei. Brad nicht, sondern als ob ich eine ganz normale Frau wäre – und das ist zur Abwechslung mal echt entspannend.

»Ist das dieser Handwerker?«, unterbricht Grannys Stimme meine Gedanken und ich drehe mich zu ihr um. Sie legt den Pfannenwender aus der Hand und stemmt die Fäuste in die Seiten. Oh, oh. Jetzt kann er sich auf etwas gefasst machen. Aber geschieht ihm ganz recht, denke ich und verkneife mir ein Grinsen.

Die Frau hinter der Theke funkelt mich herausfordernd an und ich fühle mich schlagartig in die dritte Klasse zurückversetzt. Meine damalige Lehrerin Mrs. Hopkins war zwar weiß, aber sie besaß den gleichen Blick, mit dem sie einem zu verstehen gab, dass man Mist gebaut hatte. Dann muss das wohl Granny Mae sein, auch wenn ich mir die deutlich älter vorgestellt hatte. Sie wirkt gar nicht wie eine kleine, gebrechliche Oma, sondern mehr wie jemand, der mir gleich mit bloßen Händen den Hals umdrehen wird. Mit energischen Schritten kommt sie um die Theke und baut sich vor mir auf. Genau in dem Moment öffnet sich die Tür und Dad tritt ein.

Er bleibt wie angewurzelt stehen, und die abfälligen Blicke, mit dem die Frauen ihn mustern, entgehen mir nicht. Verdammt, warum musste er heute ausgerechnet dieses verdammte Baseballcap aufsetzen? Die Konföderiertenflagge ist nicht zu übersehen und prangt über seiner Stirn wie eine Leuchtreklame, die seine Gesinnung herausschreit. Wir wollen die Südstaaten zurück, sagt diese Flagge. Die gute alte Zeit, als der Süden noch getrennt war in Schwarz und Weiß.

Granny Mae hebt herausfordernd das Kinn. »So, Sie wollen also unser Dach reparieren?«

»Werden wir sehen«, sagt Dad. »Erst mal muss ich mir ein Bild von der Lage machen«, fügt er gewichtig hinzu.

»Dann können Sie gleich oben im ersten Stock anfangen«, sagt Granny Mae. »Da regnet es nämlich seit gestern rein.«

»Dafür können wir ja nichts«, gibt Dad zurück.

»Ach ja?«, faucht Miss Williams. »Als er vorgestern hier war«, sagt sie und deutet anklagend auf mich, »hat es das noch nicht. Und wenn Sie sofort angefangen hätten, wie Sie gesagt haben, dann wäre es auch nicht so weit gekommen.«

»Komm, Brad, wir gehen«, sagt mein Vater und dreht sich um. »Das muss ich mir nicht länger anhören.«

»Warte, Dad, das … stimmt. Sie haben Recht«, füge ich an Miss Williams gewandt hinzu. »Aber es ist nun mal passiert und ich schlage vor, wir schauen uns das jetzt an, bevor es noch schlimmer wird, okay?«

»Okay«, sagt Miss Williams und nickt.

»Wir haben diesen Auftrag noch nicht erteilt«, faucht Granny Mae. »Erst will ich wissen, was das kosten wird. Auf den Penny genau, verstanden?«

»Ich lass mir doch nicht …«, setzt Dad an, und ich fasse ihn an den Schultern und schiebe ihn wieder zur Tür hinaus. »… von einem Nigger erzählen, was ich zu tun hab«, vollendet Dad seinen Satz genau so, wie ich befürchtet habe. Ich wusste, er würde es sagen.

»Das N-Wort hören wir hier in Heavenfield nicht gerne«, kommentiert prompt einer der Polizisten, die gerade die Stufen zum Diner heraufkommen, und mustert uns feindselig im Vorbeigehen.

»Da hast du's«, sage ich zu Dad, mühsam beherrscht. Gereizt streiche ich mir mit der Hand durchs Haar und atme einmal tief durch. »Du kannst schon mal die Leiter aus dem Wagen holen.«

»Auch von dir lasse ich mich nicht herumkommandieren«, sagt Dad und funkelt mich zornig an. »Ich arbeite nicht für Schwarze.«

»Ich aber«, zische ich. »Oder hast du einen anderen Auftrag, mit dem wir Geld reinbekommen?«

»Nein«, gibt Dad zu. »Aber du kennst die Zahlungsmoral von denen. Wenn's um die Pünktlichkeit geht, nehmen die es alle nicht genau. Es geht mir ums Prinzip.«

»Ist mir scheißegal, worum es dir geht. Ich weiß bloß, dass es einen guten Eindruck auf den Richter machen wird. Deshalb gehe ich jetzt mit Miss Williams nach oben und gucke mir das von innen an, klar?«

Ich hätte ohne ihn herkommen sollen. Dann wäre mir zumindest dieser Auftritt erspart geblieben. Seufzend öffne ich die Tür und mache mich auf die Suche nach Miss Williams.

»Ich gebe mein Geld doch keinem Rassisten«, sagt Granny aufgebracht.

»Woher willst du wissen, dass er einer ist?«

»Hast du nicht die Kappe gesehen?«, fragt sie und fuchtelt mit ihrem Zeigefinger vor ihrer Stirn rum, bevor sie zum Fenster hinausdeutet. »Und auf der Heckscheibe seines Pick-ups klebt ein Aufkleber *Vote Trump!*«, fügt sie hinzu. »Mit Trump-Wählern will ich nichts zu schaffen haben.«

»Wenn es danach ginge, dürftest du der halben Stadt kein Bier mehr servieren«, entgegne ich seufzend. Der Riss, der sich durch das gesamte Land zieht, seitdem dieser orangefarbene Clown im Weißen Haus sitzt, macht selbst vor einer Kleinstadt wie Heavenfield nicht Halt.

»Kommen Sie«, sage ich an Brad gewandt, der gerade wieder das Restaurant betritt. »Ich zeig Ihnen die Wohnung.«

Von der Zeit her passt es gerade überhaupt nicht. Unten im Diner herrscht Hochbetrieb, während ich vor ihm die Treppe hochgehe. Ich bin mir sicher, dass er mir gerade auf den Hintern glotzt, ich kann seine Blicke förmlich spüren. Aber vielleicht bilde ich mir das auch nur ein, denn er wirkt ein wenig angespannt, als ich die Tür zum Flur öffne und ihn hereinbitte.

»Alles okay?«

»Jaja, natürlich.«

»Ihr Vater schien nicht gerade begeistert.«

»Ihre Großmutter auch nicht«, gibt er zurück.

»Sie fühlt sich übergangen, weil ich Ihnen den Auftrag erteilt habe, ohne sie zu fragen.«

»Er auch«, sagt er mit einem schiefen Lächeln. »Da haben wir wohl was gemeinsam.«

»Hier, schauen Sie«, sage ich und führe ihn zunächst in Grannys Zimmer.

»Das sieht nicht gut aus«, murmelt er, streckt sich,

klopft mit der Faust gegen die Dachschräge über dem Bett und runzelt sorgenvoll die Stirn. »Hören Sie, wie dumpf das klingt.«

»Ja.« Ich nicke beklommen. »Und was heißt das?«

»Dass die ganze Dämmung nass ist«, sagt er düster. »Das muss alles raus, tut mir leid.«

»Aber dann wird es ja noch teurer«, sage ich und höre selbst, wie verzagt meine Stimme klingt.

»Ich fürchte, ja«, sagt er und sieht mich betreten an. »Sind Sie nicht versichert?«, fügt er hinzu und ich schüttele matt den Kopf.

»Wir haben die Versicherung gekündigt.« Weil wir sie uns nicht mehr leisten konnten, und wir hatten gehofft, dass nichts passiert.

»Das war ganz schön ... leichtsinnig«, sagt er, aber ich weiß, dass er eigentlich *dumm* sagen wollte. Zumindest komme ich mir gerade ziemlich dumm vor. Um meine Verlegenheit zu überspielen, führe ich ihn als Nächstes in Moms Zimmer und schließlich in meins.

Er schaut sich neugierig um. Beim Blick auf meine alte Blümchenbettwäsche gleitet ein dämliches Grinsen über sein Gesicht. »Schick.« Was bildet der Kerl sich eigentlich ein?

»Mein Bett geht Sie gar nichts an«, stelle ich klar.

»Natürlich nicht«, beeilt er sich zu sagen, aber seine schilfgrünen Augen funkeln belustigt und mir wird klar, dass er sich in den nächsten Tagen wohl häufiger in meinem Schlafzimmer aufhalten wird, als mir lieb ist.

»Gut«, sage ich und räuspere mich. »Dann haben Sie ja jetzt alles gesehen. Womit werden Sie anfangen?«

»Erst mal werden wir die Plane oben wieder abdichten, damit es nicht noch schlimmer wird«, sagt er. »Und dann werde ich die Wand aufmachen, die Dämmwolle rausnehmen und Heizlüfter aufstellen, damit die Balken trocknen. Ich fange im Zimmer Ihrer Großmutter an, da ist es am schlimmsten.«

»Gut«, sage ich. »Granny kann währenddessen in … das andere Zimmer ziehen.«

»Steht es leer?«, fragt er unnötigerweise.

»Ja«, sage ich und nicke schnell.

»Das ist gut«, sagt er und lächelt.

»Ich muss wieder runter«, sage ich, wende mich ab und flüchte aus dem Zimmer, damit er die Tränen nicht sieht, die in meinen Augen aufsteigen.

Als Erstes nehmen wir uns die Stelle über dem Zimmer ihrer Großmutter vor. Der Wind hat ein Stück der Plane losgerissen, also nagle ich es fest und versiegele die Stellen, an denen sich die einzelnen Folienbahnen überlappen, provisorisch mit Panzertape. Während der nächsten halben Stunde mühe ich mich ab, mit den Sperrholzplatten auf dem Rücken die Leiter zum Flachdach hochzusteigen, während Dad sie von oben entgegennimmt. Die Biester sind verdammt schwer, aber irgendwann habe ich es tatsächlich geschafft, auch wenn ich jetzt stehend k.o. bin und eigentlich eine Pause bräuchte.

Immer wenn sich unten die Tür öffnet, weht der Geruch von gebratenem Speck nach oben und mein Magen knurrt vernehmlich. Trotzdem arbeite ich verbissen weiter, denn am Himmel ziehen dunkle Wolken auf und kündigen den nächsten Schauer an. Damit das Sperrholz nicht nass wird, wickele ich die Platten in eine Plane und lasse sie erst mal auf dem Flachdach des Lagerraums liegen. Während Dad sich um die Lattung kümmert, begebe ich mich nach drinnen, um mich dort an die Arbeit zu machen.

Als ich das Diner betrete, empfängt mich eine warme

Wolke aus Speck und Burgern, und der Duft von frisch gebackenem Blaubeerkuchen steigt mir verführerisch in die Nase. Als hätte sie meine Gedanken gelesen, schaut Granny Mae mich an und bedeutet mir mit einem Nicken, dass ich mich setzen soll. Also lasse ich mich auf einem Hocker an der Theke nieder.

»Hier«, sagt sie und streckt mir einen dampfenden Becher Kaffee entgegen, den ich dankbar annehme. Meine Hände sind total durchgefroren und ich wärme sie an der Tasse, bevor ich einen Schluck trinke. Kommentarlos schaufelt sie Rührei und Baconstreifen auf einen Teller und stellt ihn mir hin.

»Sie sind nicht hier, um Pause zu machen«, bemerkt Miss Williams, die gerade mit einem Tablett vorbeikommt.

»Sklaventreiberin«, murmele ich.

Sie dreht sich zu mir um. »Was haben Sie gesagt?«

»Ach. Nichts, schon gut«, sage ich seufzend, trinke meinen Kaffee aus und schiebe mir schnell noch ein paar Gabeln Ei in den Mund. »Ich bin dann oben«, sage ich kauend und zeige auf die Tür zum Treppenhaus.

»Sie kennen sich ja aus«, gibt sie schnippisch zurück. »Bevor ich mir wieder Kommentare über meine Bettwäsche anhören muss, verzichte ich darauf, Sie zu begleiten.«

Okay, das hat sie mir anscheinend echt übel genommen. Dabei weiß ich noch nicht mal, warum ich es überhaupt gesagt habe. Ist mir nur so rausgerutscht. Außerdem hab ich gut reden, ich wohne ja selbst noch bei meinen Eltern und unsere alten Bezüge sind mindestens genauso unsexy. Sie hat Recht, schließlich bin ich zum Arbeiten hier, statt mir Gedanken über ihr Bett zu machen. Trotzdem, irgendwie hatte ich bei Miss Williams was anderes erwartet. Zumindest keine Streublümchen auf babyblauem Grund, denke ich mit einem schiefen Grinsen, als ich an ihrem Zimmer vorbeigehe. Und ich würde hundert

Dollar wetten, dass sie ihr Bett heute Abend frisch bezieht.

Den ganzen Nachmittag schleppt Mr. Turner säckeweise durchweichte Dämmwolle nach draußen sowie zerstückelte Gipsplatten, die noch die Reste unserer Tapeten tragen, und ich ahne, dass sich die Baustelle zu einer größeren Sache auswachsen wird. Um kurz nach fünf kommt er zu mir an die Theke.

»So, das war's. Ich mach Schluss für heute«, sagt er und streckt sich. Der Stoff seines Karohemds spannt sich über seiner muskulösen Brust, als er die Schultern zurückrollt und den Rücken durchbiegt. Sein Magen knurrt vernehmlich. Er muss hungrig sein, er hat den ganzen Tag hart geschuftet und den halben Teller Rührei stehen lassen, nachdem ich ihn angemeckert habe. Aber ich widerstehe dem Drang, ihm ein Stück Blaubeerkuchen anzubieten. Geschieht ihm ganz recht. Wenn er vorgestern angefangen hätte, hätte er nicht so viel zu tun gehabt.

»Dann bis morgen«, sage ich stattdessen.

»Schönen Abend noch«, sagt er. Um seine Augen liegt ein wehmütiger Zug, beinahe als würde er bedauern, schon Feierabend zu machen. Von mir aus können wir gerne tauschen. Bis elf werde ich hinter der Theke stehen und dann noch eine Stunde spülen und putzen. Eher anderthalb, donnerstags ist es immer recht voll. Je mehr los ist, desto mehr Schmutz fällt an, ganz einfache Rechnung. Gäste machen nun mal Dreck.

Im Gehen zieht er die Jacke über, und ich gönne mir einen ausgiebigen Blick auf seinen knackigen Hintern, als er den Raum durchquert. An der Eingangstür dreht er sich noch mal um. Unsere Blicke treffen sich. Er schenkt mir ein scheues Lächeln, bevor er das Diner verlässt, und ich komme nicht umhin zu bemerken, dass ich mich tatsächlich ein wenig auf morgen freue.

Das ist natürlich totaler Bullshit, denke ich, als ich sieben Stunden später endlich in mein Bett sinke. Auch wenn ich beim Anblick meiner Bettwäsche unweigerlich an ihn denken muss. Ganz so Unrecht hat er ja nicht, sie ist wirklich nicht schick. Außerdem ist sie zu warm, denn die Heizlüfter laufen auf voller Leistung, um die Dachbalken zu trocknen. Aber ich bin viel zu müde, um mir darüber Gedanken zu machen, und außer mir hat ewig niemand mehr in diesem Bett gelegen. Das gleichmäßige Surren der Ventilatoren hat etwas Beruhigendes. Also lasse ich mich davon einlullen und drifte der Dunkelheit des Schlafs entgegen.

Kapitel Sieben

In seinen schilfgrünen Augen liegt ein hungriger Ausdruck, als er auf mich zukommt, langsam, lässig, als hätte er alle Zeit der Welt. Sein Blick wandert über meinen Körper. Ich blicke an mir hinab und stelle fest, dass ich nackt bin. Seine kräftigen Hände schließen sich um meine Brüste und ich biege den Rücken durch, strecke sie ihm entgegen. Er beugt sich vor, um einen Nippel zwischen seine Lippen zu saugen, während seine Finger tiefer wandern. Ich erschauere unter seiner Berührung und er drückt mich runter aufs Bett. Plötzlich ist er über mir, ebenfalls nackt. Noch bevor ich mich wundern kann, wie er sich so schnell ausgezogen hat, ist er in mir. Mit harten, schnellen Stößen treibt er mich dem Gipfel entgegen, ich bin kurz davor zu kommen, ja, oh ...

Unsanft reißt mich die Melodie meines Handyweckers aus dem Traum. Ruckartig setze ich mich auf, angele mein Telefon vom Nachttisch und drücke auf Schlummern.

Warum musste das blöde Ding ausgerechnet jetzt klingeln? Ich war so kurz davor! Mein Atem geht schneller, und ich fühle mich erhitzt, als ob ich wirklich gerade Sex gehabt hätte. Vielleicht liegt es aber auch einfach an der stickigen Luft. Mir ist heiß und mein Schlafshirt klebt an meiner Haut. Frustriert lasse ich mich zurücksinken, drehe mich noch mal um und versuche den Traum wieder einzufangen, um ihn zu Ende zu bringen. Aber es nützt nichts. Ich bin nicht nur hellwach, sondern auch ziemlich erregt, wie ein kurzer Griff in meinen Schritt bestätigt. Mein Slip ist klatschnass und meine Klitoris drängt sich mir pochend entgegen.

Seufzend setze ich mich wieder auf, hole Mr. Bunny aus der Nachttischschublade und hoffe, dass die Batterien nicht leer sind. Doch mein kleiner Freund in Form eines Häschens mit anliegenden Ohren aus lilafarbenem Silikon hat mich noch nie enttäuscht und auch diesmal erwacht er mit einem leisen Summen zum Leben. Zum Glück brauche ich keinen Mann, um mir Befriedigung zu verschaffen. Dann lehne ich mich zurück, schließe die Augen und entspanne mich, während ich an die Szenen des Traums denke.

»Bist du schon wach?«, ertönt kurz darauf die Stimme meiner Großmutter durch die geschlossene Tür.

»Ja«, rufe ich. »Einen Moment.« Hektisch lasse ich den Vibrator unter meiner Decke verschwinden und springe aus dem Bett.

»Alles in Ordnung?«, will Granny wissen, als ich auf den Flur hinaustrete.

»Ja, alles bestens«, antworte ich und die Temperatur in meinen Wangen steigt um gefühlte zwanzig Grad.

Sie schenkt mir einen prüfenden Blick. Schnell schiebe ich mich an ihr vorbei ins Bad und flüchte unter die Dusche. Das heiße Wasser spült die Spuren meiner Lust fort, aber die Erregung bleibt, sie lässt sich nicht abwaschen. Das kommt davon, wenn man als erwachsene Frau wieder zurück nach Hause ins Kinderzimmer zieht. Frustriert beende ich meine Morgentoilette. Den Kampf gegen meine Locken nehme ich gar nicht erst auf. Heute bin ich im wahrsten Sinne des Wortes auf Krawall gebürstet. Zwei Mal kurz vor dem Orgasmus unterbrochen zu werden ist nicht gerade förderlich für meine Laune.

»Ich kümmere mich um die Innenseite«, sage ich zu Dad, schnappe mir ein Paket Dämmwolle aus dem Laderaum des Transporters und betrete das Diner.

Als Miss Williams mich bemerkt, senkt sie den Blick und tut, als wäre sie mit der Kasse beschäftigt.

»Guten Morgen«, sage ich und sie schaut zu mir auf. »Ich würde gern oben weitermachen.«

Hektisches Nicken. »Ja, gehen Sie nur«, sagt sie und wedelt mit der Hand Richtung Treppenhaus, bevor sie es sich anscheinend anders überlegt. »Ich komme mit.«

Irgendwie ist sie heute ganz schön neben der Spur, denke ich, schultere das Paket Dämmwolle und folge ihr Richtung Wohnung.

Umständlich halte ich ihm die Tür auf, was ziemlich schräg ist. Eigentlich sollte ja ein Mann der Frau die Tür aufhalten und nicht umgekehrt. Aber er hat nun mal die Hände voll. Außerdem bin ich emanzipiert, und es interessiert mich nicht, was er oder irgendein Mann über mich denkt. Ganz im Gegenteil, ich komme bestens alleine klar.

Stimmt, das hast du heut Morgen eindrucksvoll bewiesen, flüstert eine leise Stimme in meinem Kopf, und ich spüre, wie mir schon wieder das Blut in die Wangen steigt.

Komm runter! Er weiß ja nicht, dass ich es mir selbst gemacht und dabei an ihn gedacht habe.

»Nach Ihnen«, sage ich übertrieben locker und lasse ihm den Vortritt. Während er vor mir die Stufen hochsteigt, gönne ich mir einen ausgiebigen Blick auf seinen Hintern. Ziemlich sexy, wirklich ein richtiger Knackarsch. Nicht umsonst habe ich an ihn gedacht, als ich ... Stopp! Hör sofort damit auf!

Auf der vorletzten Stufe bleibt er stehen und ich schiebe mich wieder an ihm und dem riesigen Paket Dämmwolle vorbei, wodurch wir uns auf der schmalen Treppe ziemlich nahe kommen. Sein Duft steigt mir in die Nase und ich sauge ihn ein, männlich, würzig. Kein teures Aftershave, aber auch kein billiges Deo. Er riecht einfach nur nach Mann, nach ganzem Kerl, irgendwie gut. Hastig drücke ich die Klinke runter, stoße die Wohnungstür auf und stürme direkt in mein Zimmer, wo ich mich demonstrativ zwischen Bett und ihm aufbaue, als er den Raum betritt.

Mit einem Blick über die Schulter checke ich die Lage und stelle zu meinem Entsetzen fest, dass Mr. Bunnys Nase vorwitzig unter der Decke hervorlugt. Mein Herz setzt vor Schreck zwei Schläge aus.

Er stellt das Paket Dämmwolle ab, und ich nutze die Chance, um die Bettdecke ein Stück nach vorn zu ziehen. Anscheinend war ich nicht schnell genug, wie mir das Aufblitzen in seinen Augen verrät. Am liebsten würde ich vor Scham im Erdboden versinken.

»Das ist etwas vollkommen Natürliches«, setze ich zu einer Erklärung an. »Jede Frau hat hin und wieder gewisse ... Bedürfnisse, wenn Sie verstehen, was ich meine.« Gott, was rede ich denn da?

»Verstehe«, sagt er todernst, aber seine Mundwinkel zucken verdächtig. Sein Blick wandert zum Nachttisch und bleibt an der Packung Kleenex hängen. Ein belustigtes Grinsen gleitet über seine Lippen.

»Die steht da nicht aus dem Grund, an den Sie denken«, beeile ich mich zu sagen.

»So, was denke ich denn?« Er sieht mich forschend an. Das Grinsen wird eine Spur breiter.

»Ach, nichts.«

Er holt Luft, um etwas zu erwidern. Wenn er jetzt anbietet, dass er mir zur Hand gehen könne, haha, oder sonst irgendeinen peinlichen Spruch loslässt, kriege ich einen Schreikrampf.

»Ich schlage vor, wir vergessen das alles einfach und fangen noch mal ganz von vorn an.«

»Ja«, stimme ich erleichtert zu.

»Hi, ich bin Brad.« Er streckt mir die Hand entgegen.

»Keisha«, sage ich und schlage ein. Er betrachtet mich mit diesem seltsamen Blick und ich entziehe ihm meine Hand. Krampfhaft überlege ich, wie ich Mr. Bunny unauffällig an mich nehmen könnte, aber das würde vermutlich alles nur weiter verschlimmern. Also mache ich mich aus dem Staub, bevor es noch peinlicher wird.

Okay, deshalb war sie also so seltsam. Ich bemühe mich um ein neutrales Gesicht, als sie abrauscht. Drei Sekunden später höre ich, wie die Wohnungstür ins Schloss fällt, und atme auf. Wow, in Bezug auf diese Frau nehme ich wirklich jeden Fettnapf mit, der sich mir bietet, und springe mit Anlauf rein. Das war noch peinlicher als der Spruch mit der Bettwäsche. Warum kann ich Idiot nicht einfach mal mein Maul halten? Und wann lerne ich endlich, erst mal nachzudenken, bevor ich was sage oder mache? Mit der flachen

Hand klopfe ich mir vor die Stirn, um es mir einzuhämmern.

Mein Blick fällt auf das zerwühlte Bettzeug, und ich kann nicht anders, als die Decke anzuheben. Grinsend betrachte ich den Vibrator aus lilafarbenem Silikon. Er hat die Form eines Häschens mit anliegenden Ohren. Wie von selbst strecke ich die Hand danach aus und hebe ihn auf, spüre das seidige Material unter meinen Fingern und komme nicht umhin, mich zu fragen, wie sie wohl aussieht, wenn sie ihn benutzt. Mein Schwanz reagiert umgehend auf den Gedanken und wird hart. Fuck! Was mache ich hier eigentlich? Hektisch lege ich den Vibrator zurück und schlage die Decke darüber. Dann wende ich mich der Dachschräge zu und versuche, mich auf meine Aufgabe zu konzentrieren, doch es gelingt mir nicht.

Es ist seltsam, allein in ihrem Zimmer zu sein. Ich fühle mich wie ein Eindringling. Wie jemand, der hier nicht hergehört, zwischen all ihre Sachen und persönlichen Dinge, die so viel über sie verraten. Zum Beispiel das kleine Schmuckkästchen aus glänzendem Kirschholz oder das gerahmte Foto auf der Kommode. Ich nehme es in die Hand und betrachte es. Es zeigt Keisha an der Seite ihrer Großmutter und einer anderen Frau, vermutlich ihre Mom. Sie sehen sich sehr ähnlich, auch wenn die Farbe ihrer Haut heller ist. Anscheinend ist es am Tag ihrer Abschlussfeier auf dem College entstanden. Sie trägt einen schwarzen Talar und einen Doktorhut und strahlt in die Kamera. Alle drei platzen beinahe vor Stolz, und ich frage mich, was sie wohl studiert hat.

Bei mir hat's nicht zum College gelangt. Nicht dass ich zu blöd gewesen wäre. Wir konnten es uns finanziell nicht leisten. Dads Firma lief immer mehr schlecht als recht und außerdem hatte ich nach der Highschool andere Dinge im Sinn. Mit den falschen Freunden abzuhängen zum Beispiel.

Ich stelle das Bild zurück und achte darauf, es genau so auszurichten, wie es vorhin gestanden hat.

Der Raum riecht nach ihr, eine Mischung aus Kokosnuss und einem dunklen, sinnlichen Aroma. Ich frage mich, ob sie es sich selbst macht, weil sie einsam ist. Oder gibt es jemanden, an den sie dabei denkt? Jemanden, den sie vermisst?

Ach, verdammt, ich sollte aufhören, mir darüber den Kopf zu zerbrechen. Aber nachdem ich dieses lila Lusthäschen gesehen habe, kann ich mich nicht mehr konzentrieren.

Nach einer halben Stunde gebe ich genervt auf und mache im Zimmer ihrer Großmutter weiter. Dort geht mir die Arbeit bedeutend leichter von der Hand, bis mich mein Handywecker um kurz vor vier daran erinnert, Feierabend zu machen.

Ich öffne das Fenster. »Hey Dad!«

»Was ist?«, erklingt seine Stimme ein Stück oberhalb von mir vom Dach.

»Ich hau jetzt ab«, sage ich. »Hab gleich einen Termin beim Anwalt«, setze ich leiser hinzu.

»Alles klar«, brummt er, und ich sammele mein Werkzeug zusammen, bevor ich runter in das Diner gehe.

»Schluss für heute«, sage ich, als ich an die Theke trete.

»Jetzt schon?«, fragt Granny mit einem Blick zur Uhr an der Wand hinter dem Tresen.

»Wenn Sie sonst keine Wünsche haben, die dringend befriedigt werden müssen«, antworte ich mit einem vielsagenden Grinsen in Keishas Richtung. Ich habe mich noch nie gefragt, ob Schwarze eigentlich rot werden können. Offensichtlich ja, zumindest die helleren wie sie, denn die Haut ihrer Wangen wird um zwei Töne dunkler.

»Nein, wir kommen gut allein zurecht!«, faucht sie und bemerkt erst dann, was sie da gesagt hat.

»Ich weiß«, entgegne ich und bemühe mich wieder um einen absolut neutralen Ausdruck. »Dann bis morgen«, schiebe ich schnell nach. So gern ich sie noch ein bisschen damit aufziehen würde, ich muss los und sollte lieber pünktlich sein.

Kapitel Acht

Der Anwalt blickt von einem Schreiben mit dem Siegel des Blount Countys auf, als ich um Viertel vor fünf sein Büro betrete.

»Mr. Turner?«

Ich beantworte seine Frage mit einem knappen Nicken und er reicht mir die Hand. »Howard Denton. Setzen Sie sich doch«, fügt er mit einer einladenden Geste auf die billigen Plastikstühle hinzu. Der Kerl ist fast genauso schmierig wie der Kautionsagent, aber einen eigenen Anwalt kann ich mir nicht leisten. Er vertritt uns alle und wird aus der Clubkasse bezahlt.

»Ich habe die anderen Mandanten bereits im Gefängnis besucht und mich mit ihnen besprochen«, sagt er. »Sie sind der Letzte. Wenn Sie dann die Freundlichkeit hätten, mir Ihre Sicht der Dinge zu schildern.«

»Tut mir leid«, sage ich und schüttele den Kopf. »Ich habe keine Erinnerungen an das, was man mir vorwirft, und das habe ich auch bereits der Polizei und dem Haftrichter gesagt.«

»Sie können ruhig ehrlich sein, Mr. Turner. Wenn ich

Sie verteidigen soll, ist es in Ihrem eigenen Interesse, mir die Wahrheit zu sagen.«

»Aber es stimmt, ich ... Ich geb's zu, okay? An dem Abend war ich ziemlich betrunken und hatte eine ganze Flasche Whiskey intus. Totaler Blackout, verstehen Sie?« Ich warte auf ein Zeichen, ein Nicken oder so was, doch er schaut mich einfach nur an. »Aber ...«

»Aber?« Er schenkt mir einen fragenden Blick aus müden Augen.

»Ich glaube einfach nicht, dass ich dem Mädchen was getan habe.«

»Glauben Sie oder wissen Sie das, Mr. Turner?«

»Ich weiß es nicht hundertprozentig, aber ich würde nie einer Frau etwas antun, und ich bin mir ziemlich sicher, dass ich wieder abgehauen bin, bevor ... Na Sie wissen schon.«

»Aber Sie sind auf diesem Video, Mr. Turner.«

Mein Magen ballt sich zu einem eisigen Klumpen. »Sieht man darauf, wie ich ...?« Ich wage es nicht auszusprechen und halte die Luft an.

Denton schüttelt den Kopf. »Ich kenne es nicht. Oder glauben Sie, die Staatsanwaltschaft wäre so blöd, uns ihre Beweise vor der Verhandlung zu präsentieren?« Es war wohl eine rhetorische Frage. »Sonst hätte man Sie wohl kaum angeklagt«, fügt er hinzu.

Stimmt auch wieder ... »Aber ich kann es mir nicht vorstellen. Es will nicht in meinen Kopf, dass ich das wirklich getan haben soll. Dann müsste ich doch irgendeine Erinnerung daran haben, oder?« Ich hebe die Hände in einer hilflosen Geste. »Verdammt, was soll ich denn machen? Noch nicht mal Sie glauben mir.«

»Langsam«, sagt er. »Soweit ich weiß, wurde bei Ihnen ein Bluttest durchgeführt.« Er blättert geräuschvoll in seinen Unterlagen. »Ah, hier haben wir es ja!« Mr. Denton zieht ein Blatt hervor und streckt es mir entgegen. »Da steht es schwarz auf weiß. Um acht Uhr siebenundzwanzig hat Ihnen der hinzugerufene Arzt auf der Wache Blut abgenommen. Zu dem Zeitpunkt hatten Sie immer noch eins Komma zwei Promille. Vielleicht können wir auf Unzurechnungsfähigkeit plädieren. Trotzdem sieht es nicht gut für Sie aus, Mr. Turner«, sagt er mit einem bedauernden Lächeln, das mir fast aufrichtig erscheint. »Deshalb überlegen Sie sich, ob Sie sich nicht im Vorfeld schuldig bekennen wollen.«

»Ich soll ein Verbrechen zugeben, von dem ich noch nicht einmal weiß, ob ich es überhaupt begangen habe?«, keuche ich entsetzt. Der Typ kann echt nicht ganz dicht sein, wenn er ernsthaft glaubt, ich würde mich darauf einlassen.

»Das behaupten Sie«, sagt er ruhig. »Aber die Gerichte sind überlastet. Die Staatsanwaltschaft und Richter Miller würden es sicher begrüßen, wenn Sie ihnen und uns den Aufwand einer mündlichen Verhandlung ersparen würden. Ein Geständnis würde sich strafmildernd auswirken, deshalb habe ich auch den anderen Angeklagten dazu geraten.«

»Was bedeutet das konkret?«

»Sie würden vielleicht ein, zwei Jahre bekommen«, sagt er mit einer wegwerfenden Handbewegung. »Vielleicht fünf, wenn's schlecht läuft. Danach wären Sie wieder ein freier Mann.«

Er sieht mich fragend an, als wäre das wirklich eine Option, aber … Vor ein paar Jahren gab es da diesen Fall in Virginia, die Sache ging durch die Medien. Leutnant William Strong war die Seitensprünge seiner Frau leid und wollte sich von ihr scheiden lassen. Daraufhin hat sie behauptet, dass er sie in der Ehe vergewaltigt habe, und ihn angezeigt. Sein Anwalt und die Familie drängten ihn, sich schuldig zu bekennen, in der Hoffnung auf ein mildes Urteil. Doch die Jury kannte keine Milde und verurteilte ihn zu sechzig Jahren für eine Tat, die er nicht begangen hatte.

»Auf keinen Fall!«

»Die Entscheidung liegt ganz bei Ihnen, also überlegen Sie es sich«, sagt er, steht auf, geht rüber zur Tür und hält sie mir auf. Das ist dann wohl das unmissverständliche Zeichen, dass wir hier fertig sind.

Während der Fahrt nach Hause werde ich das ungute Gefühl nicht los, dass das nicht nur für das Gespräch, sondern auch für mich gilt: Ich bin erledigt! Komplett am Arsch!

Dad sitzt vor dem Fernseher. »Wie ist es gelaufen?«

»Nicht gut«, antworte ich düster.

»Hauptsache du hältst dich an die Termine und erscheinst da pünktlich«, brummt Dad. »Bevor wir am Ende deinetwegen noch das Haus verlieren.«

»Keine Sorge«, murmele ich und verziehe mich auf mein Zimmer, da ich nicht die geringste Lust auf Streit habe.

Genau genommen habe ich auf gar nichts Lust. Also nicht generell, ich verspüre durchaus eine gewisse ... nennen wir es *Grundgeilheit*. Eigentlich hatte ich ja vor, Tracy anzurufen und ihr zu sagen, dass sie rüberkommen solle. Aber auch dazu fehlt mir der Antrieb, denn ich weiß, dass Tracy den Hunger nicht stillen kann, den ich empfinde. Weil sie nicht besitzt, wonach ich mich verzehre.

Ich wusste ja selbst nicht, dass es mich so anmachen würde, aber seitdem ich heut Morgen den Vibrator gesehen habe, kann ich an nichts anderes mehr denken als daran, wie es wohl aussieht, wenn Keisha ihn sich in ihre Pussy schiebt. Ihre *schwarze* Pussy, um genau zu sein.

Bis vor ein paar Wochen hätte ich behauptet, mir lieber den Schwanz abzuhacken, als ihn einer Schwarzen reinzustecken. Wir alle hätten das gesagt, aber das hat keinen davon abgehalten, es trotzdem zu tun.

Doch jetzt bin ich geradezu besessen von der Vorstellung, es mit Keisha zu machen. Ob sie eng ist? - Mit Sicherheit, darauf kannst du wetten, Junge! Sie wirkt jedenfalls nicht wie eine, die einen schnell ranlässt, und das macht es nur umso reizvoller. Vielleicht ist es das, was mich so fasziniert: dass sie anders ist als die Frauen, die ich bisher hatte. Die waren allesamt weiß, mehr oder minder blond und langhaarig. Ich stehe halt auf Blondinen, ich kann es nicht ändern.

Deshalb kapiere ich nicht, was mit mir los ist. Normalerweise gucke ich noch nicht mal Pornos, in denen Schwarze mitspielen, weil es mich nicht interessiert. Doch plötzlich erscheint gerade das besonders spannend, das Unbekannte, Fremde. Der Gedanke, sie zu knacken und mit Keisha ins Bett zu gehen, ist aufregend, nein, erregend, denn ich bin schon wieder steinhart.

Seufzend öffne ich die Knöpfe meiner Jeans, schließe die Faust um meinen Schwanz und hole mir einen runter. Wie ein beschissener Teenager, denke ich, bevor ich mich wieder auf meine Vorstellung, wie sie es sich selbst macht, konzentriere.

Aber sosehr ich mich auch bemühe, immer wieder schiebt sich ein anderes Bild darüber. Das Gesicht des Mädchens, das ich nur von dem Foto kenne, das die Bullen mir bei der Vernehmung gezeigt haben. Aber im Geiste sehe ich ihre Augen vor mir, weit aufgerissen und voller Panik, ihre Schreie hallen durch meinen Kopf. Sind das meine echten Erinnerungen oder nur die Visionen der Alpträume, die mich Nacht für Nacht quälen? Ich weiß es einfach nicht. Die Erregung verpufft und mein Ständer fällt in meiner Hand in sich zusammen, hinterlässt nichts als Ernüchterung und einen metallischen Geschmack auf meiner Zunge. Frustriert packe ich meinen Schwanz wieder ein. Warum muss ich ausgerechnet jetzt an das Mädchen denken? Wird das jedes Mal so sein, wenn ich in irgendeiner Form Sex habe? Ziemlich beängstigende Vorstellung, deshalb dränge ich sie zurück.

Als ich um kurz vor halb eins meine Bettdecke zurückschlage, fällt mein Blick auf Mr. Bunny und die Scham kehrt mit voller Wucht zurück. Schuldbewusst will ich ihn aufheben und stutze. Lag er nicht weiter vorne, beinahe an der Bettkante? War Brad, also, hat er … hier rumgeschnüffelt? Ein Prickeln überzieht meine Kopfhaut und ich sehe mich im Raum um. Auf meinem Schreibtisch hat er ein paar Dinge zur Seite geschoben, dort liegt nun ein Elektrotacker. Aber das Foto auf der Kommode steht ebenfalls anders, oder bilde ich mir das nur ein?

»Komm runter«, sage ich zu mir. Er muss meine Sachen anfassen, wenn sie ihm bei der Arbeit im Weg sind, und Mr. Bunny ist vermutlich nur zur Seite gerollt, als ich hektisch die Decke darübergeschlagen habe. Kopfschüttelnd schnappe ich ihn mir und mache mich auf den Weg ins Bad, um ihn endlich abzuwaschen. Während ich den Vibrator unter den heißen Wasserstrahl halte und mit der anderen Hand einseife, denke ich an den Grund, aus dem ich ihn benutzt habe. Brad …

Er ist nichts Besonderes, rede ich mir ein. Nur ein ganz gewöhnlicher Kerl. Eigentlich ist er so ziemlich das komplette Gegenteil des Typs Mann, für den ich mich normalerweise interessiere. Wenn, dann bevorzuge ich ein gepflegtes, intelligentes und gebildetes Exemplar, keinen ungewaschenen Rocker. Aber genau da liegt der Hase im Pfeffer. Die Männer, auf die ich stehe, stehen nämlich meistens nicht auf mich.

Eine Frau, die sieben Tage die Woche im Diner schuftet und am Ende eines langen Arbeitstages nach Frittenfett riecht, besitzt nicht gerade die größte Anziehungskraft, wenn es um heiße Typen geht. Mein letzter Sex ist jetzt fast zwei Jahre her. Deshalb nehme ich auch keine Pille, und vermutlich liegt es daran, dass ich so durch den Wind bin.

Genau, denke ich, als ich Mr. Bunny in der Nachttischschublade verstaue und unter meine Decke schlüpfe. Im Kopf gehe ich die Tage meines Zyklus durch. Ich habe meinen Eisprung, that's it. Es hat also gar nichts mit Brad zu tun, sondern ist rein hormoneller Natur und kein Indiz dafür, dass ich neuerdings auf Bad Boys abfahre.

Wobei ich gestehen muss, dass sein Arsch in den engen Jeans, die kräftigen Arme und das breite Kreuz durchaus ihren Reiz haben. Mich überrascht eher die niedere, triebgesteuerte Art, mit der ich darauf reagiere. Das kenne ich von mir nicht. Aber wenn er mich so ansieht, mit diesem hungrigen Blick, möchte ich mir am liebsten die Klamotten vom Leib reißen. Wenn ich an Brad denke, denke ich nicht an Romantik, sondern an schmutzigen Sex. Fordernd, kräftig und wild.

Natürlich stehe ich nicht auf harten Sex, also zumindest nicht im wahren Leben. Aber es ist nicht verboten, es mir vorzustellen. In meiner Fantasie darf ich mich ihm hingeben und mein Unterleib reagiert darauf mit einem lustvollen Ziehen. Seufzend öffne ich die Schublade und hole Mr. Bunny wieder heraus, um endlich zu Ende zu bringen, was ich heute Morgen begonnen habe. Sonst finde ich ja doch keine Ruhe.

Die Fackel senkt sich in die Lache aus schillerndem Benzin. Flammen lodern empor, das Holz fängt sofort Feuer. Das Mädchen kommt raus und John fängt sie ab. Er schleudert sie zu Boden und lacht.

»Nimm du sie zuerst, Brad«, sagt er. »Du willst sie doch so sehr.« Sie blickt zu mir auf, ihre Augen sind weit vor Schreck und ich ziehe mir die Hose runter.

»Ja, besorg es ihr richtig, der kleinen Niggerschlampe!«, ruft John und ich stoße zu. Sie schreit, und ich sehe ihr ins Gesicht, doch es ist nicht mehr das Mädchen, sondern Keisha, die sich unter mir windet. Entsetzt weiche ich zurück, aber es ist zu spät.

»Du hast mich vergewaltigt«, sagt sie und deutet anklagend mit dem Finger auf mich. Aus ihrer Miene spricht eiskalter Hass. Die Verzweiflung, die ich empfinde, ist so tief, dass sie alles zu verschlingen droht. Ich habe das Gefühl, darin zu ertrinken. Ich falle und falle, immer tiefer, in ein bodenloses schwarzes Loch. Aus meiner Kehle löst sich ein Schrei, von dem ich schließlich erwache. Ich bin schweißgebadet, mein Puls rast und das Blut rauscht in meinen Ohren.

»Nur ein Traum«, sage ich zu mir. »Alles gut.« Nichts ist gut, denke ich, während mein Herz in der Brust hämmert, und ich zwinge mich zu atmen. Ein und aus, ganz langsam und gleichmäßig. Wenn das die Strafe ist für das, was ich getan habe, dann will ich sie nicht. Sperrt mich von mir aus ein. Schließt mich weg bis an mein Lebensende, damit ich keine Gefahr mehr bin. Aber diese Alpträume halte ich nicht aus, die machen mich kaputt.

Wenn ich mich nur erinnern könnte, was passiert ist. Verzweifelt suche ich in meinem Hirn nach den fehlenden Stunden, aber da ist nichts.

Aber was, wenn ich mitgemacht habe? Was, wenn ich dadurch erst auf den Geschmack gekommen bin? Hi, ich bin Brad, und ach, übrigens, ich steh auf schwarze Frauen, seitdem ich eine von ihnen vergewaltigt habe. Dabei geht mir voll einer ab ...

Es ist krank, an Keisha zu denken. Ich bin krank. Vollkommen pervers. Nein, ich darf sie nicht begehren. Wenn es stimmt, was sie sagen, habe ich das Recht dazu verloren, als ich mich über den Willen des Mädchens hinweggesetzt habe. Ich wünschte, ich könnte dem Alkohol die Schuld geben. Aber in letzter Instanz war ich es, der ihn getrunken hat. Niemand hat mich dazu gezwungen. Es war meine freie Entscheidung, einfach so, weil ich Bock drauf hatte. Weil es das ist, was man in meiner verschissenen Welt an einem Samstagabend tut: sich mit den Jungs treffen, volllaufen lassen und losziehen, um einen Jugendclub abzufackeln. Das ist so erbärmlich, dass es mich selbst ankotzt. Ich bin kein Monster, ich bin ein Loser; und das ist noch viel schlimmer.

Kapitel Neun

Immerhin habe ich letzte Nacht nicht von Brad geträumt und werte das als gutes Zeichen. Das beweist, dass es sich tatsächlich nur um einen hormonell bedingten Ausrutscher gehandelt hat. Wieso auch nicht? Eigentlich auch logisch, denke ich, als ich mir die Schürze umbinde. Schwangere haben ja auch plötzlich Heißhunger auf die absurdesten Dinge. Saure Gurken mit Schlagsahne zum Beispiel. Noah sagt, Liz stopfe dauernd komisches Zeug in sich rein. Warum sollte es sich also mit Männern anders verhalten? Wenn die Hormone verrücktspielen, steht man schon mal auf Rocker, auch wenn sie nicht dem üblichen Beuteschema entsprechen. Dann schon eher …

»Orell!«, ruft Granny und ein Strahlen gleitet über ihr Gesicht. Ich wirbele herum, und tatsächlich: Als einer der ersten Gäste an diesem frühen Freitagmorgen betritt mein bester Freund aus Highschoolzeiten den Raum.

»Hi«, sagt er und drückt mir zur Begrüßung einen Kuss auf die Wange.

»Was machst du denn hier?«, frage ich verblüfft. Wir haben uns seit mindestens fünf Jahren nicht gesehen, vielleicht sind es auch sechs.

»Ich habe beruflich in der Gegend zu tun.« Orell ist Anwalt. Er hat sein Studium an der renommierten Chicago Law School als einer der Besten seines Jahrgangs abgeschlossen und danach einen Job bei einer großen Kanzlei in Chicago angenommen.

»Bist du wegen des Black History Month hier?«»Auch. Nächste Woche halte ich einen Vortrag im Maryville College.«

»Wow, das ist toll!« Ich nicke ihm anerkennend zu. »Deine Mutter ist bestimmt sehr stolz auf dich.«

»Keine große Sache«, wehrt er ab. »Aber ja, das ist sie. Sie macht mich jetzt schon ganz verrückt damit. Dabei bin ich aus einem ganz anderen Grund da.«

»Nämlich?«

»Wegen des Prozesses im Fall des abgebrannten Jugendclubs. Ich vertrete das Mädchen als Anwalt der Nebenklage«, fügt er leiser hinzu.

»Oh.« Die Sache war ganz groß in den Medien. Sogar einige landesweite Sender haben darüber berichtet. Nicht nur in Maryville, auch in den anderen größeren Städten gab es danach Protestaktionen und Forderungen nach mehr Sicherheit für die nicht weiße Bevölkerung der Südstaaten.

»Diese Dreckschweine sollten alle auf den elektrischen Stuhl kommen«, sagt meine Großmutter heftig.

»Granny!«

Orell legt den Kopf schief. »Für ein Nichttötungsdelikt ist die Todesstrafe leider nicht vorgesehen.« In seiner Stimme schwingt eine Spur von Bedauern. »Aber ich werde dafür sorgen, dass diese Typen dafür büßen und ihre gerechte Strafe bekommen.«

»Man sollte sie an den Eiern aufhängen«, knurrt Granny. »Was denn?«, fügt sie mit Blick auf mich hinzu. »Ist doch wahr.«

Ich kann ihr die derbe Wortwahl nicht verübeln. Was

die Täter betrifft, empfinde ich genauso und wünsche ihnen die Pest an den Hals. Mindestens.

»Die Familie kann sich keinen Rechtsbeistand leisten«, fährt Orell fort. »Deshalb übernehme ich das Mandat ehrenamtlich, pro bono. Ich habe unbezahlten Urlaub genommen.«

»Das ist wirklich ein feiner Zug von dir«, sagt Granny anerkennend. »Aber jetzt setz dich erst mal«, fügt sie hinzu. »Du bist ja ganz schmal geworden.«

So würde ich das nicht nennen. Der schlaksige Teenager von einst hat sich zu einem großen, schlanken Mann entwickelt. Einem ziemlich gut aussehenden Mann, um genau zu sein. Obwohl er mich in dem schmal geschnittenen schwarzen Anzug ein wenig an Will Smith aus *Men in Black* erinnert.

Orell kommt ihrer Anweisung nach und nimmt auf einem Barhocker Platz. Derweil schlägt Granny drei Eier auf die heiße Herdplatte und legt ein paar Streifen Speck dazu. Während sie vor sich hin brutzeln, schaufelt sie Bratkartoffeln auf einen Teller und setzt ihn schließlich Orell unter die Nase.

Der wehrt lachend ab, doch sein Protest ist zwecklos, damit stößt er bei meiner Großmutter auf taube Ohren.

»Wie lange bleibst du?«, will sie wissen.

»Weiß ich noch nicht«, sagt Orell. »Der Prozess beginnt in neun Tagen. Bis dahin werde ich mich einarbeiten und so lange bei meiner Mutter wohnen.«

»Da freut sie sich bestimmt«, sagt Granny und schenkt mir einen zufriedenen Seitenblick, den ich mit einem Augenrollen erwidere. Um mir ein Date klarzumachen, bin ich definitiv nicht auf die Hilfe meiner Großmutter angewiesen. Sie braucht mich nicht zu verkuppeln, auch wenn es mir in Orells Fall gar nicht so unrecht wäre.

Als ich das Diner betrete, ist Keisha gerade an der Theke in ein Gespräch vertieft. Sie bemerkt gar nicht, dass ich reingekommen bin, sondern hat nur Augen für den Mann. Die Art, wie der groß gewachsene Schwarze sie ansieht, verrät mir, dass zwischen ihnen was läuft. Wusste ich's doch, sie hat einen Freund. Wäre ja auch ein Wunder gewesen, wenn nicht. Ich will nicht stören, also verziehe ich mich direkt aufs Dach, wo Dad schon auf mich wartet. Die Lattung hat er so weit vorbereitet, deshalb wollen wir heute endlich damit beginnen, die Schindeln zu verlegen.

»Wir fangen dahinten an«, sagt er und deutet auf die kleinere Fläche. »Das Stück sollten wir schaffen.«

»Ist gut«, sage ich und mache mich schweigend an die Arbeit.

Nach einer Weile kommt der Typ wieder raus und geht zielstrebig zu seinem Wagen, einem windschnittigen Coupé, vermutlich deutsches Fabrikat.

»Nun guck sich das einer an«, sagt Dad, dessen Blick meinem gefolgt ist. »Wir rackern uns hier ab, zwei ehrliche, hart arbeitende weiße Männer, während der Schwarze in den Tag hinein lebt. Will nicht wissen, woher der Nigger das Geld für so ein Auto hat«, fügt er hinzu. »Bestimmt Drogengeschäfte.«

Billig war der Schlitten mit Sicherheit nicht, so viel steht fest. Der diamantschwarze Lack funkelt in der Sonne, als der Typ vom Parkplatz fährt und auf die Main Road abbiegt, und ich empfinde einen Anflug von Neid. Er bohrt seinen glühenden Stachel in mein Herz, kratzt Schorf von alten Wunden.

»Könntest du wohl aufhören, das N-Wort zu benutzen?«, frage ich gereizt.

»Was?«, antwortet Dad achselzuckend. »Hier oben hört uns keiner. Wir sind doch unter uns.«

Stimmt. Nur ich höre sein dummes Gequatsche, denn wir sind ja unter uns ... Zwei weiße Arschlöcher auf einem Dach, während der Schwarze die dicke Karre fährt und die Braut klarmacht, denke ich bitter und erwische mich dabei, dass ich gerade selbst fast das N-Wort gedacht hätte. Dabei war es genau das, dieses ewige Gerede über Unterschiede, was mich dazu gebracht hat, der zu werden, der ich nun bin.

»Lass uns lieber weitermachen, damit wir das bis Mittag fertig kriegen«, sage ich, schnappe mir eine Schindel und nagele sie fest. Die Holzplatte erzittert unter den Schlägen des Hammers und ich lege all meine Wut hinein. Nach einer Weile tut mein Arm weh, aber das ist gut. Der Schmerz überdeckt die anderen, dunklen Dinge, die ich nicht mehr fühlen will.

Granny grinst seit Stunden so zufrieden wie eine Katze, die am Sahnetopf genascht hat. Doch ihre gute Laune verdüstert sich schlagartig, als Brad und sein Vater gegen Mittag den Raum betreten.

»Die zwei schon wieder«, brummt sie missmutig. »Ich hoffe, sie sind bald fertig.«

»Wie läuft's?«, erkundige ich mich, als ich die beiden zu einer der Sitznischen führe und ihnen die Speisekarten reiche.

»Wir kommen ganz gut voran«, sagt Brad und sein Dad murmelt etwas Unverständliches, während er sich in die Karte vertieft.

»Gibt es ein Tagesgericht?«

»Hackbraten mit Kartoffelpüree und Mais.«

»Klingt gut«, sagt Brad. »Das nehme ich.«

»Ich auch.«

Ich kritzele beides auf meinen Block. »Getränke?«, frage ich, den Bleistift im Anschlag.

»Ein Miller«, entscheidet Brads Vater. »Du fährst.«

»Mir egal«, sagt Brad. »Für mich ein Mountain Dew, bitte.«

»Wow, das ist ekelhaft«, entfährt es mir. Welcher erwachsene Mann trinkt freiwillig diese widerliche neongrüne Zuckerbrause? Das ist höchstens was für picklige Teenager und Computerfreaks.

»Macht wach«, gibt Brad achselzuckend zurück.

Da ist was Wahres dran. Das Zeug enthält pro Glas so viel Koffein wie vier Tassen von Grannys stärkstem Frühstückskaffee - und dem wiederum sagt man nach, er könne Tote zum Leben erwecken. Jetzt, wo er's erwähnt, fallen mir die dunklen Schatten unter seinen Augen auf. Er sieht müde aus, als hätte er seit Tagen nicht geschlafen.

Ich hab gut reden, denke ich, als ich wieder hinter dem Tresen stehe und ein Glas mit der giftgrünen Flüssigkeit fülle. Vermutlich sehe ich kein Stück besser aus und sollte mir selbst dringend einen Schluck genehmigen. Beherzt setze ich die Flasche an und trinke den Rest, der sich darin befindet, in einem Zug aus. E-kel-haft! Angewidert schüttele ich mich, um die Gänsehaut zu vertreiben, die meinen Rücken überzieht. Wie man das Zeug mögen kann, wird mir wohl immer ein Rätsel bleiben. Genau wie die Antwort auf die Frage, welcher Idiot eigentlich auf die glorreiche Idee gekommen ist, diese abartige Brühe ausgerechnet Mountain Dew zu nennen. Bergtau. Die Berge, in denen solcher Tau fällt, sind höchstwahrscheinlich radioaktiv verstrahlt und leuchten im Dunkeln.

»Was war das denn?«, kommentiert Brad, der mich beobachtet hat, als ich die Getränke serviere.

»Kleiner Wachmacher«, gebe ich zurück. »Kann an

einem Freitag mit Sicherheit nicht schaden.«

»Wenn's hilft.«

»Bestimmt«, sage ich. »Ich fühl mich jetzt schon wie das Duracell-Häschen.«

»Häschen, soso«, bemerkt er mit einem anzüglichen Grinsen. Mir wird gleichzeitig heiß und kalt, als ich an Mr. Bunnys letzten Einsatz denke. Moment mal, woher weiß Brad ...? Dieser Mistkerl! Hat er also doch in meinen Sachen rumgeschnüffelt.

»Essen kommt gleich«, sage ich und schenke ihm ein Lächeln, während ich ihm innerlich den Mittelfinger zeige. Na warte, Freundchen ... Der kann was erleben!

Granny hat die Teller bereits angerichtet, als ich in die Kochecke zurückkomme. Perfekt! Mit einem schnellen Blick versichere ich mich, dass Brad und sein Vater beschäftigt sind, bevor ich eine kleine Glasflasche unter dem Tresen hervorziehe. Das Etikett auf der Vorderseite ist im Laufe der Zeit verblichen, deshalb hat Mom mit schwarzem Marker einen Totenkopf darauf gezeichnet. Die Farbe des Inhalts schwankt irgendwo zwischen einem teuflischen Scharlachton und einem unheilvollen Braun. Granny hebt eine Augenbraue, als ich ein paar Tropfen der zähen Flüssigkeit über das Häufchen Mais auf dem linken Teller gebe und umrühre.

»Er bettelt um eine Lektion«, sage ich zur Erklärung, bevor ich mich mit dem Essen und meinem zuckersüßesten Lächeln auf den Weg zu der Sitznische mache.

Das Essen riecht köstlich. Kaum dass Keisha den Teller abgesetzt hat, macht sich Dad über die Scheibe Hackbraten her. Sein Mund verzieht sich zu einem zufriedenen Grinsen.

»Donnerwetter, der ist gut«, sagt er kauend.

»Na, was dachten Sie denn?«, lässt sich Granny Mae von ihrem Platz hinter dem Tresen vernehmen und ich schneide ein Stück ab und probiere. Das ist mit Abstand der beste Hackbraten, den ich jemals gegessen habe. Dagegen kann Moms Version echt einpacken. Dieser ist würzig und saftig, überhaupt nicht trocken. Keisha beobachtet mich gespannt.

»Schmeckt fantastisch«, sage ich und nehme den nächsten Bissen. Danach probiere ich den Kartoffelbrei mit Soße. Hmm, sahnig und cremig, es wird immer besser. So bescheuert sich das anhört, aber es schmeckt nach Familie und Geborgenheit. Wie das warme Gefühl, nach Hause zu kommen. Wenn es einen Geschmack dafür gäbe, wäre es genau dieser.

Voller Vorfreude lade ich eine Gabel voll Maiskörner und schiebe sie mir in den Mund. Das ist eine wahre Geschmacksexplosion, aber ... Wow, ganz schön scharf!

Da muss eine ordentliche Ladung Chili dran sein. Meine Zunge brennt wie Feuer und ich begehe den Fehler, das Zeug runterzuschlucken. Es hinterlässt eine glühende Spur in meinem Rachen und gleitet langsam hinab. Dabei fühlt es sich an, als hätte ich kochende Säure getrunken, die mir gerade die Speiseröhre verätzt. Schließlich landet das Teufelszeug in meinem Magen, wo es in einem Feuerball explodiert. Meine Lippen werden taub und ich schnappe verzweifelt nach Luft, während mir der Schweiß ausbricht und aus allen Poren rinnt.

»Alles in Ordnung?«, fragt Keisha mit einem unschuldigen kleinen Lächeln, aber in ihren Augen liegt ein diabolisches Glitzern.

»Bestens«, japse ich, schnappe mir mein Glas und trinke einen Schluck Mountain Dew. Zucker soll ja angeblich helfen, aber das Brennen in meinem Mund wird von

Sekunde zu Sekunde schlimmer, während es sich ein Stockwerk tiefer rot glühend durch meine Eingeweide frisst. »Nur ein bisschen scharf.«

Dad mustert mich erstaunt. »Wirklich? Ich finde den Mais gut. Vielleicht ein wenig pikant.«

»Aber nicht so pikant, dass man sich den Mund daran verbrennen würde, oder?«, flötet Keisha besorgt und klimpert unschuldig mit den Wimpern. Dieses kleine Biest.

»Nein«, pflichtet Dad ihr bei. »Ich würde eher sagen, er ist würzig.«

»Da hast du's«, sagt sie zu mir. »Pikant ist wohl anscheinend zu scharf für dich.« Sie funkelt mich spöttisch an. »Armes, kleines Häschen.«

Wenn ich könnte, würde ich dieses Wortgefecht lustig finden. Kann ich aber nicht, denn ich bin immer noch damit beschäftigt, irgendwie die Kontrolle über meinen Körper zu behalten. Obwohl, aktuell würde ich ihn gerne gegen einen anderen tauschen, der weniger wehtut. Außerdem habe ich jetzt schon Angst davor, morgen früh aufs Klo zu gehen. In Zukunft sollte ich mir also wohl besser jeglichen Häschen-Kommentar sparen, das ist sicherer.

»Was hat er denn angestellt, dass er eine so schlimme Strafe verdient hat?«, fragt Granny neugierig.

»Ach, schon gut«, antworte ich ausweichend. »Er hat bloß dumme Sprüche geklopft.«

»Ich schätze, das tut er jetzt nicht mehr.«

»Nein, ich glaub, nicht«, antworte ich. »Moms Habanero-Soße war immer schon das beste Mittel gegen Kerle mit zu großer Klappe.«

»Das stimmt.« Granny nickt wehmütig und wieder einmal fällt mir auf, wie sehr mir meine Mutter fehlt.

»Hört das irgendwann mal auf?«, frage ich leise.

Meine Großmutter schüttelt den Kopf und legt mir sanft die Hand auf den Arm. »Nein«, sagt sie. »Das Gefühl bleibt. Es geht nie ganz weg, es wird nur schwächer mit der Zeit.«

»Hoffentlich«, sage ich und beobachte, wie Brad das zweite Glas Mountain Dew runterstürzt, das ich ihm gebracht habe und das er mit einem beinahe dankbaren Gesichtsausdruck entgegengenommen hat. »Schön austrinken«, murmele ich. »So ist's gut.«

»Findest du das nicht ein bisschen zu heftig?«, fragt Granny und sieht mich vorwurfsvoll an.

»Meinst du?«

»Du hättest ja nicht gleich die halbe Flasche reinkippen müssen.« Sie streckt mir mit anklagendem Blick das Fläschchen mit den Abführtropfen entgegen, das ich mir kurz von ihr geborgt habe. »Die sind ganz schön stark«, fügt sie hinzu.

»Ich weiß«, gebe ich ungerührt zurück.

»Schönes Wochenende!«, rufe ich Brad hinterher, als er kurz darauf mit seinem Vater im Schlepptau Richtung Ausgang strebt.

»He, die haben noch gar nicht bezahlt!« Granny sieht ihnen empört nach.

»Wir ziehen es von der Rechnung ab«, sagt Brad und schiebt seinen Vater nach draußen. Er scheint es plötzlich sehr eilig zu haben, nach Hause zu kommen. Das wird Mr. Großmaul eine Lehre sein. Aber er hat es nicht besser verdient, als eine bewegte Nacht auf der Toilette zu verbringen. Dank des ganzen Koffeins wird er dabei zumindest nicht einschlafen, denke ich und kann mir ein schadenfrohes Grinsen nicht verkneifen.

Kapitel Zehn

Als ich am Montagmorgen das Diner wieder betrete, begrüßt mich Keisha mit einem strahlenden Lächeln.

»Na, hattest du ein schönes Wochenende?«

»Ja, danke. Und selbst?«, gebe ich zurück, denn ich gönne ihr den Triumph nicht.

»Kann nicht klagen«, sagt Keisha. »Du etwa?«

Ich schiebe mich einen Schritt näher an sie ran. »Das war nicht gerade nett«, raune ich ihr zu.

»Das war die Rache dafür, dass du in meinen Sachen rumgeschnüffelt hast«, erwidert sie und ihre Rehaugen hinter den dicken Brillengläsern blitzen kampflustig auf.

»Wird nicht wieder vorkommen«, sage ich schnell und hebe die Hände zu einer besänftigenden Geste.

»Gut. Du weißt ja jetzt, was dir droht, wenn du das noch mal machst.«

»Kein Bedarf für eine Wiederholung«, versichere ich. »Was zur Hölle war das?«

»Voodoo«, sagt sie todernst, und ich würde es ihr glatt abkaufen, wenn nicht dieses unverschämte Grinsen hinterherkäme.

»Jetzt mal im Ernst, was war da drin?«

»Oh, nur ein wenig von Moms hausgemachter Habanero-Soße am Mais und eine halbe Flasche Abführtropfen im zweiten Glas Mountain Dew.«

»Du kleines Biest«, sage ich und pfeife anerkennend durch die Zähne. »Die Kombination muss ich mir merken, für den Fall, dass ich mal jemanden ausschalten und kampfunfähig machen muss.«

»Passiert so was häufiger?«, fragt sie und sieht mich von der Seite an.

»Kommt schon mal vor«, gebe ich ausweichend zurück. »Aber ich versuche, mich aus allem Ärger rauszuhalten.« Deshalb habe ich am Wochenende auch das Murphy's Law gemieden. Aber ich hatte ja eine wunderbare Ausrede: Magen-Darm. Und dank Tracy, die das bestätigen konnte, weil sie plötzlich auf der Matte stand und es bestimmt brühwarm im Club rumerzählt hat, nachdem sie die Flucht ergriffen hat, war sie umso glaubwürdiger.

»War es sehr schlimm?« Keishas Augen funkeln neugierig.

»Frag nicht«, entgegne ich. »Ich bin tausend Tode gestorben.«

»Bis wann?«

»Samstagmittag.«

Sie kichert vergnügt, besinnt sich aber angesichts meines Gesichtsausdrucks eines Besseren.

»Das war nicht lustig.«

»Tut mir leid«, sagt sie zerknirscht.

»Ich schätze, wir sind quitt«, sage ich und lächele schief. »Frieden?« Ich strecke ihr die Hand hin als Geste der Versöhnung. Keisha legt den Kopf schief, als müsste sie darüber nachdenken.

»Waffenstillstand«, sagt sie und schlägt ein. »Und kein Wort mehr über Mr. Bunny, verstanden?«

»Mr. Bunny?«, frage ich und kann mir das Grinsen

nicht verkneifen. Keisha erkennt ihren Fehler und wird rot, auf diese spezielle Art, wie nur sie es kann. Sie holt Luft, aber bevor sie loslegt, hebe ich Daumen und Zeigefinger und fahre damit über meine Lippen, als würde ich einen Reißverschluss zuziehen.

»Keine Angst, der Name deines Lovers ist bei mir absolut sicher.« Okay, jetzt bin ich wirklich zu weit gegangen. Aber ich kann's einfach nicht lassen, sie ist so süß, wenn sie sich aufregt.

»Oh, du, du ...« Sie schnappt nach Luft. »Du elender ...«, setzt sie wieder an.

»Ja?« Ich bin echt gespannt, was da jetzt kommt.

»Aaaach«, macht sie und wirft die Hände in die Luft. »Was weiß denn ich?« Sie streckt mir drohend den ausgestreckten Zeigefinger unter die Nase. »Noch ein Wort ...«

»Und dann?«, frage ich amüsiert.

»Beim nächsten Mal kippe ich die halbe Flasche von Moms Spezialsoße drüber«, zischt sie. Ihre karamellbraunen Augen blitzen auf und funkeln mich an. Wie eine Löwin, schießt mir durch den Kopf. Sie kann zwar nicht fluchen, aber dafür die Krallen ausfahren.

»Wie viel war es denn diesmal?«, frage ich mit einer dunklen Vorahnung.

»Fünf Tropfen.«

»Oh«, sage ich und nicke eilig. »Verstanden.«

»Leg dich nicht mit mir an.«

»Nein Ma'am«, entgegne ich und mache mich schleunigst an die Arbeit. Der erste Vorgeschmack auf ihr Temperament hat mir absolut gereicht.

Na bitte, der war ja recht handzahm, denke ich mit einem zufriedenen Grinsen. Auch wenn ich mich ohrfeigen könnte, Mr. Bunnys Namen ausgeplaudert zu haben. In Bezug auf diesen Mann besitze ich ein echtes Talent, mich in peinliche Situationen zu bringen. Mein Handy vibriert in der Tasche meiner Schürze. Während ich arbeite, ist es auf lautlos, aber noch ist nicht viel los, deshalb ziehe ich es raus. Orell hat eine Nachricht geschickt. *Wie wär's mit Dinner?*

»Was gibt's?«, fragt Granny mit einem neugierigen Blick an meiner Schulter vorbei auf das Display.

»Orell will mit mir ausgehen.«

»Wer ist Orell?«, schaltet sich Liz ein und ich drehe mich zu ihr rum.

»Ein Schulfreund aus Teeniezeiten«, erkläre ich, während ich sie in den Arm nehme.

»Ein sehr netter junger Mann«, ergänzt Granny. »Er ist Anwalt und verdient gut«, fügt sie hinzu, als ob das irgendwie wichtig wäre.

»Unsere Mütter waren schon befreundet«, sage ich. »Wir kennen uns ewig.«

»Na und?«, fragt Granny. »Das muss ja nichts Schlechtes sein. Dein Großvater und ich ...«, setzt sie zu ihrem Monolog an, dessen Inhalt mir bestens bekannt ist.

»Schon gut«, unterbreche ich sie. »Ich schreib ihm ja, zufrieden?« Mit einem Augenrollen wende ich mich meinem Handy zu und tippe:

Hey. Wann und wo?

Die Antwort lässt keine zwei Sekunden auf sich warten.

Um neun in Maryville? Ich schick dir die Adresse des Restaurants.

Ist gut, schreibe ich.

Ich freu mich.

Ich mich auch. Wirklich? Egal, zu spät. Dann hab ich jetzt wohl ein Date.

»So, zufrieden?«, frage ich meine Großmutter.

Ihr triumphierendes Lächeln ist Antwort genug.

Die nächsten Stunden versuche ich, mich mit Arbeit abzulenken. Bis mittags klappt das auch ganz gut. Doch mit jeder Stunde, die vergeht, werde ich nervöser. Mein letztes Date ist ewig her. Das war das erste mit Joseph, um genau zu sein. Und streng genommen war es gar kein richtiges Date, wir waren nur im Kino und danach noch im Waffle House.

Das hier ist eine ganz andere Nummer. Orell ist jetzt Anwalt und trägt schicke Anzüge. Was, wenn er mich in irgendein teures Restaurant ausführen will? Ich hab doch gar nichts anzuziehen! Irgendwie habe ich mich total überrumpeln lassen. Dabei bin ich überhaupt nicht darauf vorbereitet auszugehen. Am liebsten würde ich ihm schreiben und wieder absagen, aber dann müsste ich mir tagelang Grannys Genörgel anhören, dass ich so nie einen Mann kennenlernen werde.

Eigentlich weiß ich gar nicht, warum ich mich so verrückt mache. Früher war Orell eher der schüchterne, langweilige Typ. Das wird also alles halb so wild, versuche ich mich zu beruhigen. Aber es nützt nichts, meine Anspannung wächst von Minute zu Minute.

»Willst du nicht schon mal Feierabend machen?«, fragt Granny um halb fünf mit einem vielsagenden Blick auf die Uhr. »Ich komme hier auch allein zurecht und du solltest dich ein wenig schick machen«, fügt sie hinzu und mustert mich von Kopf bis Fuß.

»Ja doch«, ergebe ich mich und löse den Knoten meiner Schürze. Also dann, auf in den Kampf ...

Mr. Bunny! Der Name ihres Vibrators sorgt bei mir immer noch für Heiterkeit, während ich die Dachschrägen in ihrem Zimmer mit Gipsplatten verkleide. Jedes Mal wenn ich daran denke, könnte ich mich wegschmeißen vor Lachen. Auch jetzt wieder, Stunden später, bringt es mich fast um. Ich kämpfe dagegen an und kichere hilflos vor mich hin. Das ist einfach zu köstlich!

»Was ist so komisch?«, fragt Keisha plötzlich hinter mir, und ich lasse vor Schreck fast den Hammer fallen.

»Nichts«, sage ich mühsam beherrscht.

»Brauchst du hier noch lange?«

»Ich schätze, eine halbe Stunde«, sage ich.

»Könntest du wohl irgendwo anders weitermachen?« Sie deutet mit einer vagen Geste um sich.

»Nur noch dieses kleine Stück, dann bin ich hier fertig. Wieso?«

»Ich würde mich gerne umziehen«, sagt sie. »Ich gehe heute Abend nämlich aus.«

»Mit deinem Freund?«

Ihre Augen blitzen verärgert auf. Keine Ahnung, warum ich das gefragt habe, ist mir nur so rausgerutscht.

»Er ist nicht *mein* Freund, sondern *ein* Freund«, sagt sie betont, und für einen winzigen Moment empfinde ich fast so was wie Erleichterung darüber. »Aber was nicht ist, kann ja noch werden«, setzt sie hinzu.

»Oh, klar, verstehe.«

Ihr Blick gleitet über die Dachschräge. »Also schön«, sagt sie. »Dann gehe ich schon mal ins Bad.«

»Ich beeile mich«, sage ich. »Versprochen! Bin gleich weg.«

Sie verschwindet im Flur und kurz drauf höre ich die Dusche prasseln. Mit einem Ruck wende ich mich der letzten Gipsplatte zu. Keine Ahnung, warum. Aber irgendwie stört es mich, dass sie heut Abend mit diesem Typen ausgeht. Aber was sie kann, kann ich schon lange. Mit einem Schnauben fische ich mein Handy aus der Gesäßtasche meiner Jeans und schreibe eine Nachricht an Tracy, ich sei heut Abend im Murphy's Law.

Kapitel Elf

Als ich aus der Dusche steige, höre ich, wie die Wohnungstür ins Schloss fällt und Brads Schritte die Treppe hinunterpoltern. Gut, er ist weg! Ich trockne mich ab und wickele mich in das Handtuch. Bevor ich das Bad verlasse, spähe ich vorsichtig hinaus, falls Brad doch noch mal zurückkommt. Aber die Luft ist rein, also husche ich in mein Zimmer, öffne die oberste Schublade meiner Kommode und überlege, welche Unterwäsche ich anziehen soll. Lieber was Bequemes oder was mit Spitze? Unsinn, denke ich. Orell wird mir mit Sicherheit nicht gleich an die Wäsche gehen. Also entscheide ich mich für ein Mittelding, ein Set aus Baumwolle mit leichtem Spitzenbesatz.

Dann föhne ich meine Haare trocken, bevor ich ihnen mit dem Glätteisen zu Leibe rücke, bis sie gerade hinunterhängen. Als Teeny habe ich mir immer gewünscht, ich hätte glatte Haare wie die anderen Mädchen in meiner Klasse. Ich weiß noch, wie ich Mom monatelang angefleht habe, mir Extensions zu kaufen. Die Dinger waren billig und aus Plastik, deshalb habe ich es fertiggebracht, ihnen mit den Glätteisen zu Leibe zu rücken, und habe dann heulend in der Küche gesessen, während Mom die verschmorten Überreste aus meinen eigenen Haaren geschnitten hat. Schlussendlich half nur, sie komplett abzurasieren. Danach hatten Orell und ich die gleiche Frisur, und er hat mich damit aufgezogen, jetzt sähe ich aus wie ein Junge. Bei der Erinnerung daran muss ich unweigerlich lächeln. Rückblickend betrachtet ist es lustig, aber damals war es das Schlimmste, was ich mir vorstellen konnte.

»Das ist langweilig«, kommentiert Granny, die inzwischen ebenfalls Feierabend gemacht hat, und kommandiert mich mit einer herrischen Geste auf einen Stuhl am Küchentisch, um meine Haare auf ihre großen, altmodischen Klettwickler zu drehen. Zehn Minuten später sitze ich unter der elektrischen Trockenhaube, die aus Zeiten stammt, in denen meine Großmutter selbst noch jung war, während sie mir die Nägel lackiert.

»Solltest du dich nicht langsam für deinen Bridgeabend fertig machen?«, brülle ich über den Lärm der Trockenhaube hinweg.

»Ich bin achtundsechzig.« Granny zuckt mit den Schultern. »Kein Mensch interessiert sich dafür, wie ich aussehe. Im Gegensatz zu dir«, fügt sie hinzu.

Nachdem meine Haare in voluminösen Wellen auf die Schultern fallen, dirigiert Granny mich in mein Zimmer und drängt mir das cremefarbene Etuikleid mit großformatigem Blumendruck auf, das ich letzten Sommer bei Amandas und Toms Hochzeit getragen habe.

»Das ist doch viel zu schick für ein Date«, protestiere ich, aber Granny duldet keine Widerrede.

»Wie die junge Michelle Obama«, stellt sie mit einem zufriedenen Lächeln fest. »Orell wird Augen machen!«

Apropos Augen ... Zur Feier des Tages entscheide ich mich, mal wieder meine Kontaktlinsen reinzutun.

Eine halbe Stunde später verlässt meine Großmutter das Haus, nicht ohne mir mit einem kleinen Kiekser in der

Stimme einen schönen Abend zu wünschen. Ich glaube, sie ist aufgeregter als ich. Doch so langsam werde ich auch hibbelig, während ich auf dem Bett sitze und darauf warte, dass Orell sich meldet. Um neun, hat er gesagt. Jetzt ist es kurz vor acht. Da wäre es langsam echt nett zu wissen, wo ich hinkommen soll, damit ich mich rechtzeitig auf den Weg machen kann. Um zwanzig nach glaube ich bereits, dass er mich vergessen hat, als endlich die Nachricht eintrudelt.

Tut mir leid, ich wurde aufgehalten!

Olive Garden in Maryville, ich freu mich.

Das Olive Garden? Na super! Dafür bin ich doch viel zu aufgestylt. Aber zum Umziehen ist es jetzt auch zu spät. Also schnappe ich mir meinen Mantel und meine Handtasche und mache mich auf den Weg.

Um kurz vor neun betrete ich, vollkommen overdressed, das Restaurant, das vermutlich exakt genau so aussieht, wie jedes Olive Garden im gesamten Land. Orell ist noch nicht da, also lasse ich mich von der Bedienung zu einem der Tische am Fenster führen und bestelle schon mal ein Wasser.

Als er zehn Minuten später auftaucht, entschuldigt er sich wortreich, beugt sich zu mir runter und küsst flüchtig meine Wange. Dann nimmt er mir gegenüber Platz und wirft einen hektischen Blick in die Karte. Von der Tatsache, dass ich fast drei Stunden damit verbracht habe, mich aufzustylen, und zur Feier des Tages sogar Kontaktlinsen trage, nimmt er hingegen keinerlei Notiz.

»Hast du bis jetzt gearbeitet?«, frage ich, um das Gespräch in Gang zu bringen.

»Der Aktenberg mit den Zeugenaussagen ist riesig.« Er kneift die Augen zusammen und streicht sich mit der Hand durchs Gesicht. »Die Biker halten natürlich alle dicht. Der Prozess wird sich vermutlich ewig hinziehen.«

»Also bleibst du länger?«

»So wie es aussieht, ja«, sagt er. »Ich glaube nicht, dass wir in den zwei Wochen, die das Gericht dafür angesetzt hat, damit durch sein werden.«

Die Kellnerin kommt und nimmt unsere Bestellungen auf. Ich entscheide mich für die Fettuccine mit Lachs und Orell für einen Insalata mista mit Knoblauchbrot.

»Schön, sich mal wieder bedienen zu lassen«, stelle ich fest, nachdem unsere Getränke serviert wurden, nehme einen Schluck von meinem Wasser und lehne mich entspannt zurück.

Orell legt den Kopf schräg. »Und, was sind deine Pläne?«

»Pläne?«, frage ich irritert, denn ich weiß nicht, worauf er anspielt.

»Hast du dich schon nach einem neuen Job umgesehen?«

»Nein, wieso?«

»Na ja«, sagt er. »Ich meine, jetzt, wo du dich nicht mehr um deine Mom kümmern musst, wirst du dir sicher was Neues suchen.«

»Das sollte ich vermutlich schon aus finanzieller Hinsicht«, sage ich und seufze schwer. »Aber ich kann Granny nicht im Stich lassen.«

Er sieht mich entgeistert an. »Du hast einen guten Abschluss. Den hast du doch nicht gemacht, um als Kellnerin zu versauern.«

Autsch! »Entschuldige bitte«, gebe ich angepikst zurück. »Aber mein Job macht mir Spaß.«

»Willst du dich wirklich damit abfinden, irgendwelchen weißen Hinterwäldlern ihr Essen zu bringen?«

»Was ist daran so verwerflich?«

»Schlimm genug, dass Millionen Menschen aufgrund ihrer Hautfarbe keine Chance auf bessere Jobs haben, als jemanden zu bedienen und ihm den weißen Hintern nachzutragen. Parkplatzwächter, Nachtschwestern, Tellerwäscher, Klofrauen, Kellnerinnen ... In Wahrheit wurde die Sklaverei nie abgeschafft, denn die ganzen schlecht bezahlten Scheißjobs in diesem Land, die sonst keiner machen will, werden alle von Menschen erledigt, die nicht weiß sind.«

»Unsere Bedienung ist weiß«, erlaube ich mir den Einwand und bin froh, als sie unser Essen serviert, aber Orell ist noch lange nicht fertig.

»Das ist doch eine schreiende Ungerechtigkeit und du fügst dich auch noch.«

»Ich arbeite nicht auf einer Baumwollplantage«, gebe ich gereizt zurück. »Und außerdem übersiehst du dabei einen entscheidenden Punkt. Das Diner gehört uns und ich bin höchstens die Sklavin meines Weckers.« Und meiner Großmutter, füge ich in Gedanken hinzu. Trotzdem, langsam macht es mich echt sauer, so abgekanzelt zu werden. Aber schön zu wissen, was er über mich denkt.

Während ich schweigend in meinen Fettuccine mit Lachs herumstochere, ergeht Orell sich in weiteren Tiraden über Benachteiligung und Diskriminierung. Er war immer schon ein ernsthafter Mensch, doch diese Verbissenheit ist mir neu.

Als er nach dem Essen vorschlägt, noch in eine Bar zu gehen, stimme ich erleichtert zu. Hauptsache irgendwohin, wo laute Musik ist, damit er vielleicht endlich mal kurz den Mund hält.

Orell erinnert sich an seine Gentleman-Qualitäten und übernimmt die Rechnung und dann zockele ich in meinem alten Nissan Kombi hinter seinem Mercedes her. Ohne Musik, das Radio habe ich ausgeschaltet und genieße die Stille. Wohin fahren wir eigentlich? Wir haben das Stadtzentrum hinter uns gelassen. Nach etwa anderthalb Meilen setzt Orell den Blinker und biegt in ein Wohngebiet ein, das nicht gerade den Anschein erweckt, als ob es hier schicke Bars gäbe. Stattdessen rollt er auf den geschotterten Parkplatz eines heruntergekommenen Schuppens. *Murphy's Law*, wie das beleuchtete Schild an der Wand verkündet. Ich parke den Wagen neben seinem und steige aus.

»Was soll das?«, frage ich irritiert und eile hinter Orell her, der schon auf dem Weg zum Eingang ist. Meine Frage beantwortet sich von selbst, als mein Blick auf das Logo des Bikerclubs fällt. *A League of their own.*

»Sind wir etwa wegen deines Falls hier?«, frage ich fassungslos.

Orell zuckt mit den Schultern. »Ich dachte mir, warum nicht das Angenehme mit dem Nützlichen verbinden?«

»Ach so«, entgegne ich spitz. Nur dass er leider den angenehmen Teil des Abends vergessen hat.

Orell hält mir die Tür auf und mir weht eine Mischung aus Rockmusik und Zigarettenrauch entgegen. »Nach dir.«

»Bist du verrückt? Ich gehe da doch nicht rein.«

»Warum nicht?«

»Weil ... wir schwarz sind und dadrin vermutlich ein Haufen weißer Rassistenarschlöcher hockt?«, schlage ich vor.

»Eben«, sagt Orell und nickt grimmig. »Deshalb würde ich mir das gerne mal ansehen. Und was soll schon passieren?«, setzt er achselzuckend hinzu. »In ihrer jetzigen Lage wären sie verdammt dumm, uns anzugreifen.«

»Na klar«, bemerke ich sarkastisch. »Was soll schon passieren?« Orell geht nun doch vor und ich folge ihm. Ich muss komplett bescheuert sein!

Als wir den Laden betreten, verstummen schlagartig sämtliche Gespräche und die Augen aller Anwesenden richten sich auf uns. Der Ausdruck in den Gesichtern der Rocker schwankt zwischen Entsetzen und ungläubigem Staunen, während Orell zielstrebig auf einen freien Tisch zusteuert. Ich würde mir am liebsten ein Loch graben und schiebe mich schnell neben ihn auf die lederbezogene Sitzbank. Mein Gott, ist das heiß hier drin!! Mit einer Hand greife ich meinen Schal, streife ihn ab und lege ihn neben mir auf die Bank.

»Lass uns sofort wieder verschwinden«, raune ich ihm zu.

»Hör auf deine Kleine«, bestätigt der Barkeeper, der plötzlich neben uns aufgetaucht ist. Er hat ein Gesicht wie ein Frettchen, mit einem schmalen Kinn, und um seine Augen liegt ein verschlagener Zug.

»Wir wollen bloß etwas trinken«, sagt Orell und hebt die Hände zu einer unschuldigen Geste. »Oder haben Sie ein Problem damit?«

»Nein«, sagt das Frettchengesicht. »Wieso sollte ich?«

»Gut«, sagt Orell. »Ich nehme eine Cola.«

»Und die Lady?« Seine schmalen Augen richten sich auf mich.

»Ein Wasser.«

»Eine Cola und ein Wasser«, sagt er, als würde er sich wundern, warum man für zwei Softdrinks sein Leben riskiert, und verzieht sich wieder hinter die Bar.

»Wenn ich ausgetrunken habe, gehe ich«, zische ich Orell zu, greife nach dem Glas, das das Frettchen mir hinstreckt, weil es in bemerkenswerter Geschwindigkeit mit den Getränken zurückgekehrt ist, und leere es in einem Zug. »Fertig!«

Orell beeilt sich, seine Cola ebenfalls zu trinken, wirft dem Barmann einen Zehndollarschein hin und eilt mir hinterher, denn ich befinde mich schon auf dem Weg nach draußen.

»Keisha, warte!«

Auf dem Parkplatz bleibe ich stehen und wirbele zu ihm herum. »Ich hoffe, du hast genug gesehen«, fauche ich. »Mir hat der Abend auf jeden Fall gereicht. Also frag mich bitte nie wieder, ob ich mit dir ausgehen will.«

Orell schüttelt verständnislos den Kopf. »Ich weiß gar nicht, wo jetzt das Problem ist.«

»Ach, vergiss es einfach«, sage ich, drehe mich um und gehe zu meinem Wagen. Wenn er es immer noch nicht gecheckt hat, ist ihm wirklich nicht zu helfen. Ich hatte mich auf ein Date gefreut, einfach mal einen schönen Abend. Stattdessen bekam ich Beleidigungen, einen ellenlangen Monolog und danach eine Mutprobe. Na großartig!

Wutschnaubend steige ich ein und knalle die Tür zu. Bevor ich losfahre, muss ich erst mal tief durchatmen und runterkommen, sonst baue ich noch einen Unfall. Deshalb umklammere ich das Lenkrad und sehe zu, wie Orell ebenfalls einsteigt. Die Scheinwerfer des Mercedes flammen auf, als er den Motor startet, rückwärts aus der Parkbox setzt und auf die Straße abbiegt. Natürlich nicht, ohne zu blinken. Immer alles schön vorschriftsmäßig. Nur von den Regeln, wie man sich bei einem Date verhält, hat er anscheinend noch nie was gehört. Mir ist kalt und ich fröstele, ziehe meinen Mantel am Hals enger und bemerke, dass ich meinen Schal vergessen habe.

»Shit!«, murmele ich und überlege kurz, ihn einfach liegen zu lassen. Aber das ist mein Lieblingsschal, den hat Mom mir vor drei Jahren zu Weihnachten geschenkt. Seufzend steige ich aus, haste über den Parkplatz, stürme in den Schuppen, schnappe mir unter den verdutzten Blicken aller Anwesenden meinen Schal und zische so schnell wieder raus, wie ich reingekommen bin. Auf der Türschwelle pralle ich mit jemandem zusammen.

»Sorry!«, murmele ich flüchtig, ich will bloß noch weg.

»Keisha?«, fragt Brad und sieht mich ungläubig an. »Ich hätte dich fast nicht erkannt, so ohne Brille. Und ...« Er deutet mit dem Zeigefinger auf seinen eigenen Kopf. »Steht dir richtig gut.«

»Oh, die Frisur? Danke«, entgegne ich. »Schön, dass es wenigstens einer bemerkt.«

»Klingt, als wäre dein Date nicht so toll gelaufen.«

»Frag nicht«, gebe ich zurück und verdrehe die Augen.

»Was machst du hier?«, fragt Brad stattdessen mit einem irritierten Blick.

»Ich habe meinen Schal vergessen«, antworte ich und recke ihn wie zum Beweis in die Höhe. »Und du?«

»Ich ... Ja, also ich ...«

»Kommst du öfter hierher?« Argwöhnisch betrachte ich das Logo des Motorradclubs an der Tür.

»Na ja, was heißt oft«, sagt er ausweichend. »Hin und wieder. Ich wohne gleich da drüben.« Er zeigt mit dem Daumen über die Schulter hinter sich.

»Ach so«, gebe ich zurück. »Ja, dann, äh ... also bis morgen.«

»Willst du wirklich schon gehen?« Er sieht mich hoffnungsvoll an. »Wieso bleibst du nicht noch? Nur auf einen Drink.«

»Ich? Einen Drink? Mit dir? Hier?«

»Ja, ich weiß«, sagt er entschuldigend. »Ist nicht gerade der vornehmste Laden.«

Ich lache trocken auf. »Das ist vermutlich die Untertreibung des Jahrhunderts.«

»Komm schon«, sagt Brad.

»Ich glaube nicht, dass das eine gute Idee ist.«

»Warum nicht?«

»Weil ich schwarz bin?«, platzt es aus mir heraus.

»So schwarz ja nun auch wieder nicht«, stellt Brad fest.

Ich stutze, und er bemerkt, was er da gerade gesagt hat, und beißt sich auf die Lippen.

»Außerdem brauchst du dir keine Sorgen zu machen«, fügt er schnell hinzu. »Wenn du mit mir hier bist, passiert dir nichts.«

»Sehr beruhigend.« Ich schenke ihm ein süffisantes Lächeln und möchte lieber nicht drüber nachdenken, was wäre, wenn er nicht dabei ist.

»Also schön«, stimme ich seufzend zu. Schlimmer kann der Abend ja sowieso nicht mehr werden. »Ich könnte wirklich einen Drink vertragen. Aber nur einen klitzekleinen«, schiebe ich schnell nach. »Ich muss ja noch fahren.«

»Kein Problem«, sagt er und seine schilfgrünen Augen funkeln vergnügt, als er mir den Vortritt lässt und ich zum dritten Mal an diesem Abend das Murphy's Law betrete. - Freiwillig!

Kapitel Zwölf

Der Empfang gestaltet sich nicht weniger frostig als die beiden Male zuvor. Wieder verstummen alle Gespräche, und ich fühle mich wie ein Affe im Zoo, so wie mich alle anstarren.

»Die war gerade schon mal mit 'nem anderen Kerl da«, verkündet das Frettchen hinter der Theke und bedenkt mich mit einem fiesen Grinsen.

»Jetzt ist sie mit mir hier«, knurrt Brad. »Also spar dir deine dummen Kommentare, Steve, oder ich polier dir die Fresse.«

»Schon gut, schon gut.« Er hebt beschwichtigend die Hände. »Geht mich ja auch nichts an.«

»Du hast es erfasst«, sagt Brad. »Also bring uns ...?« Er sieht mich fragend an.

»Eine Sprite.«

»Und ein Mountain Dew«, fügt Brad hinzu.

»Was ist mit dem Drink?«

Brad schüttelt den Kopf. »Für mich keinen Alkohol.«

»Na toll. Also ich brauche jetzt einen.«

»Und was darf's sein?«

»Einen Tequila«, sage ich. »Aber einen winzig kleinen,

also mehr so einen halben«, füge ich hinzu und verdeutliche die Füllhöhe des Glases, indem ich Daumen und Zeigefinger fast zusammenhalte.

»Okay, eine Sprite, ein Mountain Dew und einen halben Tequila«, zählt der Barkeeper auf und verdreht die Augen. »Kommt sofort.«

Brad legt mir die Hand auf den Rücken und führt mich zu dem einzigen freien Tisch, an dem ich vorhin schon mal mit Orell gesessen habe, wenn auch nur sehr kurz.

Mit Brad hingegen könnte ich stundenlang hier sitzen. Irgendwie beruhigend zu wissen, dass er mich beschützen würde, zur Not auch mit körperlicher Gewalt. Normalerweise lehne ich die ab. Im Diner kommt es hin und wieder vor, dass sich zwei Kerle an die Gurgel gehen, weil sie zu tief ins Glas geschaut haben und dann irgendwelche Steinzeitgene in ihnen hochkochen. Es nervt mich eher, wenn ich dazwischen gehen und sie trennen muss. Aber in Brads Fall schmeichelt es mir auf eine gewisse Art, dass er sich für mich prügeln würde. Und nicht nur das, er ist nett. Also so richtig, richtig nett. Brad interessiert sich für mich. Nachdem wir mit unseren Softdrinks auf das vergeigte Date angestoßen und ich meinen halben Tequila gekippt habe, fragt er mir Löcher in den Bauch. Er will wissen, ob ich noch Geschwister habe, was ich studiert habe, wo ich auf dem College war.

»Nur hier in Maryville«, wehre ich ab. »Nichts Besonderes, mehr konnte sich meine Mom als Alleinerziehende nicht leisten.«

»Was ist mit deinem Dad?«

»Falsches Thema.«

»War er … gewalttätig?«

»Nein«, beeile ich mich zu sagen. »Er hat meine Mutter sitzen lassen, als sie mit mir schwanger war. Ich habe ihn nie kennengelernt.«

»Oh, das ist echt hart.«

»Ach, schon gut.«

»Macht es dir nichts aus, dass er sich nicht gekümmert hat?«, hakt Brad nach.

»Früher hat es das«, sage ich leise. »Inzwischen ist es mir egal.«

»Er muss ein ziemlicher Idiot sein, er verpasst echt was.«

»So, was denn?«

»Dass er 'ne verdammt tolle Tochter hat.« Brad sieht mich anerkennend an. »Du bist ein schlaues Mädchen«, setzt er mit einem Lächeln hinzu und wird plötzlich ernst. »Ich wäre auch besser aufs College gegangen«, sagt er dann.

»Warum bist du es nicht?«

»Nicht weil ich zu doof dafür gewesen wäre«, beeilt er sich zu sagen. »Aber ich hatte einfach keinen Bock, noch mal drei Jahre lang die Schulbank zu drücken. Ich wollte lieber was Richtiges machen, mit meinen Händen. Endlich Geld verdienen. Also hab ich bei meinem Dad angefangen und that's it. Mehr ist aus mir nicht geworden.«

»Aber wieso?«, frage ich und schüttele verständnislos den Kopf. »Ist doch gut. Nicht jeder kann irgendwas Hochtrabendes sein, Banker oder Anwalt.« Ich beiße mir auf die Zunge. »Die Welt braucht schließlich auch Zimmermänner«, schiebe ich schnell nach.

»Kellnerinnen auch«, sagt er mit einem kleinen Lächeln, und bei dem Blick, mit dem er mich dabei ansieht, wird mir warm ums Herz.

»Hey, Brad!«, unterbricht eine schrille Stimme die Situation und er zuckt zusammen. Ich betrachte die aufgetakelte Blondine mit dem zu kurzen Minirock, die an unserem Tisch aufgetaucht ist.

»Hi, Tracy«, nuschelt Brad undeutlich.

»Ich dachte, wir wären verabredet?« Sie verschränkt die

Arme vor ihren riesigen Brüsten. Die sind bestimmt aus Plastik, schießt mir durch den Kopf.

»Nicht dass ich wüsste«, sagt Brad. »Da musst du was falsch verstanden haben.«

»Du hast mir geschrieben, ich soll herkommen.«

»Ich habe nur gesagt, ich sei hier«, wehrt Brad ab. »Also tu mir einen Gefallen und verzieh dich, okay?«, fügt er hinzu und blickt von ihr zu mir. Ihm ist das Ganze sichtlich unangenehm.

»Keine Sorge, ich will euch nicht stören«, flötet sie und schenkt mir einen vernichtenden Blick, der so viel sagt wie: Lass die Finger von meinem Kerl.

Musste Tracy ausgerechnet jetzt auftauchen und mir die Tour vermasseln? Wir haben uns gerade so gut unterhalten. Wobei ... Eigentlich habe ich nur die Hälfte davon mitbekommen, was Keisha gesagt hat. Weil ich viel zu sehr damit beschäftigt war, ihr auf den Mund zu starren und mich zu fragen, wie es wäre, diese vollen, sinnlichen Lippen zu küssen.

»Tut mir leid«, murmele ich.

»Deine Freundin?«, fragt Keisha und ihr Blick sagt eigentlich alles.

»Nein«, wehre ich schnell ab. »Es ist nicht, was du denkst.«

»Was denke ich denn?« Ihre karamellbraunen Augen richten sich auf mich.

»Also das mit Tracy«, setze ich an. »Das hat nichts zu bedeuten. Das ist nur ...«

»Schon gut«, sagt sie und schüttelt lächelnd den Kopf. »Du musst mir nichts erklären. Jeder hat eine Vorgeschichte.«

Sie hat keine Ahnung, wie Recht sie damit hat, und ich senke den Blick und trinke einen hastigen Schluck von meinem Mountain Dew.

»Ich verstehe echt nicht, wie du dieses ekelhafte Koffeinzeug in dich reinkippen kannst«, kommentiert Keisha. »Schon gar nicht um die Zeit.« Sie wirft einen Blick auf die Uhr. »Du meine Güte, es ist ja schon halb eins!«, ruft sie und springt auf.

»Ich bringe dich noch zum Auto«, sage ich und folge ihr nach draußen.

Die Nachtluft ist kalt und Keisha zieht fröstelnd ihren Mantel enger. Der Parkplatz liegt im Dunkeln. Einzig das beleuchtete Schild des Murphy's Law spendet ein bisschen Licht.

An ihrem Wagen bleibt sie stehen und dreht sich zu mir um. »Danke, dass du meinen freien Abend gerettet hast.«

»Habe ich das?«

»Ja, schon. Zumindest die letzten zwei Stunden davon waren echt okay.«

»Wiederholen wir das mal?«, wage ich einen Vorstoß.

»Ich weiß nicht«, sagt sie ausweichend.

»Warum nicht?«

»Weil ich denke, dass es keine gute Idee ist.«

Ich weiß selbst, dass es keine gute Idee ist aber ... Das Weiß ihrer Augen im schwachen Licht ist riesig. Ich sollte wohl etwas sagen, aber der Drang, sie zu küssen, ist schier übermächtig.

Los, mach schon, Alter. Das ist der perfekte Moment, flüstert eine leise Stimme in meinem Kopf. Es ist die Stimme, die mich immer zu Dummheiten verleitet, und Keisha zu küssen wäre eine solche Dummheit. Es wäre auf so viele verschiedene Arten falsch, dass ich stundenlang Gründe aufzählen könnte, warum ich es besser lasse. Deshalb kämpfe ich dagegen an, stecke die Hände in meine

Jackentaschen und balle sie zu Fäusten, um mich davon abzuhalten, sie an mich zu ziehen und es doch zu tun.

Für einen Moment habe ich geglaubt, er will mich küssen. Der Augenblick verstreicht und zwischen uns entsteht eine peinliche Stille.

»Also dann«, sage ich, um sie zu durchbrechen, bevor es peinlich wird. »Bis morgen.«

Brad nickt und sieht irgendwie beinahe erleichtert aus. Ich drehe mich um, greife nach dem Türgriff, aber er hält mich zurück.

»Keisha …« In seinem Gesicht arbeitet es. Er scheint mit sich zu ringen, und ich warte, ob da noch etwas kommt.

Er gibt sich einen Ruck. »Scheiß drauf«, murmelt er und stützt die Hände links und rechts neben mir auf dem Autodach ab, als wollte er sicherstellen, dass ich nicht davonlaufen kann. Seine Lippen legen sich auf meine, sanft, beinahe fragend.

Ich erwidere seinen Kuss und seine Zunge tastet sich vor, spielt mit meiner. Er schmeckt nach Mountain Dew und mehr. Nach unerfüllter Sehnsucht und brennendem Verlangen. Mein Puls beschleunigt sich und das liegt mit Sicherheit nicht an der Extradosis Koffein, die ich gerade aufnehme, sondern an dem Kribbeln, das durch meinen Körper schießt.

»Das wollte ich seit Tagen tun«, raunt Brad an meinen Lippen und mein Herz setzt einen Schlag aus. Er drängt mich zurück. Mit seinem ganzen Körper, bis ich die Fahrertür an meinem Rücken fühle und Brads Muskeln unter meinen Händen. Selbst durch die Jacke kann ich spüren, wie trainiert er ist. Wobei ich nicht glaube, dass er ins Fitnessstudio geht, sondern darauf tippe, dass sie das

Ergebnis körperlicher Arbeit sind. Das macht sie umso heißer. Meine Knie werden weich und meine Beine drohen unter mir nachzugeben. Nur das harte Metall des Nissans in meinem Rücken hält mich aufrecht. Ich habe Angst zu fallen, suche nach Halt, lege meine Hände um seinen Nacken und ziehe ihn an mich. Grabe meine Finger in sein halblanges Haar, während Brad meinen Hals küsst. Mir entfährt ein Stöhnen, denn die zarte Haut hinter meinem Ohr scheint eine direkte Verbindung zu der Stelle zwischen meinen Beinen zu besitzen, die darauf mit einem sehnsüchtigen Ziehen antwortet.

Er presst sich an mich, und ich spüre, dass ihn das genau so anmacht wie mich, strecke ihm mein Becken entgegen. Ein raues Stöhnen löst sich aus seiner Kehle.

»Wir sollten das besser lassen«, stößt er hervor. »Sonst kann ich für nichts garantieren.« Ich möchte ihm widersprechen, besinne mich aber eines Besseren.

»Du hast Recht.« Der Parkplatz dieses Schuppens ist wirklich nicht der beste Ort zum Rummachen. Wobei es eigentlich ganz aufregend ist.

Brad löst sich von mir und wirkt plötzlich verlegen.

»Bis morgen«, flüstere ich und springe ins Auto, bevor die Situation komisch wirkt.

Er beugt sich zu mir runter und hält sich am Türrahmen fest. »Fahr vorsichtig«, sagt er lächelnd, schlägt die Tür zu und klopft zweimal mit der flachen Hand aufs Autodach, als hätte ich den Wagen gerade aus der Werkstatt geholt.

Ich schüttele den Kopf, um den rosa Nebel aus meinem Hirn zu vertreiben, und starte den Motor in der Hoffnung, dass die Heizung nicht wieder so lange zum Warmwerden braucht.

Vorsichtig setze ich zurück und verkneife mir, auf die Hupe zu drücken. Brad hebt die Hand, winkt zum Abschied und mein Herz klopft schon wieder wie verrückt.

Kapitel Dreizehn

Ich sehe Keisha nach, wie sie davonfährt. Shit! Ich hätte sie nicht küssen sollen. Aber ich konnte einfach nicht widerstehen. Mein Herz hämmert in der Brust und ich atme einmal tief durch, bevor ich den Parklatz überquere. Der Schotter knirscht unter meinen Sohlen. Es ist ganz schön kalt, die Nacht ist sternenklar. Vielleicht hätte ich Keisha anbieten sollen, bei mir zu übernachten.

Ein Schatten löst sich aus der Nische neben der Eingangstür. »Na?«, erklingt Tracys Stimme und ich blinzele in die Dunkelheit. »War dir die Niggerhure zu teuer oder zu billig?«, fragt sie höhnisch.

Mit zwei Schritten bin ich bei ihr, fasse sie hart an den Schultern und bringe mein Gesicht ganz nah an ihres.

»Was hast du gesagt?«

Tracy versteift sich. »Nichts, ich ...«

»Sag das noch mal!«

»Steve hat gemeint, sie ist 'ne Nutte«, verteidigt sich Tracy. »Sie war vorher mit 'nem anderen Kerl da.«

»Ich weiß«, sage ich und zwinge mich zur Ruhe. »Sie hatte ein beschissenes Date, okay? Keisha ... ist ... keine ... Nutte!« Mit jedem Wort werde ich lauter und unterstreiche es, indem ich Tracy kräftig schüttele. »Hast du das kapiert?« Am liebsten würde ich ihr eine reinhauen und danach Steve, weil er so ’ne dumme Scheiße quatscht. Aber ich habe noch nie eine Frau geschlagen, deshalb werde ich jetzt nicht damit anfangen.

»Ja«, stammelt sie und ich lasse sie los.

»Gut, dann hau ab.«

»Krieg dich wieder ein«, mault Tracy, kommt aber meiner Anweisung nach und verzieht sich nach drinnen, bevor ich mich vergesse. Dumme Schlampe!

Ich überquere die Straße und bin immer noch sauer, als ich zu Hause angekommen bin. In meinem Zimmer werfe ich mich aufs Bett und starre an die Decke. Fuck!

Ich hätte gedacht, es würde besser werden, wenn ich sie küsse. Dass ich dann endlich aufhören könnte, über ihre Lippen nachzudenken, wenn ich endlich davon gekostet hätte. Das Gegenteil ist der Fall. Ich kann nicht vergessen, wie sie sich angefühlt haben. Weich und sanft und trotzdem irgendwie fest. Sie haben nach Sprite geschmeckt, süß, mit einem Hauch von Zitrone. Genau wie sie, auch sehr süß, aber nicht nur. Keisha hat mehr zu bieten als das. Sie ist schlau und witzig und nicht auf den Mund gefallen. Auf jeden Fall hat sie was Besseres verdient als einen Kerl, der sie anlügt.

Jeder von uns hat eine Vorgeschichte, hallen ihre Worte in meinem Kopf. Richtig. Nur dass meine so schrecklich ist, dass Keisha nie davon erfahren darf. Deshalb sollte ich mich lieber von ihr fernhalten. Das ist besser so, für uns beide.

Aber ich kann einfach nicht aufhören, an diesen Kuss zu denken. Daran, wie sie sich angefühlt hat, so sexy und weiblich. An das leise Stöhnen, als ich ihren Hals geküsst habe … ich bin schon wieder steinhart.

Seufzend öffne ich meinen Reißverschluss, schließe die Finger um meinen Schwanz und stelle mir vor, es wären

Keishas Lippen. Gott, ich bin ein verkommenes Stück Dreck, aber die Vorstellung ist so verboten gut, dass ich diesmal wenigstens komme. Es geht so schnell, dass ich es gerade noch schaffe, mit der anderen Hand mein T-Shirt hochzuzerren, bevor ich mir auf den Bauch spritze wie ein hormongesteuerter Teenager. Der Orgasmus ist erbärmlich und schal, denn es ist nicht das, wonach ich mich sehne. Ich will sie, Keisha. Ich will in ihr sein und sie spüren. Sie verwöhnen und langsam, aber sicher zum Höhepunkt treiben. Bis sie mir ins Ohr stöhnt oder schreit, oder was auch immer sie für Geräusche von sich gibt, wenn sie kommt.

Genau das wird aber nicht passieren. Entnervt ziehe ich ein Kleenex aus der Box auf dem Nachttisch und wische meinen Saft weg.

Zum Glück herrscht kaum Verkehr, sodass ich während der Fahrt Zeit habe, mich ausgiebig daran zu erinnern, wie Brads Küsse geschmeckt haben. Sie prickeln immer noch auf meinen Lippen. Mann o Mann, das war heiß! Also küssen kann er, definitiv!

Um Viertel nach eins falle ich endlich in mein Bett. Ich bin hundemüde, aber viel zu aufgedreht zum Schlafen. Mein Herz gerät jedes Mal aus dem Takt, wenn ich an Brad denke, und in meinem Magen tobt eine Wolke wild gewordener Schmetterlinge. Mit einem zufriedenen Lächeln umarme ich mein Kissen und male mir in den schillerndsten Farben aus, wie der Sex mit ihm wohl ist. Bestimmt hot!

Mein Blick streift das Foto auf meiner Kommode und sofort flammt das schlechte Gewissen auf.

»Ach Mom«, sage ich und seufze. Ich weiß, ich sollte mich nicht auf ihn einlassen, einen Weißen. Noch dazu einen Bad Boy. Einen Rocker, der zu der Gang gehört, deren Großteil jetzt im Knast sitzt, weil sie den Club abgefackelt und ein Mädchen vergewaltigt haben. Und das nur, weil sie die falsche Hautfarbe hat. Weil sie schwarz ist, so wie ich. Aber Brad ist anders, das spüre ich einfach. Irgendwie ... aufregend. Und Fakt ist, dass ich mich seit Langem nicht mehr so ... lebendig gefühlt habe!

Trotz der wenigen Stunden Schlaf bin ich am nächsten Morgen schon wieder voller Energie und kann es gar nicht erwarten, Brad zu sehen.

»Hattest du einen schönen Abend?«, fragt Granny.

»Ja, sehr«, gebe ich unbedacht zurück.

»Ich sage doch, du musst einfach mal ausgehen«, triumphiert sie und mir wird mein Fehler bewusst. Sie denkt, Orell wäre der Grund für meine gute Laune.

»Mach dir keine falschen Hoffnungen«, lenke ich deshalb ein. »Wir sind nur Freunde. Trotzdem hatte ich einen schönen Abend.« Obwohl Orell sein Bestes gegeben hat, ihn zu verderben. Aber dann kam ja Brad, um ihn noch zu retten. Meine Gedanken schweifen wieder zu dem Parkplatz. Schnell wende ich mich ab, damit meine Großmutter das Lächeln nicht sieht, das sich unweigerlich auf meine Lippen stiehlt.

»Dafür warst du ziemlich spät zu Hause«, bemerkt Granny spitzfindig. Ich hebe die Hände zu einer vielsagenden Geste und belasse es dabei.

Sie hätte sowieso kein Verständnis dafür. Außerdem geht es sie auch nichts an. Ich weiß ja selbst nicht, was das zwischen Brad und mir ist. Nur eines weiß ich: Es tut mir gut. *Er* tut mir gut. Denn Brad ist der Einzige, bei dem ich nicht dauernd das Gefühl habe, Schuld am Tod meiner Mutter zu sein. Weil er Mom nicht kannte und mich deshalb nicht ständig mit diesem mitleidigen Blick anguckt und wissen will, ob es mir gut gehe, ob alles in Ordnung sei. Für ihn bin ich einfach nur Keisha. Zur Abwechslung ist es mal ganz erholsam, nicht dauernd mit Samthandschuhen angefasst zu werden. Sondern mit kräftigen Rockerhänden ... Allein bei der Erinnerung daran wird mir heiß. Energisch wische ich den Gedanken fort, binde mir meine Schürze um und versuche, mich auf die Arbeit zu konzentrieren.

Bis kurz vor halb zehn gelingt mir das auch ganz gut. Dann betritt Brad das Diner, dicht gefolgt von seinem Dad. Er schenkt mir ein verstohlenes Lächeln, bevor er mir den Rücken zuwendet und sich neben seinen Vater auf einen der Barhocker an der Theke setzt.

Im Vorbeigehen gestatte ich mir einen ausgiebigen Blick auf seine breiten Schultern in dem eng anliegenden Longsleeve, an denen ich mich letzte Nacht festgehalten habe, während er meinen Hals geküsst hat. Als ich um den Tresen trete, um die nächste Bestellung aufzugeben, reicht Granny den beiden gerade einen Pott Kaffee.

»Schwarz und heiß«, sagt sie.

Brad nimmt ihn entgegen und schnuppert daran. »Hmm«, sagt er und trinkt einen Schluck. »Genau das brauche ich.«

Meiner Großmutter entgeht die Zweideutigkeit, aber ich bin mir sicher, das Leuchten in seinen Augen gilt mir und nicht der Tasse in seiner Hand.

Ich weiß, ich sollte das lassen. Statt mit ihr zu flirten, sollte ich sie mir aus dem Kopf schlagen. Aber wenn Keisha mich so ansieht, fällt es mir verdammt schwer und der Anblick ihrer vollen Lippen setzt bei mir automatisch das Kopfkino in Gang.

Bevor es noch auffällig wird, verziehe ich mich mit meiner Kaffeetasse nach oben und widme mich den Wänden in Grannys Schlafzimmer.

»Reiß dich zusammen«, sage ich zu mir. Ich bin gestern schwach geworden, okay. Aber der Kuss war ein einmaliger Ausrutscher, der sich auf keinen Fall wiederholen wird. Dad ist sowieso schon misstrauisch, und wenn nächste Woche der Prozess beginnt, hat sich die Sache erledigt. Bis dahin bin ich nur hier, um meine Arbeit zu machen. Punkt. Damit ich vor dem Richter gut dastehe, das ist nämlich das Einzige, was wirklich zählt.

Also sollte ich meinen Schwanz im Zaum halten, statt über Sex mit Keisha nachzudenken. Wobei der überraschenderweise gar nicht so unmöglich ist, wie mir der Kuss bewiesen hat. Oder vielmehr die Art, mit dem sie ihn erwidert hat. Hungrig und wild. Als wäre etwas in ihr erwacht. Die Löwin, die in ihr steckt, schießt mir durch den Kopf. Sie ist ausgehungert.

Na klar, ich meine, ich weiß es doch. Sie macht es sich mit einem Plastikhäschen, weil sie keinen Kerl hat, der es ihr richtig besorgt. Dass dieser Typ es nicht draufhat, ist spätestens seit gestern klar.

Kapitel Vierzehn

In den nächsten beiden Tagen schleichen wir umeinander und belauern uns, während die Spannung zwischen uns wächst, bis die Luft förmlich knistert, sobald wir uns im selben Raum befinden.

Keisha will es genauso sehr wie ich, das kann ich in ihren Augen lesen. Es spricht aus jedem Blick, mit dem sie mich ansieht, jeder Geste, jeder zufälligen Berührung. Aber ich verbiete mir, auch nur daran zu denken. Ich gebe mir die größte Mühe, ihr aus dem Weg zu gehen, aber als ich am Mittwochnachmittag Bescheid geben will, dass wir jetzt Feierabend machen, kommt sie gerade mit einer Kiste Salat aus dem Lagerraum.

Ich laufe fast in sie rein und sie bleibt wie angewurzelt stehen, mitten im Flur.

»Hey«, sagt sie und scharrt mit den Fußspitzen, aber mir hat es die Sprache verschlagen. Am liebsten würde ich sie küssen, aber mir ist bewusst, dass sich jederzeit die Tür öffnen kann, weil jemand zur Toilette will. Also sollte ich das besser lassen.

Doch ein weiterer Blick in ihre Augen genügt, um sämtliche meiner guten Vorsätze über Bord zu werfen.

Wortlos fasst Brad mich an den Schultern und schiebt mich rückwärts ins Lager. Die Tür fällt krachend hinter uns ins Schloss und wir stehen im Dunkeln. Er nimmt mir die Kiste aus der Hand und stellt sie auf den Boden. Ich will nach dem Lichtschalter tasten, aber er fasst mich schon um die Taille und drängt mich zurück, bis ich das harte Metall des Türblatts an meinen Schulterblättern spüre. Sein Geruch steigt mir in die Nase, als seine Lippen meine finden. Diesmal ist er nicht sanft und vorsichtig. Brad kommt über mich wie eine Naturgewalt und küsst mich, als würde morgen die Welt untergehen. Als wäre dies das Letzte, das er vorher noch erledigen müsste. Dringend!

Ich schiebe meine Hände unter sein Shirt, lasse sie über seinen Rücken wandern, bis hinauf zu seinen muskulösen Schultern, was Brad mit einem leisen Knurren beantwortet.

»Du machst mich so scharf«, murmelt er an meinen Lippen und presst sich an mich, um mich spüren zu lassen, wie erregt er ist. Geht mir genauso. Ich kann die Wärme seiner Hände durch den Stoff meines T-Shirts fühlen, als sie sich auf meine Brüste legen, sie anheben und sanft massieren. Seufzend biege ich den Rücken durch, lege mich ins Hohlkreuz und strecke sie ihm entgegen.

Mit der linken Hand knetet er weiter meine Brust, während die rechte tiefer wandert. Sie streicht über den Reißverschluss meiner Jeans, seine Finger gleiten in meinen Schritt, doch er lässt den Daumen oben, um damit über meine Klitoris zu streichen. Sie reagiert darauf mit einem heißen, sehnsüchtigen Pochen. Mir entfährt ein Stöhnen, woraufhin Brad den Druck seines Daumens erhöht. O ja, das ist gut! Mein Puls beschleunigt sich. Es ist aufregend, mit ihm hier im Dunkeln zu stehen und rumzufummeln.

Und wenn er so weitermacht, dauert es nicht mehr lange, bis ich komme.

»Wir sollten das lassen, bevor uns noch jemand erwischt«, stoße ich hervor, doch gleichzeitig wünsche ich mir, dass er nicht aufhört und einfach weitermacht.

»Ich weiß«, murmelt er an meinem Hals. Sein Atem streicht heiß über meine Haut. »Aber ich kann nicht. Ich bin verrückt nach dir.« Seine Lippen versiegeln meinen Mund mit einem dieser glühend heißen Küsse. Die Muskeln in meinem Unterleib ziehen sich zusammen und ...

»Keisha?«, erklingt draußen vor der Tür die Stimme meiner Großmutter und wir fahren auseinander.

»Ich bin hier!«, rufe ich und höre selbst, wie zittrig das klingt. »Bin sofort da!« Hoffentlich kommt sie nicht rein! Hektisch streiche ich mein T-Shirt glatt und schnappe mir die Kiste mit dem Salat.

»Versteck dich hinter dem Regal und warte, bevor du rausgehst«, zische ich Brad zu und öffne schwungvoll die Tür.

Granny mustert mich argwöhnisch. »Warum dauert das denn so lange?«

»Ich musste vorher mal zur Toilette«, flüchte ich mich in die erstbeste Ausrede. »Sonst hätte ich mir in die Hose gemacht.« Ich kann nur hoffen, dass ich nicht wirklich einen feuchten Fleck im Schritt habe.

»Ach so«, sagt Granny und hält mir die Tür zum Restaurant auf. Meine Wangen glühen, als ich mich an ihr vorbeischiebe. Puh, das war knapp! Gerade noch mal gut gegangen.

Zwei Minuten später taucht Brad auf. »Ich mach Feierabend!«, ruft er mir zu.

»Bis Morgen!«, entgegne ich und versuche, möglichst gelassen zu klingen.

Granny mustert mich mit einem seltsamen Blick, den ich gekonnt ignoriere.

Als ich am nächsten Morgen das Diner betrete, sehe ich gleich, dass Keisha eine ähnliche Nacht wie ich durchlebt haben muss. Sie wirkt müde, unter ihren Augen liegen dunkle Schatten. Scheint, als hätte das lila Häschen eine Sonderschicht einlegen müssen.

Granny schenkt Dad und mir Kaffee ein.

»Was denken Sie, wie lange Sie noch brauchen?«, fragt sie mit Blick Richtung Decke.

»Bis Morgen«, sagt er.

»Ein paar Tage sicher noch«, sage ich gleichzeitig.

Dad sieht mich verwundert an. »Mit dem Dach werde ich heute noch fertig«, brummt er.

»Aber der Innenausbau ...«

»Was kann an ein paar Gipsplatten schon so lange dauern?«, unterbricht er mich.

»Na ja, sie müssen noch gespachtelt werden«, wende ich ein. »Außerdem tapeziert.«

Dad hebt eine Augenbraue. »Tapeziert?«

»Vorher war Tapete dran.« Hilfe suchend schaue ich mich nach Keisha um.

»Stimmt«, sagt sie.

»Tapete? Ich weiß nicht«, fällt Granny Mae mir in den Rücken. »Ich mag zwar die Älteste von uns sein, aber ist Tapete nicht furchtbar altmodisch? Heutzutage streicht man Wände doch einfach an. Mit Farbe, irgendwas Buntes halt.« Sie wirft die Hände in die Luft.

»Woher willst du das wissen?«, fragt Keisha amüsiert.

»Das habe ich im Fernsehen gesehen«, verteidigt sich Granny.

»Wo denn? In einer deiner Telenovelas?«

»Ja, stell dir nur vor.«

»Wie dem auch sei«, mischt sich Dad ein. »Das ist wohl eher ein Fall für einen Anstreicher oder Sie haben Freunde, die das für Sie erledigen. Von mir aus machen Sie es auch selbst, aber wir sind hier heute Abend fertig«, fügt er mit grimmigem Blick in meine Richtung hinzu. Verdammt!

Mit einem Nicken bedeutet Keisha mir, ihr zu folgen.

»Hi«, sage ich, kaum dass wir im Treppenhaus angekommen sind, und ziehe sie in meine Arme. »Na, ist Mr. Bunny gestern noch zum Einsatz gekommen?«, raune ich ihr zu. Statt zu antworten, sieht sie mich an und reckt herausfordernd das Kinn.

»Und selbst?«, fragt sie zurück. »Links oder rechts?« Sie unterstreicht ihre Worte mit einer entsprechenden Handbewegung.

»Rechts«, antworte ich freimütig und stehle mir einen schnellen Kuss von ihren Lippen. »Ich hab dabei an dich gedacht.«

»Wie romantisch«, bemerkt Keisha sarkastisch.

»Mir blieb ja nichts anderes übrig.«

»Und woran genau hast du gedacht?«, hakt sie nach und ihre Augen funkeln vergnügt.

»Ich hab mir vorgestellt«, flüstere ich an ihrem Ohr, »wie es wäre, wenn ich dein Mr. Bunny wär und dich zum Stöhnen brächte.«

Keisha zieht scharf die Luft ein, ihre Augen werden groß. Sie setzt an, etwas zu sagen, aber ich schneide ihr das Wort ab, indem ich sie einfach küsse.

Keisha macht sich von mir los. »Nicht hier.«

»Hat deine Großmutter was mitbekommen?«

»Nein, zum Glück nicht«, antwortet sie. »Aber ich will, dass das auch so bleibt.«

»Schade«, entgegne ich. Aber sie hat Recht, eigentlich

muss ich meine Finger komplett von ihr lassen, und wenn nicht, sollte es wenigstens unauffällig geschehen.

Ich mache mich an die Arbeit und verbringe den Rest des Nachmittags damit, darüber nachzudenken, dass das der letzte Tag sein wird. Auch wenn ich herumtrödele, um die Zeit künstlich in die Länge zu ziehen, muss ich um kurz vor vier einsehen, dass es hier nichts mehr für uns zu tun gibt. Seufzend packe ich mein Werkzeug zusammen und sehe mich noch mal um, ob ich auch nichts vergessen habe. Dann schließe ich hinter mir die Wohnungstür und mache mich auf die Suche nach Keisha.

Als Brad durch die Tür tritt, hat er seinen Werkzeugkoffer dabei. Das untrügliche Zeichen, dass seine Arbeit hier erledigt ist.

»Ich bin fertig«, bestätigt er meine Vermutung.

»Tja, also dann«, murmele ich, weil ich nicht weiß, was ich sagen soll.

»Willst du noch mal nach oben gehen, damit du dich davon überzeugen kannst, dass alles in Ordnung ist?«, schlägt Brad vor.

»Nein, schon gut«, wehre ich ab. Ich hasse Abschiede und möchte das so schnell wie möglich hinter mich bringen. »Ich weiß, dass du ordentlich gearbeitet hast.«

»Danke«, sagt er und lächelt mich an. »Das war das Mindeste, was ich tun konnte. Aber wenn es sonst noch etwas gibt …?«, setzt er mit einem hoffnungsvollen Blick hinzu, und ich ahne, dass er gerade nicht von irgendwelchen handwerklichen Fähigkeiten spricht. Obwohl es so einiges gäbe, was er mit seinen Händen tun dürfte.

Ich schüttele stumm den Kopf.

»Alles klar. Dann schicke ich die Rechnung mit der Post«, sagt Brad und spricht damit ein sehr unangenehmes Thema an. Am liebsten würde ich ihm sagen, dass er sich damit ruhig Zeit lassen kann, denn ich habe keine Ahnung, wie viel bei der Spendenaktion rumgekommen ist.

»Dann bis ... irgendwann mal«, sage ich schnell und wende mich ab, bevor ich noch etwas hinterherschiebe, das ich bedauern könnte.

Brad nimmt die Werkzeugkiste hoch, und ich sehe ihm nach, wie er nach draußen geht, auf dem Parkplatz mit seinem Dad spricht, bevor sie in ihre Autos steigen, sein Dad in den Pick-up und Brad in den Transporter, und davonfahren.

Das war's dann wohl, denke ich wehmütig. Kein Sex für Keisha. Wobei er sicherlich mal vorbeikommen würde, wenn ich ihn anrufe. Seine Nummer habe ich ja.

»Sind sie weg?«, reißt Granny mich aus meinen Gedanken.

»Gerade fertig geworden.«

»Wurde ja auch langsam Zeit.«

»Ja«, stimme ich ihr zu, obwohl es von mir aus noch ein paar Wochen hätte dauern dürfen. Ich vermisse ihn jetzt schon, dabei ist er noch keine fünf Minuten fort.

Kapitel Fünfzehn

Als ich am nächsten Morgen ins Bad komme, ist Granny gerade damit beschäftigt, ihren Kulturbeutel zu packen.

»Willst du zu Auntie Verna?«, frage ich irritiert. Streng genommen ist sie gar nicht meine Tante, sondern Grannys Cousine zweiten Grades, aber solange ich denken kann, habe ich sie immer *Auntie* genannt.

Meine Großmutter schüttelt den Kopf. »Nein, nach Memphis.«

»Memphis?«

»Das Chorwochenende«, hilft sie mir auf die Sprünge. »Jetzt sag bitte nicht, dass du das vergessen hast. Es steht seit Monaten im Kalender«, fügt sie mit einem verärgerten Blick hinzu.

»Das hab ich total verschwitzt«, gestehe ich.

»Also hast du auch vergessen, Skye Bescheid zu geben?«

»O Mist!« Ryans kleine Schwester hilft ab und zu mal aus, seit Liz wegen ihrer Schwangerschaft kürzertritt. Ich habe sie tatsächlich nicht angerufen, also stehe ich am Wochenende wohl ohne Aushilfe da.

Verdammt! Während Granny weiter ihre Sachen packt,

versuche ich, Skye zu erreichen, und spreche ihr auf die Mailbox, dass sie mich dringend zurückrufen soll.

Pünktlich um kurz vor neun erscheint meine Großmutter im Diner. Sie trägt ihren besten Mantel und einen Hut sowie ihren alten Koffer in der Hand.

»Lass mich das doch machen«, sage ich und springe hinter dem Tresen hervor, um ihr zu helfen.

»Ich bin doch nicht gebrechlich«, schimpft Granny. »Mit meinem Koffer komme ich schon zurecht, ich sorge mich um den Herd.«

»Ich mache das nicht zum ersten Mal«, sage ich und verdrehe entnervt die Augen. »Außerdem kommt Liz gleich«, füge ich hinzu. Sie hat versprochen einzuspringen, weil Skye dieses Wochenende nicht nach Hause fährt, sondern im Wohnheim bleibt. Sie ist auf dem College und hat irgendwas vom Heimspiel des Teams und einer Studentenparty erzählt. Das würde ich auch einer Wochenendschicht im Diner vorziehen. Aber andererseits komme ich dann wenigstens nicht dazu, die ganze Zeit an Brad zu denken.

Auch wenn sie protestiert, nehme ich Granny den Koffer ab und trage ihn nach draußen. Zwei Minuten später taucht Orells Mutter auf, auch Chormitglied und ebenfalls mit einem Köfferchen bewaffnet. Dann haben Orell und ich dieses Wochenende wohl beide sturmfrei, denke ich mit einem säuerlichen Grinsen. Bisher hat er sich jedenfalls nicht blicken lassen, um sich für das verpatzte Date zu entschuldigen, sondern nur eine lahme SMS geschickt, es tue ihm leid.

Laut hupend nähert sich der Reisebus, der den Chor nach Memphis bringen soll. Der Fahrer lenkt ihn in einem weiten Bogen einmal um den Mainsquare, bevor er vor dem

Diner zum Stehen kommt, aussteigt und das Gepäck einlädt.

»Viel Spaß!«, wünsche ich Granny und Orells Mutter beim Einsteigen und winke ihnen nach, als der Bus auf die Main Street biegt.

»Na dann, auf in den Kampf«, murmele ich, gehe hinein, binde mir die Schürze um und wappne mich für den Ansturm der Frühstücksgäste.

Fühlt sich irgendwie seltsam an, heute nicht nach Heavenfield zu fahren. Nachdem ich dem Kautionsagenten meinen täglichen Besuch abgestattet habe, weiß ich nichts mit mir anzufangen. Deshalb schnappe ich mir die Stundenzettel und beginne, die Rechnung zu schreiben.

Es ist ganz schön was zusammengekommen und die Liste der Materialien, die wir verbraucht haben, wird länger und länger. Ganz zu schweigen von den vielen Arbeitsstunden, die in den zwei Wochen angefallen sind. Immer wieder streiche ich hier und da etwas von meiner eigenen Arbeitszeit. Dass wir einen Tag später angefangen haben und dass es deshalb reingeregnet hat, ist wirklich nicht Keishas Schuld. Und dafür, dass ich rumgetrödelt habe, um mehr Zeit mit ihr zu verbringen, kann sie auch nichts. Außerdem haben wir immer Kaffee bekommen und mehrfach dort gegessen, was ich mit einem angemessenen Betrag berücksichtige. Trotzdem bin ich bereits bei fast fünftausend Dollar, als ich mittags eine Pause einlege.

»Mehr nicht?«, kommentiert Dad und wirft einen kritischen Blick auf meine Aufstellung. »Scheint mir viel zu wenig zu sein.«

»Ich bin auch noch längst nicht fertig«, rechtfertige ich mich. »Aber du kannst es gerne selbst erledigen«, biete ich ihm scheinheilig an, weil ich ganz genau weiß, wie sehr er den Papierkram hasst.

»Sieh bloß zu, dass die ihre Rechnung auch pünktlich bezahlen«, knurrt Dad und liefert mir damit den perfekten Vorwand, doch noch nach Heavenfield zu fahren.

Gut gelaunt schnappe ich mir um kurz vor vier den Umschlag, nachdem ich ausgiebig geduscht und meine Haare gestylt habe. Bloß rasiert habe ich mich nicht. Zumindest nicht im Gesicht. Frauen stehen drauf, wenn ich meinen Dreitagebart stehen lasse. Das macht mich männlicher, und ich habe ein Babyface, wenn ich glatt rasiert bin.

Ein bisschen mulmig ist mir ja schon, als ich auf meine Harley steige und den Motor anlasse. Immerhin bin ich gerade auf dem Weg, um Keisha eine Rechnung über sechseinhalbtausend Dollar zu präsentieren. Nicht gerade ein Liebesbrief, denke ich mit einem schiefen Grinsen. Aber immerhin ein Grund sie wiederzusehen, und vielleicht ergibt sich ja die Gelegenheit, mir einen Kuss zu stehlen. Um die Zeit ist im Diner meist nicht viel los.

»Die Drei bekommt noch zwei Mal Blaubeerkuchen«, lässt Liz mich wissen und schnappt sich schon mal den Kaffee für Tisch fünf. Zum Glück sind Liz und ich ein eingespieltes Team, auch wenn sie nur zwei Monate fest im Diner gearbeitet hat, bevor sie Noahs Vater nach Hause geholt haben.

»Du wirst mir echt fehlen«, sage ich seufzend und reiche ihr die Teller mit dem Kuchen.

»Noch ist es ja nicht so weit«, sagt Liz und streckt ihren Bauch raus. »Zwei, drei Monate kann ich euch aushelfen, auch wenn ich mich jetzt schon langsam wie ein gestrandeter Wal fühle. Aber ich fürchte, ich muss dich gleich allein lassen. Noah hat Nachtschicht und sonst ist niemand bei John.«

»Kein Problem«, sage ich. »Ich komme schon klar. Heut Abend wird sowieso nicht viel los sein. Dein Zukünftiger und Ryan arbeiten, Skye und Laura sind in Knoxville geblieben, weil die Mannschaft ein Heimspiel hat und sie zu irgendeiner Party wollen, Harper ist zu ihren Eltern gefahren und der Chor ist in Memphis«, zähle ich auf. »Vermutlich werden nur ein paar von den Älteren hier sein.«

»Und Hank«, ergänzt Liz.

»Richtig, und Hank.« Der gehört quasi zum Inventar und bleibt so lange sitzen, bis man ihn rausschmeißt. »Auf jeden Fall wollen die sowieso nichts essen, und ein paar Bier kriege ich auch allein gezapft. Also mach dir keine Gedanken, hier passiert heute nicht mehr viel.«

»Da wäre ich mir nicht so sicher«, bemerkt Liz mit einem vielsagenden Blick Richtung Tür, durch die gerade Brad hereinspaziert. »Und ich wette, er hat sich nicht für Hank so schick gemacht«, fügt sie mit einem breiten Grinsen hinzu.

Durch die verwaschenen Jeans in Kombination mit dem schlichten, grauen Shirt und der abgewetzten Lederjacke sieht er aus wie eine Mischung aus Bradley Cooper und dem jungen James Dean. Doch das Umwerfendste an seinem Look ist das Lächeln auf seinen Lippen, als er auf mich zukommt.

»Hi«, sagt er und strahlt mich an.

»Hi«, sage ich, weil mir nichts Besseres einfällt. Liz grinst dämlich und zischt ab, um die Bestellungen zu servieren. Gefühlte fünf Sekunden später steht sie wieder neben Brad vor dem Tresen und drückt mir die Schürze und ihr Kellnerportmonee in die Hand.

»Ich muss los«, sagt sie. »Schönen Abend noch.« Hinter seinem Rücken zwinkert sie mir im Rausgehen zu.

»Setz dich«, sage ich, um die plötzliche Verlegenheit zu überspielen. »Willst du einen Kaffee?« Ich warte seine Antwort gar nicht ab, sondern fülle eine Tasse, damit meine Hände beschäftigt sind.

»Danke«, sagt er, holt einen Umschlag aus der Innentasche seiner Lederjacke und streckt ihn mir über die Theke hin. »Die Rechnung«, fügt er mit einem entschuldigenden Lächeln hinzu.

Ich nehme sie entgegen. »Sehr schlimm?«

Er nickt beklommen. »Ich fürchte, ja.«

»Gut.« Ich entscheide mich, sie ungeöffnet in die oberste Schublade des Tresens zu stecken. »Schaue ich mir an, wenn meine Großmutter wieder da ist.«

»Wo ist sie denn?« Er sieht sich um, als erwartete er, dass sie jeden Augenblick durch die Tür spazieren müsste.

»In Memphis«, antworte ich. »Bis Sonntag«, füge ich hinzu.

Brad hebt eine Augenbraue. »Und du bist hier ganz allein?«, vergewissert er sich. Natürlich sind wir nicht allein, außer uns sind bestimmt noch zehn andere Menschen im Raum.

»Ja, wieso?«, frage ich und klimpere unschuldig mit den Wimpern. Wir wissen beide, was das heißt.

Er steht auf, kommt um den Tresen, schnappt sich Liz' Schürze und macht Anstalten, sie umzubinden.

»Was wird das, wenn's fertig ist?«

»Sieht so aus, als könntest du Hilfe gebrauchen.«

»Dich?«, frage ich amüsiert. »Als meine neue Aushilfe?«

»Ja, wieso nicht? Kann ja nicht so schwer sein, ein paar Gläser durch die Gegend zu tragen.« Er grinst frech, aber das Grinsen wird ihm noch vergehen.

»Okay«, stimme ich zu. »Dann kannst du gleich mal an Tisch fünf abräumen und fragen, ob sie noch etwas bestellen möchten.«

»Wird erledigt«, sagt er, schnappt sich das Tablett und will los.

»Ach … und, Brad …«

Er dreht sich zu mir um. »Ja?«

»Die Farbe steht dir«, bemerke ich mit Blick auf die pinkfarbene Schürze.

»Findest du?«, fragt er geschmeichelt und dreht sich einmal im Kreis, als würde er mir ein neues Outfit präsentieren.

»Echt hot. Voll rockermäßig.« Ich forme mit Daumen und Zeigefinger das Okay-Zeichen. So eine Art Barbie-Rocker, füge ich gedanklich hinzu, während ich ihm nachsehe, wie er das Diner durchquert. Fehlt bloß noch ein wenig Glitzer.

Zu zweit geht die Arbeit schneller von der Hand und wir sind ein gutes Team. Keisha stellt mir die Getränke hin und ich serviere. Eigentlich würde es umgekehrt viel mehr Sinn machen, weil sie die Gäste kennt, und ich habe ja gesehen, wie sie normalerweise mit ihnen redet und scherzt. Aber sie will mich partout nicht hinter die Theke lassen, obwohl ich, wie vermutlich fast jedes Clubmitglied der League, schon mehr als einmal die Bar im Murphy's Law geschmissen habe, weil Steve gerade anderweitig beschäftigt war. Neben dem Laden kümmert er sich auch um irgendwelche krummen Geschäfte, aus denen man sich besser raushält. Das mit dem Servieren klappt jedenfalls erstaunlich gut. Immerhin ist noch kein einziges Glas zu Bruch gegangen.

»Ich muss zugeben, du machst das nicht schlecht«, bemerkt Keisha mit einem gönnerhaften Lächeln.

»Das ist ja auch kein Kunststück«, gebe ich zurück. Es ist kaum etwas los. Nur ein paar ältere Typen sitzen noch zusammen, trinken Bier und reden allerlei dummes Zeug. Wollen die nicht endlich mal gehen, frage ich mich mit sehnsüchtigem Blick zur Uhr. Kurz vor neun.

»Gib ihnen eine halbe Stunde«, sagt Keisha, die meinen Ausdruck richtig gedeutet hat. »Möchtest du noch was essen? Sonst mache ich den Herd aus.«

Wie aufs Stichwort knurrt mein Magen.

»Schätze mal, das heißt Ja«, sagt sie und schmunzelt.

»Ich will dir keine Umstände machen.«

Sie sieht mich an, als ob ich nicht alle Tassen im Schrank hätte. »Das ist ein Diner«, stellt sie trocken fest. »Es ist mein Job, Leuten etwas zu essen zu machen.«

»Also schön, aber nur, wenn wir zusammen essen.«

»Okay«, sagt sie, schmeißt zwei Burgerpatties auf den Grill und versenkt einen Korb Pommes in der Fritteuse. Das Fett brodelt und mir weht der köstliche Duft von brutzelndem Fleisch um die Nase. Ich hoffe nur, dass die anderen Gäste nicht ebenfalls Appetit bekommen und sich nicht spontan entschließen, doch noch etwas länger zu bleiben.

»Bacon?«, fragt Keisha, wartet aber meine Antwort gar nicht erst ab, sondern legt mehrere Scheiben des dick geschnittenen Schinkens auf die heiße Platte. Das rauchige Aroma gesellt sich zu dem der Patties, auf denen sie schnell eine Lage Cheddar verteilt. Dann schneidet sie zwei Burgerbuns auf, bestreicht die Brötchenhälften mit Butter, tunkt sie in braunen Zucker und legt sie ebenfalls auf den Grill, bis der Zucker zu einer goldbraunen Schicht karamellisiert ist.

»Alter Trick«, lässt sie mich wissen. »Das Karamell

verhindert, dass die Soßen eindringen und das Brötchen matschig wird.« Geschickt schichtet sie die einzelnen Komponenten zusammen mit Ketchup, Senf, Salat, einer Scheibe Tomate und ein paar Gewürzgurken aufeinander, gibt ein paar von den Pommes hinzu und serviert mir einen perfekten Bacon-Cheeseburger.

»Fang an, bevor er kalt wird«, verlangt sie, während sie ihren eigenen zusammensetzt, und ich nehme ihn in die Hand und beiße hinein. »Und?«

Auf meiner Zunge explodiert der Geschmack von rosa gebratenem Rindfleisch, cremigem Käse und knusprigem Speck. »Ich bin verliebt«, nuschele ich mit vollem Mund.

»In mich oder das Essen?«

Beides, schießt mir durch den Kopf, aber ich schlucke den Kommentar herunter und nehme stattdessen einen weiteren Bissen. »Ohne Witz«, sage ich dann. »Das ist der beste Burger, den ich je gegessen habe.«

»Ich weiß«, sagt sie mit einem huldvollen Nicken. »Den habe ich ja auch gemacht.« Sie holt ein Fläschchen unter der Theke hervor und ich erkenne einen Totenkopf auf dem Etikett, als sie einen ordentlichen Schuss davon über den Ketchup auf ihrem Brötchendeckel träufelt.

»Ist das dieses Teufelszeug, mit dem du mich vergiftet hast?«, frage ich entsetzt.

»Moms Spezialsoße.« Ein wehmütiger Ausdruck gleitet über ihr Gesicht und verschwindet so schnell, wie er gekommen ist. Sie klappt den Deckel zu und beißt beherzt in ihren Burger.

»Wie kannst du das nur essen?« Allein beim Gedanken daran bekomme ich Schweißausbrüche.

»Ich mag es scharf«, sagt Keisha. Doch der Blick, mit dem sie mich dabei ansieht, macht eindeutig klar, dass wir nicht mehr übers Essen reden, sondern über das Dessert.

Kapitel Sechzehn

Während ich ungeduldig darauf lauere, dass die letzten Gäste ihr Bier austrinken, schrubbe ich schon mal die Arbeitsflächen. Brads Blicke brennen in meinem Rücken. Er sitzt an der Theke, und ich weiß, dass er mir auf den Hintern guckt. Deshalb beuge ich mich extra weit vor und strecke ihn raus, wackele damit herum, um ihn noch ein bisschen zu provozieren.

Endlich haben sie ausgetrunken, und mit einem Nicken bedeute ich Brad, rüberzugehen und abzukassieren. Ich schnappe mir ein Tablett, sammele die leeren Gläser ein, spüle sie in Rekordzeit und stelle sie zum Trocknen auf das dafür vorgesehene Abtropfgitter. Dann scheuche ich Hank von seinem Platz, fasse ihn an den Schultern und schiebe ihn mit sanftem Nachdruck zur Tür hinaus.

»Bis morgen!«, rufe ich ihm nach und will gerade abschließen, als Orell die Stufen zum Eingang heraufkommt.

»Oh. Was willst du denn hier?«

Er sieht mich zerknirscht an. »Mich noch mal für Montagabend entschuldigen.«

»Das fällt dir aber früh ein«, bemerke ich spitz, obwohl er es eigentlich schon per WhatsApp getan hat.

»Ich hatte viel zu tun, der Fall, du weißt schon«, rechtfertigt er sich.

Ich winke ab. »Vergiss es einfach.«

»Hast du noch was vor?«, fragt Orell und sieht an mir vorbei Richtung Theke. Ich folge seinem Blick, aber von Brad keine Spur. Vielleicht ist er zur Toilette gegangen, und das ist auch besser so.

»Nein, aber ich muss noch putzen und außerdem habe ich Kopfschmerzen. Deshalb wollte ich früh ins Bett.« Das ist noch nicht mal gelogen. Ich hatte bloß nicht vor, es allein zu tun.

»Dann gute Besserung. Schlaf gut«, sagt er, schenkt mir ein verständnisvolles Lächeln, dreht sich um und geht.

Erleichtert atme ich auf und schließe schnell ab, bevor noch irgendjemand reinplatzt. Ich werde heute Sex haben, jubiliere ich innerlich. Und ich schätze, schon sehr bald, wenn ich den Blick richtig interpretiere, mit dem Brad mich ansieht, als er vom Klo zurückkommt.

»Endlich sind wir allein«, sagt er, zieht mich in seine Arme und verschließt meine Lippen mit einem hungrigen Kuss.

»Allein schon«, bemerke ich und mache mich von ihm los. »Aber wir müssen hier erst noch sauber machen, bevor wir zum gemütlichen Teil des Abends übergehen.«

Brad hebt eine Augenbraue. »Gemütlich?«

»Ja, du weißt schon. Sofa, Füße hochlegen, Netflix, Chips ...«

»Okaaaay«, sagt er gedehnt und guckt einen Moment lang so enttäuscht, dass ich es nicht zurückhalten kann und in schallendes Gelächter ausbreche.

»War ein Witz.« Ich knuffe ihm in die Seite. »Also los,

je länger wir hier rumstehen, umso später kommen wir ins Bett.«

»Das klingt schon besser«, sagt er mit einem breiten Grinsen. »Also, was soll ich tun?«

Ich statte ihn mit einem Besen aus und schnappe mir Wischmopp und Eimer. »Du fegst, ich putze.«

»Zu Befehl.« Er salutiert zackig und schiebt ab.

Ich suche derweil einen anderen Radiosender. Von Countrymusik habe ich für heute wirklich genug. Zum Putzen brauche ich was mit Groove, denn mit der richtigen Musik geht die Arbeit viel leichter von der Hand, deshalb drehe ich die Anlage voll auf.

Eine Viertelstunde später ist das Diner bereits halbwegs vorzeigbar. Nur noch schnell die Toiletten wischen, wobei ich die Ecken großzügig auslasse. Morgen ist auch noch ein Tag und jetzt steht mir der Sinn wirklich nach anderem.

Als ich in den Wirtsraum zurückkehre, traue ich meinen Augen kaum bei dem Anblick, der sich mir bietet. Aus den Boxen schallt *Sucker* von den Jonas Brothers und der coole Herr Rocker in seiner pinkfarbenen Schürze schwingt dazu die Hüften und tanzt mit dem Besen. Ich schlage eine Hand vor den Mund, um das Lachen zurückzuhalten, das in meiner Kehle aufsteigt, lehne mich in den Türrahmen und sehe ihm dabei zu.

Als Brad mich bemerkt, zuckt er ertappt zusammen, aber zu meiner großen Überraschung hört er nicht auf, sondern packt den Besenstiel, als wäre er ein Mikrofonständer. Er bewegt seine Lippen wie beim Playback, singt den Refrain mit und zieht eine richtige Show ab. Dass er so gut tanzen kann, hätte ich ihm gar nicht zugetraut.

»Bravo!«, rufe ich, als der Song zu Ende ist, und klatsche Beifall. »Wenn du nicht Zimmermann wärst, könntest du glatt in Vegas für Magic Mike anheuern.«

»Glaub, nicht.« Er schüttelt den Kopf. »War 'ne Privatshow.«

»Nur für mich?«

»Ich sag's ja.« Er zieht mich in seine Arme und vergräbt sein Gesicht in meinem Haar. »Ich bin verrückt nach dir«, murmelt er an meinem Ohr und sein Atem sendet einen heißen Schauer über meinen Rücken.

»Nicht«, wehrt Keisha ab. »Ich muss erst duschen, ich stinke.«

»Du stinkst nicht, du duftest«, stelle ich klar, knabbere an ihrem Hals und sauge ihren Duft in mich ein. »Deine Haare riechen nach Kokosnuss und Blaubeerkuchen.«

»Und Pommes«, ergänzt Keisha.

»Richtig, und Pommes. Lecker!«, bestätige ich, hebe ihren Arm an, schnuppere an ihrer rasierten Achselhöhle und lasse meine Zunge darübergleiten, was Keisha ein bezauberndes Kichern entlockt. »Nach ehrlicher Arbeit«, füge ich hinzu und fahre mit meiner Erkundungstour fort, indem ich mit meiner Zungenspitze der zarten Haut an der Innenseite ihres Arms bis hinunter zum Ellenbogen folge.

»Hmm, Burger«, bemerke ich, als ich ihre Unterarme erreiche, wo die Fettspritzer sie beim Wenden der Patties getroffen haben. »Und Bier.« Es ist ihr beim Zapfen über den Handrücken gelaufen und schließlich ... »Spülmittel und Chlor.« Ihre Fingerspitzen riechen danach, weil sie damit die Tische desinfiziert hat.

»Sehr sexy«, kommentiert Keisha.

»Wie die verdammte Miss America!«

Keisha hebt eine Augenbraue. »Miss America?«

»Absolut«, bekräftige ich nickend. »Pommes, Bier und Burger, amerikanischer kann ein Mädchen kaum riechen.«

»Du spinnst«, sagt sie und schüttelt lachend den Kopf.

»Und selbst wenn du mit dem Putzwasser duschen würdest, wär es mir scheißegal«, füge ich achselzuckend hinzu. Ich bin so scharf auf sie, dass mir bald die Hose platzt.

»Worauf warten wir dann noch?«, fragt sie und lässt mit einem verführerischen Augenaufschlag ihre Fingerspitzen über die Beule in meiner Jeans gleiten. Die Berührung sendet kleine, elektrische Blitze durch meinen Schwanz, der daraufhin noch ein bisschen härter wird.

»Hast du Kondome?«

Ich ziehe das Päckchen aus meiner Gesäßtasche und halte es ihr unter die Nase. »Vorhin bei euch auf der Herrentoilette aus dem Automaten gezogen. Ich hoffe, sie sind nicht alt«, sage ich und wende die Schachtel zwischen meinen Fingern, auf der Suche nach dem Verfallsdatum.

Keisha verdreht die Augen. »Wenn du wüsstest, wie oft ich die auffüllen muss.«

»Also dann ...«, sage ich. Der Rest des Satzes schwebt als unausgesprochene Aufforderung im Raum, uns irgendwohin zu begeben, wo es gemütlicher ist. In die Horizontale zum Beispiel. Sie zieht mich am Saum meines T-Shirts hinter sich her. Im Vorbeigehen schnappt sie sich von der Theke eine Zweiliterflasche Mountain Dew und drückt sie mir in die Hand.

»Hier, damit du nicht einschläfst.«

»Willst du mich umbringen?«

»Ich schätze, es gibt schlimmere Tode«, entgegnet sie mit einem spitzbübischen Lächeln und lässt mich stehen. An der Tür zum Flur dreht sie sich zu mir um. »Was ist jetzt, kommst du, oder willst du da Wurzeln schlagen?«

Auf der Treppe nach oben beschleicht mich Skrupel. Ich war schon dutzende Male in der Wohnung, aber ich weiß, wenn ich die Schwelle überschreite, gibt es diesmal kein Zurück mehr. Für einen winzigen Moment zögere ich, aber was mache ich mir eigentlich vor? Es ist sowieso schon viel zu spät, denke ich, gebe mir einen Ruck und schiebe mich an ihr vorbei nach drinnen.

In ihrem Zimmer bleibe ich unschlüssig stehen.

»Was ist?«

»Nichts«, sage ich, stelle die Flasche auf dem Nachttisch ab und lege die Schachtel mit den Kondomen daneben.

Sie schlingt die Arme um meinen Hals und küsst mich, schiebt die Hände unter mein Shirt und zerrt daran, will es mir ausziehen.

»Nicht«, sage ich in einem plötzlichen Anflug von Panik.

»Was ist los?«, fragt sie wieder.

»Nichts, ich ... Können wir vielleicht das Licht ausmachen?«

»Warum?«

»Es ist so hell hier«, sage ich lahm.

Keisha schüttelt verständnislos den Kopf. »Was ist das denn jetzt auf einmal für 'ne verklemmte Nummer?«

»Ach, Scheiße«, murmele ich. Was hab ich mir nur dabei gedacht? Hab ich ernsthaft geglaubt, ich könnte sie vor ihr verstecken? Ich nehme einen tiefen Atemzug durch die Nase, sehe hoch zur Decke und lasse ihn langsam durch den Mund entweichen. Showtime! Zeit, die Hosen runterzulassen und der Wahrheit ins Auge zu sehen. Ich fasse den Saum meines T-Shirts, ziehe es mir über den Kopf und stelle mich Keishas Blick.

Brad steht einfach nur da und sieht mich an. Ich kann nicht glauben, dass er derselbe Mann ist, der vorhin noch in einer pinkfarbenen Schürze für mich getanzt hat. Mein Hirn bekommt die Bilder einfach nicht übereinander. Bisher hatte ich geglaubt, sein Daddy hätte ein kleines Rassismus-Problem, aber das ist vergleichsweise harmlos, im Gegensatz zu …

»Was ist das?«, stoße ich atemlos hervor, entsetzt von den Tattoos, die seinen Oberkörper bedecken, und dem Hass, den sie mir entgegenschreien.

»Jugendsünden«, versucht er es wegzuwischen.

»Jugendsünden?« Ich lache ungläubig auf. »Wie alt bist du denn?«, frage ich und deute auf die gezackten Buchstaben. CWB. Ich weiß, was das heißt, deshalb macht es mich umso wütender.

»Als ich sie mir habe stechen lassen, war ich ein Anderer«, erwidert er leise.

»Natürlich, so was lässt man sich auch mal eben so stechen. Weil es gerade Mode ist, oder was? Und dann ändert man halt seine Einstellung, kann ja mal passieren …« Mit jedem Wort werde ich lauter, ich rede mich richtig in Rage. Die Tattoos berühren und verletzen mich auf eine so tief greifende, elementare Art, weil ihre Botschaft mich persönlich betrifft. Ich kann gar nicht anders, als sie persönlich zu nehmen. Und Brad? Steht einfach nur da und lässt meinen Ausbruch über sich ergehen.

»Los, sag was!«, brülle ich ihn an.

Brad zuckt zusammen. »Was soll ich denn sagen?« Er hebt die Hände zu einer hilflosen Geste.

»Keine Ahnung, irgendwas. Wir wäre es mit einer Erklärung?«

»Einer Erklärung wofür?«

»Zum Beispiel warum du hier bist. Um mich zu ficken wie eine deiner Schlampen?«

»*Eine* Schlampe«, stellt er klar. »Ich ficke *eine* Schlampe, und dich würde ich nicht dazuzählen, okay?«

»Na klar. Das macht es natürlich gleich viel besser.«

»Entschuldige, dass ich mich nicht wild durch die Gegend vögele«, sagt er hitzig.

»Darum geht es doch gar nicht«, fahre ich ihn an.

»Sondern?«

Ungläubig schüttele ich den Kopf. Mein Gott, er begreift es wirklich nicht! »Du hältst dich also für was Besseres, ja?«, frage ich und versetze ihm mit beiden Händen einen Stoß vor die Brust, mit dem er nicht gerechnet hatte. Er taumelt einen Schritt zurück, fängt sich aber, doch ich setze ihm nach. »Hast du gedacht, du könntest herkommen und auf mich herabsehen, während du es mir besorgst?«

»Nein, ich ...«

»Was bin ich für dich?«, schleudere ich ihm entgegen. »Eine schwarze Pussy für die Trophäensammlung?«

»Keisha, bitte ...«

Ein weiterer Stoß befördert ihn rücklings aufs Bett. Jetzt ist er derjenige, der zu mir aufsieht, und ich auf ihn hinab.

»Was sagst du jetzt, verrückter weißer Junge?« Ich starre ihn an und die Wut kocht heiß durch meine Adern.

Keishas Nasenflügel blähen sich im schnellen Takt ihrer Atemzüge wie die eines wütenden Stiers. Wir fechten ein stummes Duell aus, bis sie den Blickkontakt abrupt abbricht. Sie schüttelt den Kopf, sieht mich wieder an und schnaubt verächtlich, dann sinkt sie vor mir auf die Knie und zerrt an meiner Hose.

»Was machst du da?«

Ihre Lippen kräuseln sich zu einem abfälligen Lächeln.

»Wir werden ja sehen, wer hier wen fickt«, sagt sie und in ihren Augen liegt ein wildes Glitzern.

»Was ...?«, setze ich an, aber weiter komme ich nicht, denn sie packt meinen Schwanz und tut das, wovon ich mir seit Wochen wünsche, dass sie es tun würde. Sie stülpt ihre wundervollen Lippen darüber und ... O Gott!

Egal was ich mir ausgemalt habe, das hier ist besser. Intensiv und verstörend zugleich, denn während mir ihr Mund das Paradies verspricht, lodert in ihrem Blick das Feuer der Verdammnis.

»Lass das«, stoße ich heiser hervor, obwohl ich wünschte, sie würde nie damit aufhören, und versuche, sie von mir wegzuschieben. Sie wehrt meine Hand ab, nur um ihn noch ein Stück tiefer in sich aufzunehmen.

Ich weiß, was sie vorhat. Sie wird mich bis an den Rand des Wahnsinns treiben mit ihrer süßen Zunge und ihren weichen Lippen. Und wenn ich kurz davor bin, wird sie damit aufhören und mir sagen, dass ich zur Hölle fahren soll.

Ich weiß, dass es so kommen wird, und ich kann nichts dagegen tun. Deshalb sollte ich es wohl besser genießen. Also schließe ich die Augen und ergebe mich meinem Schicksal, aber ich habe mich geirrt.

Ohne Vorwarnung lässt Keisha von mir ab und zieht sich aus. Ich komme kaum dazu, den Anblick ihres nackten Körpers in mich aufzunehmen – Kaugummi! Ihre Pussy ist nicht schwarz, sondern leuchtet in einem kräftigen Bubblegumpink, wie mein Hirn erstaunt realisiert - da gleitet sie auch schon auf meinen Schoß und greift nach meinem Schwanz.

»Verdammtes Ding«, murmelt sie, während sie mit einem Gummi kämpft und ihn mir unsanft überstreift. Mit einem Ruck senkt sie ihr Becken auf mich herab und ich begreife, dass sie noch lange nicht mit mir fertig ist. Sie hat ihn nur hart gemacht, und ... oh, fuck, ist sie eng! Es ist falsch, es zuzulassen, aber gleichzeitig fühlt es sich so unfassbar gut an. Leidenschaftlich und wild, sie ist wie eine wütende Rachegöttin, die über mich kommt, und ich verbrenne unter ihrem sengenden Blick.

Ja, Baby, lass es raus!, kreischt mein Hirn. Besorg's dir an mir und benutz mich! Aber ich verbiete mir, irgendetwas zu sagen. Das einzige Geräusch, das über meine Lippen kommt, ist mein Atem, abgehackt und rau.

Ich hebe die Hand, aber sie schlägt sie weg.

»Fass mich nicht an«, zischt sie, was ziemlich absurd ist, denn mein Schwanz steckt in ihr! Aber auch den Hinweis erspare ich mir lieber.

Keisha zieht das Tempo an, ihre Stöße werden schneller, härter. Wenn sie so weitermacht, wird sie mir wehtun. Oder sich. Mindestens einer von uns beiden wird Schaden von dieser Nummer nehmen, wenn nicht körperlich, dann emotional. Sie will mich vernichten, mich zerstören, aber sie verletzt sich ebenso und das kann ich nicht zulassen!

Also setze ich mich auf, lege die Hände auf ihre Schultern und halte sie fest. »Hör auf.«

»Lass mich los!« Sie windet sich unter meinem Griff, aber ich schüttele stumm den Kopf. Weil ich nicht weiß, was ich sonst tun soll, mache ich das, was mir das einzig Richtige in dieser Situation zu sein scheint.

Ich küsse sie. Sanft, zärtlich, ich lege all meine Emotionen in diesen einen Kuss. Meine Gefühle für sie, meine Angst, meine Sorge, meine Verzweiflung.

Keisha wehrt sich dagegen, aber ich spüre, wie ihr Widerstand schmilzt, sie wird weich in meinen Armen. Ein Beben erfasst ihren Körper und ihrer Kehle entfährt ein gequältes Schluchzen. Es hallt in meinem Mund wider und ich schmecke ihre Tränen auf meinen Lippen, salzig und heiß.

»Warum?«, flüstert sie, immer und immer wieder. »Warum?«

»Es tut mir leid«, sage ich, denn ich habe keine andere Antwort auf diese Frage. Also ziehe ich sie an mich und nehme sie in den Arm. Sie weint an meiner Brust, während mein Schwanz in ihr erschlafft, und ich halte sie einfach nur fest, bis ihre Tränen versiegen.

Kapitel Siebzehn

Ich kann nicht sagen, was ich fühle, weil gerade zu viel in mir vorgeht. Ich empfinde alles gleichzeitig, Schmerz, Wut, sogar Hass. Aber in erster Linie Enttäuschung. Ja, das trifft es wohl am ehesten. Ich bin ent-täuscht, im wahrsten Sinne des Wortes. Denn so fühle ich mich: Als ob ich getäuscht worden wäre. Brad hat mir was vorgespielt und er hat es mit Absicht getan. Das ist es, was mich so unfassbar wütend macht. Er ist wie eine alte Tafel Schokolade. Ich hatte mich auf etwas Süßes gefreut, aber ich habe mich blenden lassen vom schönen Schein der Verpackung. Denn der Inhalt darunter ist genauso verkrustet wie die Vorurteile, auf denen seine Gesinnung beruht. Ich verstehe einfach nicht, wie man so sein kann. Wie *er* so sein kann.

Meine Nase läuft und ich schniefe. Sein Schwanz flutscht aus mir raus, als er sich bewegt und den Arm ausstreckt, um ein Kleenex aus der Box auf dem Nachttisch zu ziehen.

»Hier.« Er hält es mir hin und ich tröte geräuschvoll hinein. Nicht sehr damenhaft, aber das ist mir gerade scheißegal.

»Es tut mir leid«, sagt er wieder und sieht mich bekümmert an, aber das reicht mir nicht.

»Erklär es mir«, verlange ich, rutsche von seinem Schoß und schlage die Beine unter meinen Po.

»Was?«

»Wie man so werden kann. Warum man so viel Hass verspürt, dass man ihn sich sogar unter die Haut stechen lässt.«

»Wie soll ich das erklären?«, fragt er.

»Keine Ahnung. Versuch's einfach.« Ich will es wirklich verstehen.

»Also schön.« Er setzt sich hin, lehnt den Rücken ans Kopfteil des Bettes und stellt die Beine auf. »Als Kind war ich eher schmächtig«, beginnt er. »Ich weiß, man sieht es mir heute nicht mehr an«, fügt er hinzu. »Aber ich war klein und schwach und alle haben mich herumgeschubst und auf mir rumgehackt. Mein Dad hat damals ziemlich viel getrunken. Die Firma lief nicht gut und er hat die Schuld dafür immer bei anderen gesucht. Scheißschwarze, Scheißlatinos, Scheißjuden, Scheißschlitzaugen ... Sie alle machen sich hier ein leichtes Leben, während er hart arbeitet, und es führt doch zu nichts.« Brad sieht mich an. »So ging das in einer Tour, verstehst du?«

Nein, verstehe ich nicht, deshalb schweige ich.

»Wenn man von morgens bis abends nichts anderes hört, glaubt man irgendwann daran«, sagt Brad und schüttelt den Kopf. »Und wenn er sich richtig reingesteigert und seinen Frust in Alkohol ertränkt hatte, hat er ihn an meiner Mutter und uns Kindern ausgelassen. Er hat uns grün und blau geschlagen, bis ich irgendwann einen Schuss in die Höhe gemacht habe. Ich war dann zwar einen Kopf größer als er, hatte aber immer noch nichts auf den Rippen. Also hab ich trainiert, Hanteln gehoben und Gewichte gestemmt, bis ich mich stark genug fühlte, um es mit ihm aufzunehmen.«

»Und dann?«

»Dann bin ich nach Hause gegangen und hab ihm aufs Maul gehauen.« Sein Mund verzieht sich zu einem bitteren Lächeln.

»Wie alt warst du da?«

»Fünfzehn«, sagt Brad. In seinem Gesicht arbeitet es. »Ich hab ihm gesagt, wenn er Mom oder meine Schwester noch einmal anrührt, schlag ich ihn tot, und ich schwöre bei Gott, es ist mein Ernst. Seitdem ist Ruhe.«

»Das tut mir leid«, sage ich und meine es auch so. »Aber eine schlechte Kindheit erklärt noch lange nicht, warum man zu einem riesengroßen Arschloch wird«, setze ich heftig hinzu.

»Nein«, sagt er. »Ich schätze, das tut es nicht.« Er lehnt den Kopf zurück und sieht an die Decke. »Der Rest der Geschichte ist eigentlich ziemlich schnell erzählt. Schlechter Umgang, falsche Freunde, zu viel Alkohol, das Übliche.« Er schnaubt und schüttelt den Kopf, als würde er sich über sich selbst wundern.

»Nach der Highschool hab ich angefangen, bei meinem Dad zu arbeiten, und mit achtzehn hab ich mir mein erstes Motorrad gekauft. Ich meine, wir wohnen ja direkt gegenüber vom Clubhaus und die Biker waren cool. Zumindest fand ich damals alles, was sie taten, unfassbar cool. Die Harleys, ihre Klamotten, die Musik, die Tattoos ...« Er macht eine ausholende Geste. »Einfach alles, verstehst du?« Er sieht mich an, und ich nicke, auch wenn ich nichts von dem verstehe, was er sagt. Aber er ist auch noch lange nicht fertig.

»Ich könnte jetzt behaupten, dass ich nur ein Mitläufer war, aber das wäre gelogen. Ich habe das geliebt, nein, ich hab dafür gebrannt. Die League war mein Leben«, sage ich. »Auf einmal war ich wer. Die Leute sahen zu mir auf, sie hatten Respekt vor mir. Und ich? Ich hab auf alles hinabgesehen, was nicht zu uns gehörte und was nicht in mein Bild eines ordentlichen Amerikaners passte.«

»Du meinst, auf alles, was nicht weiß ist?«, fragt sie und sieht mich forschend an. »Jemand wie ich?«

Ich nicke und halte ihrem Blick stand. »Für alle anderen hatte ich nichts als Verachtung. Ich hab mir was eingebildet auf meine englischen Wurzeln und das europäische Blut, das durch meine Adern fließt. Weil es das Einzige ist, worauf ich stolz sein konnte«, sage ich und schlucke schwer, um den bitteren Geschmack loszuwerden, der auf meiner Zunge liegt. »Denn ansonsten müsste ich mir eingestehen, dass ich nichts weiter als ein verschissener Loser bin, der in seinem Leben nichts auf die Reihe bekommen hat.«

»Ich dachte, du wärst mehr als das«, sagt sie leise.

»Und ich habe gehofft, ich könnte es sein«, gebe ich zurück. »Doch egal was ich sage oder tue, es hätte sowieso nie irgendetwas geändert.«

»Aber ich dachte, du hast dich geändert«, sagt sie. »Denn den Mann, von dem du da sprichst, den kenne ich nicht.«

»Du hast Recht«, sage ich. »Du kennst mich nicht.« Wie auch? Ich kenne mich ja selbst nicht mehr. Fuck! Ich schließe die Augen und atme tief ein. Sie hat ein Recht auf die Wahrheit, ich darf sie nicht weiter anlügen.

Komm schon, sei ein Mann, flüstert eine leise Stimme in meinem Kopf. Erzähl ihr von dem Jugendclub und Latisha Booker. Ich war dumm genug mitzumachen, jetzt sollte ich wenigstens genug Eier in der Hose haben, um dazu zu stehen.

Langsam lasse ich den Atemzug aus meinen Lungen entweichen, bevor ich die Augen öffne und sie ansehe. Scheiße ... Ich kann's einfach nicht! Ich kann mich nicht zu einem Verbrechen bekennen, von dem ich überzeugt bin, es nicht begangen zu haben.

»Hör zu«, sage ich stattdessen. »Ich war ein Rassist, ja. Aber ich habe eingesehen, dass es falsch war.«

»Warum?«

»Weil ...« Nein, sie würde es nie verstehen. »Na ja«, sage ich stattdessen. »Weil mir spätestens eine gewisse Miss Williams mit ihrer großen Klappe bewiesen hat, dass ich auf dem Holzweg war. Ich war ein Idiot, okay?«

Ich nicke bekräftigend. »Absolut.«

»Bisher habe ich in meinem Leben viele Fehler begangen und ich wünschte, ich könnte sie ungeschehen machen.«

»Das verstehe ich«, sage ich und schlucke schwer.

»Das kann niemand verstehen.«

»Doch, glaub mir. Ich weiß genau, wie sich das anfühlt.« Einen Moment lang sammele ich mich, bevor ich ihm vom Tod meiner Mutter erzähle. Von ihrem Schlaganfall morgens im Diner, und dass Noahs Vater mit ihr losgefahren ist, um sie ins Krankenhaus nach Maryville zu bringen.

»Ich habe mir so schreckliche Sorgen um sie gemacht, aber als dann der Anruf kam ...« Meine Stimme versagt.

»Was ist passiert?«

»Sie hatten einen Unfall an der Kreuzung bei Sixmile. Ein Lkw hat ihnen die Vorfahrt genommen, aber der Fahrer behauptet, er habe den Wagen nicht gesehen. Laut Unfallbericht ist Noahs Vater viel zu schnell gefahren, aber wen wundert es? Er hatte Mom auf dem Beifahrersitz und wollte ihr helfen.«

»Das tut mir leid«, sagt Brad. »Es muss schlimm sein, wenn man einen geliebten Menschen so plötzlich verliert.«

»Ich hab sie nicht *plötzlich* verloren«, sage ich rau. »Meine Mutter lag sieben Monate lang im Koma und hatte während der Zeit im Pflegeheim zwei weitere Schlaganfälle.«

Brad sieht mich bestürzt an. »Das ist schrecklich.«

»Alle haben gesagt, dass sie nie wieder gesund werden wird, und wir wussten nicht mehr, wie wir die Krankenhausrechnungen bezahlen sollen. Die Ärzte haben uns geraten, die Maschinen abschalten zu lassen, die sie am Leben hielten. Was blieb uns denn übrig?«, sage ich gequält. »Wir mussten eine Entscheidung treffen, aber Granny hat es einfach nicht übers Herz gebracht, deshalb habe ich …« Meine Stimme versagt.

»Du kannst nichts dafür, dass …«

»Doch«, unterbreche ich ihn heftig. »Ich hätte ihr helfen müssen. Sie hat mich allein großgezogen, nachdem mein Vater sie hat sitzen lassen. Er wollte nur seinen Spaß, aber als sie schwanger war, fand er es nicht mehr so lustig. Mom war immer für mich da, wenn ich sie gebraucht habe. Aber statt sie zu retten, habe ich die Papiere unterschrieben und damit ihr Todesurteil unterzeichnet.«

»Schhhht«, macht Brad und zieht mich in seine Arme. »Es ist nicht deine Schuld.«

»Ist es doch«, beharre ich. »Ich habe sie im Stich gelassen, als sie mich am nötigsten gebraucht hat, und das werde ich mir nie verzeihen.«

Er drückt mir einen Kuss auf die Stirn. »Du hast nichts Falsches getan«, murmelt er an meinem Haar. »Im Gegensatz zu mir«, fügt er hinzu. »Ich wünschte, ich könnte die Zeit zurückdrehen. Noch mal von vorn anfangen und diesmal alles richtig machen.«

»Das wünschte ich auch.« Zum Beispiel einen Krankenwagen rufen, statt Mom mit Noahs Dad fahren zu lassen.

»Keiner von uns kann das«, sagt er leise. »Nur einen Weg suchen, damit zu leben. Irgendwie.«

Ich nicke langsam und stehe auf.

»Was hast du vor?«

Statt zu antworten, lösche ich das Licht und schlüpfe zurück ins Bett.

»Halt mich einfach nur fest«, sage ich und kuschele mich an seine Brust. Im Dunkeln sieht man die Tattoos darauf nicht, im Dunkeln sind wir gleich. Ich spüre nur ihn, Brad, höre seinen Herzschlag in meinem Ohr. Also liegen wir einfach da, Arm in Arm. Die wahrscheinlich unterschiedlichsten Menschen, die zusammen im Bett landen konnten. Und doch sind wir hier, und es fühlt sich irgendwie richtig an.

Kapitel Achtzehn

Etwas kitzelt an meiner Nase. Als ich die Augen aufschlage, stelle ich fest, dass es sich dabei um eine von Keishas Locken handelt. Sie liegt immer noch in meinem Arm und schläft. Bei ihrem Anblick durchfährt mich das schlechte Gewissen. Ich hätte nie damit gerechnet, neben ihr aufzuwachen. Nicht nach dem, was sie über mich erfahren hat, dabei weiß sie nicht mal alles.

Vorsichtig ziehe ich den Arm unter ihrem Kopf weg, und sie schlägt die Augen auf und blinzelt mich an.

»Ich wollte dich nicht wecken«, sage ich. »Schlaf weiter.«

»Wie spät ist es?« Sie tastet auf dem Nachttisch nach ihrer Brille.

»Halb sieben.«

Keisha seufzt. »Ich muss sowieso aufstehen.«

Ich muss aber auch mal, deshalb komme ich ihr zuvor. Auf dem Weg nach draußen sammele ich mein T-Shirt auf, ziehe es über und gehe ins Bad. Der Klodeckel ist mit einem Überzug aus flauschigem, rosafarbenem Stoff bespannt. Ich klappe ihn hoch, setze mich hin und drücke meinen Schwanz runter, damit er nicht an den kalten Rand der

Porzellanschüssel kommt. Was mache ich eigentlich hier? Zwischen all den Frauendingen, Bürsten und Kämmen, Tiegeln und Töpfchen und Flaschen fühle ich mich wie ein Fremdkörper. Ich wasche meine Hände und spritze mir Wasser ins Gesicht, dann drücke ich etwas Zahnpasta aus der Tube, die in einem Zahnputzbecher auf dem Waschbeckenrand steht. Während ich mir mit dem Finger provisorisch die Zähne putze, halte ich den Blick gesenkt, denn ich kann mir selbst nicht im Spiegel in die Augen sehen.

»Willst du schon gehen?«, fragt Keisha enttäuscht, als ich in ihrem Zimmer meine Jeans aufhebe und hineinsteige. »Ich könnte uns Frühstück machen.«

»Tut mir leid«, sage ich, setze mich auf die Bettkante und drücke ihr einen Kuss auf die Stirn. »Ich würde gerne noch bleiben, aber ich brauche eine Dusche und ein paar frische Klamotten«, setze ich mit Blick auf mein T-Shirt hinzu.

»Wiederholen wir das mal? Also, richtig? Nicht so ... Du weißt schon.«

»Heißt das, du willst?« Damit hätte ich nun wirklich nicht gerechnet.

»Sonst hätte ich nicht gefragt.«

»Klar.« Nichts lieber als das, ich bin da bloß terminlich ein bisschen eingeschränkt.

»Hast du heute schon was vor?«, fragt sie, als hätte sie meine Gedanken gelesen, und lächelt verlegen. »Meine Großmutter kommt ja erst morgen zurück.«

»Wann machst du Feierabend?«

Sie legt den Kopf schräg und zuckt mit einer Schulter. »Egal, komm einfach vorbei. Vermutlich weiß eh schon die gesamte Stadt, dass du hier übernachtet hast.«

»Woher ...?«

»Dein Motorrad steht vor dem Lieferanteneingang, so was spricht sich hier schnell rum.« Sie grinst schief. »Ich werde jedenfalls da sein. Es gibt Burger und Bier und Countrymusik.«

»Klingt verlockend.« Ich verdränge den Gedanken, dass ich das alles nicht verdient habe. »Dann bis später«, sage ich und küsse sie zum Abschied auf den Mund.

»Warte!« Sie springt auf und gewährt mir einen Blick auf ihren nackten Körper, bevor sie frische Unterwäsche überstreift und in ein T-Shirt und eine ausgeleierte graue Jogginghose schlüpft. »Ist abgeschlossen«, setzt sie zur Erklärung hinzu. »Ohne mich kommst du nicht weit.«

Ich will gar nicht weg, denke ich und küsse sie noch mal, bevor sie mich zur Hintertür rauslässt. Ich trete ins Freie und blinzele in die Morgensonne. Fühlt sich an, als wäre heut ein guter Tag. Deshalb sollte ich ihn besser genießen, denn es wird vermutlich der letzte sein.

»Ich will alles wissen! Jedes schmutzige Detail«, begrüßt Liz mich, als sie um kurz vor acht durch die Tür hereingewirbelt kommt, während ich gerade alles für das Frühstück vorbereite.

»Wolltest du nicht erst um neun hier sein?«, frage ich, um Zeit zu gewinnen, und schütze vor, nach dem Herd zu gucken. Dabei kommt der beim Aufheizen bestens allein klar.

»Denkst du, ich halte es auch nur eine Sekunde länger aus?« Sie sieht mich an, als ob ich nicht ganz dicht wäre. »Ich platze vor Neugier! Also, wie war's?«

»Ganz nett«, antworte ich ausweichend.

»Willst du mich veralbern?« Liz sieht mich entgeistert an. »Du hattest gestern Sex mit diesem heißen Typen und dir fällt nicht mehr dazu ein als, es sei *nett* gewesen?«

»Ich hatte mir wohl einfach mehr davon versprochen«,

gebe ich zurück. Ja, das trifft's wohl am ehesten. Wie sollte ich ihr auch erklären, was gestern Nacht zwischen mir und Brad passiert ist? Ich verstehe ja selbst nicht, was in mich gefahren ist und warum ich ihn nicht sofort achtkantig rausgeschmissen habe.

»Einigen wir uns auf: Es war ausbaufähig. Okay?«

Liz nickt wissend. »Verstehe.«

Als ich die Schublade öffne, um meinen Notizblock herauszunehmen, fällt mein Blick auf den Umschlag. Ich wappne mich mental, bevor ich ihn öffne und das gefaltete Blatt Papier entnehme. Mit der Summe, die mir entgegenspringt, habe ich trotzdem nicht gerechnet und schnappe nach Luft. Sechstausendfünfhundert Dollar!

»Was ist das?« Liz schaut über meine Schulter. »Oh«, sagt sie dann. »Das ist heftig. War nicht von viertausend die Rede?«

»Es ist ja noch einiges dazugekommen«, sage ich und seufze. »Allein das Material, das zusätzlich angefallen ist. Dämmwolle, Gipsplatten ...« Und die sind bisher noch nicht mal gestrichen. Vermutlich werden wir jahrelang auf die gespachtelten Wände gucken, bis wir uns die Farbe leisten können.

Ich traue mich kaum, zu fragen. »Wie läuft die Spendenaktion?«

»Eigentlich ganz gut«, gibt Liz achselzuckend zurück. »Bisher sind knapp dreitausend Dollar zusammengekommen.«

»Wow.« Die Hilfsbereitschaft unserer Nachbarn macht mich kurz sprachlos, schließlich müssen sie selbst alle gerade Rechnungen wegen der Sturmschäden begleichen. Dennoch langt es nicht.

»Da werden wir wohl noch eine Schippe drauflegen müssen.«

»Ich werde auf keinen Fall irgendwelche Leute anbetteln. Und ich will auch nicht, dass du das für mich tust«, setze ich schnell hinzu.

»Wer redet denn von betteln?« Liz schüttelt den Kopf. »Nein, wir sollten eine Party organisieren. Wir könnten zum Beispiel die *Sinners and Saints* fragen, ob sie kostenlos auftreten würden, und alle Einnahmen des Abends kämen dem Diner zugute.«

»Das wäre wirklich eine Möglichkeit.« Eigentlich gar keine schlechte Idee. »Aber lass uns später darüber sprechen«, füge ich mit Blick auf die ersten Frühstücksgäste hinzu, die gerade zur Tür hereinspazieren.

»Alles klar«, sagt Liz und bindet sich ihre Schürze um, in der Brad gestern für mich getanzt hat. Die Erinnerung daran lässt mich kurz grinsen, aber ich dränge sie zurück.

»Los geht's«, sage ich und bewaffne mich mit dem Pfannenwender. Über die Rechnung oder die Party kann ich mir jetzt keine Gedanken machen, denn erst mal gilt es, eine ganze Reihe hungriger Mäuler zu stopfen.

»Wo warst du?«, will mein Vater wissen, als ich um zwanzig nach neun nach Hause komme.

»Bei meinem Kautionsagenten«, gebe ich zurück, denn da komme ich tatsächlich gerade her, nachdem ich über eine Stunde vor seinem Büro darauf gewartet habe, dass er endlich auftaucht.

»Ich rede von letzter Nacht.«

»Wüsste nicht, was dich das anginge.« Bin ich zwölf, oder was?

»Das geht mich eine ganze Menge an, schließlich bürge ich mit meinem Haus für deine Kaution.«

»Ich war bei Tracy, okay?«

»Warst du nicht. Sie war hier und hat nach dir gefragt.«

Dads Augen ziehen sich zu schmalen Schlitzen zusammen. »Du warst bei diesem Niggermädchen in Heavenfield, hab ich Recht?«

»Ja, war ich«, schleudere ich ihm entgegen. »Na und?«

»Schämst du dich nicht?« Seine Stimme trieft vor Verachtung, und der Blick, mit dem er mich dabei ansieht, bringt das Fass zum Überlaufen.

Meine Faust ist schneller als mein Hirn und auch schneller als Dad. Er zuckt zwar zurück, aber trotzdem erwische ich ihn knapp unterhalb des linken Auges.

»Nenn sie nie wieder Nigger«, stelle ich klar. »Sie heißt Keisha.«

Er starrt mich hasserfüllt an, reibt sich die Wange und brummt irgendwas Unverständliches.

»Lass ihn doch.« Meine Mutter kommt mir zu Hilfe, und ich werfe ihr einen mahnenden Blick zu, damit sie Dad nicht noch weiter provoziert, bevor ich mich umdrehe und das Wohnzimmer Richtung Anbau verlasse.

»Du magst dieses Mädchen, nicht wahr?«, fragt Mom hinter mir, als ich mir gerade ein frisches T-Shirt überziehe, nachdem ich geduscht habe.

Ich habe gar nicht mitgekriegt, dass sie reingekommen ist, und drehe mich zu ihr um. Sie steht im Türrahmen mit einem Stapel frischer Wäsche.

»Ja«, bekenne ich leise. »Mehr als das. Ich habe mich geändert, wirklich«, setze ich hinzu und sehe sie flehend an. »Nicht bloß wegen ihr. Aber sie ist der Grund, aus dem ich wünschte, ein besserer Mann zu sein.«

»Das ist schön«, sagt sie und schenkt mir ein scheues Lächeln.

»Ach, Mom«, sage ich und kann meine Verzweiflung nicht mehr zurückhalten. Mit einem rauen Schluchzen lasse ich mich auf die Bettkante sinken. Meine Mutter setzt sich zu mir und streichelt meinen Rücken, wie sie es früher immer getan hat, und ich sitze da und heule, wie ein Baby.

»Schhh, alles wird gut«, sagt Mom, und ich wünschte, ich könnte ihr glauben. Aber tief in meinem Herzen weiß ich, dass es nicht so ist.

»Ich muss los.« Mit dem Handrücken wische ich meine Tränen fort, schnappe mir die Jacke und meinen Helm, setze mich auf mein Motorrad und flüchte vor dem Sturm, der sich um mich zusammenbraut.

Das Diner empfängt mich mit Countrymusik und dem verlockenden Duft des Blaubeerkuchens, den Keisha gerade aus dem Ofen nimmt. Sie dreht sich zu mir herum und ein Lächeln gleitet über ihr Gesicht. »Hi«, formt sie lautlos mit den Lippen und ich weiß, dass ich am einzig richtigen Ort bin, um der Realität zu entfliehen und sie noch eine Weile auszublenden, während die Uhr erbarmungslos tickt.

Kapitel Neunzehn

Brad macht sich nützlich, rollt uns ein neues Fass Bier aus dem Lagerraum rein und tauscht es gegen das leere. Er und Liz verstehen sich gut. Sie mag ihn, das verrät mir die Art, wie die beiden miteinander scherzen. Als die letzten Gäste gegangen sind, will ich den Radiosender wechseln.

»Und nun spielen wir für euch The Dance von Garth Brooks«, verkündet der Sprecher. »Also wenn du ein Mädchen an deiner Seite hast, wäre jetzt der richtige Zeitpunkt, sie zum Tanzen aufzufordern.«

»Darf ich bitten?« Brad stellt den Besen zur Seite und streckt mir die Hand entgegen.

»Du kannst tanzen?«

»Ich dachte, das hätte ich gestern bewiesen«, sagt er schmunzelnd und zieht mich in seine Arme. »Tanz mit mir«, raunt er an meinem Ohr, und ich lege die Wange an seine Brust, während wir uns langsam im Takt der Musik bewegen.

»Irgendwie fühle ich mich wie bei meinem Abschlussball damals auf der Highschool«, sage ich.

»Tut mir leid, dass ich keine Blumen mitgebracht habe, sondern nur mich.«

»Schon okay.« Ich bin sowieso kein Mädchen für tote Pflanzen, und mit ihm zu tanzen ist viel besser. Es ist kitschig und romantisch, und für einen Moment vergesse ich das Diner um uns herum, gebe mich ganz dem Gefühl hin.

»Danke«, sagt Brad, als das Lied vorbei ist, und sieht mich an. »Das wollte ich mir nicht entgehen lassen.«

Er küsst mich und ich nehme seine Hand und ziehe ihn hinter mir her nach oben.

Diesmal ist es anders, zärtlich und sanft. Im Schutz der Dunkelheit erkunden wir unsere Körper, erforschen mit Händen und Lippen die Landkarten unserer Haut.

Es ist, als geschähe alles zum ersten und gleichzeitig zum letzten Mal. Also versuche ich, so viel wie möglich in die wenigen Stunden zu pressen, die mir bleiben, bevor die Nacht zu Ende geht. Das Zimmer wird nur vom Licht des Mondes über dem See erhellt, das zum Fenster hereinscheint. Alles, was ich erkennen kann, ist das Weiße in ihren Augen und das Aufblitzen ihrer Zähne, wenn sie den Mund öffnet und nach Luft schnappt, während ich zwischen ihren Beinen knie und meine Zunge in ihre Mitte tauche. Mehr brauche ich auch nicht zu sehen. Der Anblick ihrer süßen Pussy hat sich auf ewig in mein Hirn gebrannt. Keisha erschauert unter der Berührung, ihre Schenkel schließen sich um mein Gesicht, aber ich drücke sie wieder auseinander. Spreize sie weit, weil ich den Moment auskosten will. Stöhnend krallt sie ihre Finger in mein Haar und biegt den Rücken durch. Ein weiterer Schlag meiner Zunge lässt sie explodieren und sie kommt zuckend an meinem Mund. Ich schmecke ihren Saft auf meinen Lippen, berausche mich am Aroma ihrer Lust.

»Komm her«, sagt sie rau. »Ich will dich in mir spüren.«

Schnell streife ich einen Gummi über und stütze mich auf den Unterarmen ab, aber sie legt die Hände um meinen Nacken und zieht mich zu sich, bis ich mit meinem vollen Gewicht auf ihr liege.

»Bin ich dir nicht zu schwer?«

Sie schüttelt den Kopf und wölbt mir ihr Becken entgegen, empfängt mich mit ihrem warmen Schoß und nimmt mich in sich auf. Es fühlt sich an, als gehörte ich genau dorthin. Bei Gott, ich will auch nirgendwo anders sein als hier, in diesem Bett mit ihr in meinen Armen.

Wir küssen uns, während wir uns lieben. Ich kann es nicht anders sagen, denn zum allerersten Mal begreife ich, was es heißt, Liebe zu machen. Bisher habe ich immer nur gefickt, aber das hier ist anders. Es ist zärtlich, intensiv und ... nah. So nah wie sie habe ich noch keine Frau an mich herangelassen und ich habe mich auch noch keiner so verbunden gefühlt.

»Ich wünschte, ich hätte dich eher getroffen«, sage ich in die Dunkelheit, als wir später nebeneinanderliegen. Zu einer anderen Zeit, in einem anderen Leben.

»Hätte das was geändert?«

»Ich weiß es nicht«, gebe ich zurück. Vielleicht hätte sie mich retten können, mich vor mir selbst bewahren. Aber das stimmt nicht. Der alte Brad hätte sie nicht wahrgenommen. Sie gar nicht bemerkt, in all meinem Hass und meiner Verblendung. Ich musste erst die Dunkelheit durchqueren, um zur Erleuchtung zu gelangen. Und jetzt ist es zu spät.

Am liebsten würde ich sie schnappen, auf mein Motorrad setzen und mit ihr abhauen. Irgendwohin, um noch mal ganz von vorn anzufangen.

»Ich muss gehen«, sagt Brad am Ende einer langen Nacht. Draußen vor dem Fenster dämmert bereits der Morgen, auch wenn wir keine einzige Sekunde geschlafen haben.

Träge rolle ich mich auf die Seite und sehe ihm zu, wie er sich anzieht. Am liebsten würde ich ihm sagen, dass er bleiben soll, aber ich muss arbeiten, und irgendwann heut Mittag kommt Granny zurück und ... Daran darf ich gar nicht denken.

»Rufst du mich an?«, frage ich, als ich ihn zur Hintertür rauslasse, und merke selbst, wie bescheuert ich klinge.

»Ja«, sagt er. »Versprochen.« Er zieht mich in seine Arme und drückt mir einen Kuss auf die Lippen. Dann setzt er den Helm auf und schwingt das Bein über die Harley.

»Hattest du einen Unfall?« Ich deute auf die Kratzer an der Seite. Ein Schatten gleitet über sein Gesicht, aber ist ebenso schnell verschwunden, wie er gekommen ist.

»Nichts Wildes.«

»Ich bin noch nie auf einem Motorrad gefahren«, sage ich. »Nimmst du mich mal mit?«

»Das wäre schön«, sagt er, doch in seiner Stimme schwingt ein Hauch von Wehmut. »Geht bloß nicht«, fügt er mit einem Nicken über die Schulter hinzu. »Aber die von Dad hat eine Sitzbank für zwei.«

Der Motor erwacht mit einem Blubbern. Brad wendet die Maschine, dreht sich noch mal um und lächelt mich an, bevor er davonbrettert. Von dem Lärm wird wahrscheinlich die halbe Stadt wach, aber ich stehe da und lausche in die Morgendämmerung, bis das Knattern über dem Tal verklungen ist. Dann gehe ich rein, stelle im Diner die Kaffeemaschine an und wappne mich für den Tag. Zwei, drei große Tassen sind das Mindeste, was ich brauche, um ihn zu überstehen. Aber egal, ich hatte endlich mal wieder Sex. *Richtigen* Sex. Das war ziemlich gut. Verdammt gut, um genau zu sein, und es war jede einzelne Sekunde des verpassten Schlafs wert.

In meinem Innern tobt ein Sturm. Ich fühle mich wie ein Dieb. Als hätte ich mir etwas angeeignet, das mir nicht zusteht. Nein, ich hatte absolut kein Recht dazu, mit Keisha ins Bett zu gehen, aber aus purem Egoismus habe ich es doch getan. Um eine Erinnerung zu haben, wenn ich für sehr lange Zeit hinter Gittern verschwinden werde. Deshalb habe ich die Frau, die ich liebe, nach Strich und Faden belogen und ihr vorgespielt, ich wäre ein Anderer. Bin ich auch, ich habe mich geändert. Doch trotzdem kann ich vor meinem alten Ich nicht weglaufen, wohin ich auch gehe und wie schnell ich auch fahre.

Außerdem will ich jetzt nicht nach Hause, da würde ich durchdrehen. Deshalb setze ich an der Kreuzung der Happy Valley Road mit dem Foothills Parkway spontan den Blinker nach links und folge der schnurgeraden Straße. Vielleicht wäre es das Einfachste, auf den nächsten Baum zuzuhalten, um dem Prozess zu entgehen. Aber das wäre noch feiger, als Keisha zu belügen, und außerdem gibt es dafür prinzipiell einen besseren Ort. Mit einem grimmigen Lächeln gebe ich Gas, in der Hoffnung, der Fahrtwind möge mir den Kopf freiblasen und die Gedanken vertreiben, die unablässig darin wirbeln.

An der Ecke biege ich wieder links ab. Die Strecke folgt dem Verlauf des Lake Chilhowee, bei dem es sich im Grunde genommen gar nicht um einen See, sondern einen Seitenarm des Tennessee River handelt, bevor sie ansteigt und sich an den dicht bewaldeten Hügeln emporschlängelt. So ist sie auch zu ihrem Namen gekommen, Tail of the Dragon, der Schwanz des Drachen. Sie gilt als die gefährlichste Straße der Vereinigten Staaten, dreihundertachtzehn Kurven verteilt auf elf Meilen. Der absolute Kick für jeden Biker und für manchen auch der letzte, wie die vielen Motorradwracks beweisen, die am Tree of Shame aufgestapelt wurden, um andere Fahrer zur Vorsicht zu mahnen. Ich bin den Drachen schon oft geritten, wie man es nennt, und ich atme tief ein, bereite mich innerlich darauf vor. Dann ziehe ich den Gashebel voll durch, um ihn erneut zu bezwingen.

Die Höchstgeschwindigkeit ist auf fünfunddreißig Meilen pro Stunde begrenzt. Mein Tacho zeigt fast fünfzig, und ich muss mich tief in die Kurven legen, um sie zu nehmen. Die Strecke erfordert meine volle Konzentration. Aber immerhin zwingt sie mich dadurch, nicht an den Prozess zu denken, und sei es auch nur für ein paar Minuten.

Aus dem Augenwinkel nehme ich am Deals Gap das Schild am Straßenrand wahr. North Carolina. Eigentlich darf ich den Bundesstaat nicht verlassen ... Scheiß drauf!

Adrenalin schießt durch meine Adern, treibt mich an, und für einen winzigen Moment überlege ich, einfach weiterzufahren: South Carolina, Georgia, bis runter nach Florida. Ich wollte immer schon mal auf die Keys ...

Aber wenn ich abhauen würde, wäre ich ein gesuchter Mann und meine Eltern würden das Haus verlieren. Das kann ich ihnen nicht antun. Deshalb biege ich kurz darauf auf den Parkplatz des Souvenirshops. Der T-Shirt-Shack hat noch geschlossen, zu dieser frühen Stunde bin ich der einzige Besucher. Direkt vor der Drachenstatue aus Edelstahl halte ich an und mache den Motor aus. Die einzigen Geräusche sind das Zwitschern der Vögel und das Rauschen meines eigenen Blutes. Es dröhnt in meinen Ohren. Der Körper des Drachen glänzt in der Morgensonne, ihr Schein fängt sich in seinen Augen und verleiht ihnen ein böses Funkeln. Er scheint mich anzusehen, als wollte er mich herausfordern.

»Na, Brad, bist du Manns genug, es mit mir aufzunehmen?«, scheint er mir zuzuflüstern.

»Mit dir schon«, gebe ich heiser zurück. Im Gegensatz zu dem, was auf mich zukommt. Denn genau so fühle ich mich gerade: Als müsste ich den wütenden Drachen zähmen, in den sich mein Leben verwandelt hat. Und ich habe verdammt noch mal keine Ahnung, wie das geht, sondern mache mir vor Angst beinahe in die Hosen.

Irgendwann um kurz vor halb eins rollt der Bus auf den Parkplatz und spuckt den Gospelchor aus. Angeführt von meiner Großmutter begibt sich daraufhin ein Haufen schnatternder Frauen in das Diner, die anscheinend beschlossen haben, den Ausflug noch bei einem gemeinsamen Mittagessen ausklingen zu lassen. Das hat mir gerade noch gefehlt! Ich existiere lediglich auf der Grundlage etlicher Tassen Kaffee und einer halben Flasche Mountain Dew. So langsam finde ich Gefallen an dem Zeug, weil mich der Geschmack an Brad erinnert. An seine Küsse auf meinen Lippen und ... Schluss jetzt! Ich schüttele energisch den Kopf, um die rosa Wölkchen darin zu vertreiben.

»Wie war's?«, begrüße ich die Runde mit aufgesetzter Fröhlichkeit. »Ich hoffe, ihr hattet viel Spaß in Memphis.«

»Wir haben den zweiten Platz gemacht«, verkündet Granny freudestrahlend. »Und wie lief's hier?«, fügt sie mit einem Blick durch das Restaurant hinzu.

»Alles bestens«, sage ich schnell. »Es war ruhig und Liz und ich hatten alles im Griff.«

»Schön, schön«, sagt Granny. »Hast du auch frischen Blaubeerkuchen gebacken?«

»Natürlich«, gebe ich augenrollend zurück. »Vorhin aus dem Ofen geholt. Da ist noch etwas«, füge ich hinzu, um den Moment zu nutzen, solange der zweite Platz beim Wettbewerb die Laune meiner Großmutter beflügelt. »Brad war hier und hat die Rechnung gebracht.«

»Und?«

»Wird dir nicht gefallen.« Ich strecke ihr den Umschlag entgegen, wohl wissend, dass das nicht das Einzige ist, was ihr missfallen wird.

Beim Blick auf die Summe wird Granny bleich. »Diese Mistkerle! Lungern hier tagelang rum, nur um uns dann eine überteuerte Rechnung zu schreiben.«

»Du weißt genau, dass einiges mehr angefallen ist, nachdem es reingeregnet hat.«

Granny sieht mich erbost an. »Und wem haben wir das zu verdanken?«

»Dafür konnte niemand was.«

Granny runzelt die Stirn und schenkt mir einen misstrauischen Blick. »Warum verteidigst du ihn?«

»Tue ich doch gar nicht«, entgegne ich hitzig. »Es ist nun mal dumm gelaufen und nicht zu ändern. Aber Liz und ich haben schon eine Idee, wie wir das fehlende Geld zusammenbekommen«, schiebe ich schnell nach und setze sie ausschweifend über unsere Partypläne in Kenntnis, um vom Thema *Brad* abzulenken. Es reicht schon, dass *ich* an nichts anderes denken kann.

»War Orell mal hier?«, fragt Granny und tauscht einen vielsagenden Blick mit seiner Mutter. Vermutlich haben die beiden das Wochenende genutzt, um ausgiebig zu beratschlagen, wie sie uns miteinander verkuppeln können.

»Am Freitag, aber da war ich gerade dabei, Feierabend zu machen. Ich war müde und es war ein anstrengender Tag«, setze ich schnell hinzu. Wenn die wüssten ... Wissen sie aber nicht und es geht sie auch nichts an, deshalb wische ich das Lächeln von meinem Gesicht, das sich unweigerlich auf meine Lippen schleicht, sobald ich an Brad denke.

Seit Stunden starre ich auf Keishas Nummer auf dem Display und ringe mit mir, ob ich sie anrufe oder nicht. Es gibt so vieles, was ich ihr sagen möchte, aber es würde nichts ändern. Weder an der Tatsache, dass ich nicht ehrlich zu ihr war, noch an meiner Situation.

Egal wie ich mich drehe und wende, es gibt keinen Ausweg. Diesen Mist habe ich mir selbst eingebrockt, also muss ich auch da durch.

Spätestens morgen wird sie sowieso erfahren, wer oder was ich wirklich bin. Der Prozess wird für viel Aufsehen sorgen, und mindestens zwei Sender haben schon angekündigt, dass sie live aus dem Gericht übertragen werden. Jeder wird wissen, was für ein Abschaum ich bin. Das gesamte Land. Sie wird mich dafür verachten, nein, schlimmer noch, sie wird mich hassen.

Seufzend öffne ich WhatsApp und tippe eine Nachricht.

Du solltest besser nicht auf meinen Anruf warten.

Dabei war das das schönste Wochenende, das ich je hatte. So hätte es vielleicht immer sein können, wenn ich nicht an diesem verdammten Abend mit den anderen Jungs zu dem Jugendclub gefahren wäre. Hätte ich damals eine Ahnung gehabt, wie sehr mich die darauffolgenden sechs Wochen verändern würden, wäre ich im Murphy's geblieben. Bin ich aber nicht. Deshalb hätte ich meine Finger von Keisha lassen sollen, statt sie auch noch mit hineinzuziehen. Aber auch das habe ich nicht getan.

Mein Finger schwebt über dem Senden-Button, aber

ich zögere, ihn anzuklicken. Genau in dem Moment kommt eine Nachricht von ihr.

O Mann, ich bin soooo müde! Ich könnte im Stehen schlafen.

Vor Schreck komme ich fast auf den Knopf, und lösche hektisch, was ich geschrieben hatte, bevor ich es aus Versehen doch noch abschicke. Welchen Sinn macht es, sie absichtlich zu verletzen?

Frag mich mal, tippe ich stattdessen. Verdammt, ich bin so ein Wichser! Aber ich bringe es nicht übers Herz, ihr die Wahrheit zu sagen.

Musst du noch lange arbeiten?

Nein, gerade Feierabend gemacht, schreibe ich, streife die Schuhe von den Füßen und lasse mich rücklings auf die Matratze fallen.

Dann kannst du dich ja jetzt ausruhen.

Statt einer Antwort mache ich ein Foto von meinen ausgestreckten Beinen auf dem Bett. Es riecht nach ihm, Brad, und ich drehe den Kopf, bohre die Nase in mein Kissen und sauge den Geruch tief in mich ein. Shit, ich benehme mich wie ein verliebter Teenager. Aber irgendwie ist es auch aufregend, die Heimlichkeit, das aufgeregte Kribbeln in meinem Magen.

Da wäre ich jetzt auch gern.

Wo? Im Bett.

In deinem. □

Dann komm her.

Geht leider nicht.

Wieso?

Ich muss morgen früh raus.

Schade.

Sehr. Schlaf gut, Miss America!

Spinner!, tippe ich, muss aber bei der Erinnerung daran unweigerlich lächeln. *Du auch, du Barbie-Rocker,* füge ich hinzu.

Barbie-Rocker???

Vergiss es. ;) Gute Nacht.

Träum was Schönes.

Mit einem seligen Grinsen lege ich mein Handy auf den Nachttisch, nur um es direkt wieder in die Hand zu nehmen und die Nachrichten noch mal zu lesen. Okay, ich führe mich wirklich auf wie eine Fünfzehnjährige. Aber ich kann es nicht ändern, ich glaub, ich bin verliebt. Quatsch, ich bin bis über beide Ohren verschossen. In einen ehemaligen Rassisten. Einen Weißen.

»Ach Mom«, seufze ich und betrachte ihr Foto auf meiner Kommode. Gegen Gefühle ist man nun mal machtlos und sie hätte es bestimmt verstanden.

Kapitel Zwanzig

Stundenlang habe ich dagelegen und an Keisha gedacht, aber irgendwann muss ich wohl doch eingeschlafen sein. Nach einer unruhigen Nacht fühle ich mich am nächsten Morgen wie gerädert. Vor dem Spiegel entscheide ich mich für ein schlichtes weißes Hemd und eine schwarze Jeans. Einen Anzug besitze ich nicht, aber ich will trotzdem einen halbwegs ordentlichen Eindruck vor dem Richter machen.

Nach einem schnellen Frühstück breche ich um kurz vor halb neun auf, mit einem mehr als beschissenen Gefühl im Bauch. Heute will ich auf keinen Fall zu spät kommen, weshalb ich dann überpünktlich zwanzig Minuten zu früh vor dem Gebäude des Blount County Justice Centers stehe, vor dem bereits mehrere Übertragungswagen parken. Einer gehört einem lokalen Sender, die anderen CNN und FOX. Sofort stürzen sich ein paar Reporter auf mich, und ich ziehe meine Jacke vors Gesicht und flüchte mich nach drinnen.

Fünf Minuten später taucht unser Anwalt auf. Die anderen Clubmitglieder, die mit mir angeklagt sind, befinden sich alle in Haft, weil keiner ihrer Angehörigen die Kautionsgebühr stellen konnte oder wollte. Sie werden mit einem Gefangenentransport direkt zum Hintereingang des Gebäudes gefahren. Deshalb bin ich der Einzige, der an der Seite des Anwalts durch die Meute der Journalisten muss. Kameras blitzen, Mikrofone recken sich mir entgegen.

»Kein Kommentar«, verkündet Mr. Denton. Der Zuschauerraum des Gerichtssaals ist bis auf den letzten Platz gefüllt, mit noch mehr Journalisten und Angehörigen. Ich entdecke viele Schwarze, als ich mich auf die Anklagebank schiebe. Nacheinander werden die anderen hereingeführt, eine bärtige, tätowierte Kolonne in orangefarbener Häftlingskleidung, die sich zu mir auf die Bank setzt. Wir sehen uns das erste Mal, seitdem ich aus dem Knast bin, und ich nicke John neben mir verstohlen zu.

Der Staatsanwalt erscheint, dicht gefolgt von einem hochgewachsenen Schwarzen. Das ist doch der Typ, mit dem Keisha neulich das Date hatte. Was hat der hier verloren? Wie sich rausstellt, ist er der Anwalt der Nebenklage. Shit! Immerhin ist Latisha Booker nicht dabei, deshalb bleiben mir der Anblick des Opfers und das damit verbundene schlechte Gewissen vorerst erspart. Er nimmt Platz, sein Blick gleitet über die Reihe der Angeklagten und bleibt an mir hängen. Er runzelt die Stirn, als würde er sich fragen, wo er mich schon mal gesehen hat.

Auf der anderen Seite des Saals sitzt die Jury der Geschworenen und mustert uns mit ausdruckslosen Mienen, während der Gerichtssprecher vortritt.

»Bitte erheben Sie sich für die ehrenwerte Richterin Scott.«

Ein Raunen geht durch den Raum, als die zierliche schwarze Frau in ihrer dunklen Robe den Saal betritt und auf ihrem Stuhl in der Mitte des Richtertisches Platz nimmt.

»Was ist mit dem Richter?«, zischt John dem Anwalt zu,

aber der hebt nur die Schultern in einer Geste der Ahnungslosigkeit.

»Richter Miller musste sich am Wochenende aus dringenden medizinischen Gründen ins Krankenhaus begeben«, sagt sie, um die allgemeine Verwirrung zu besänftigen. »Deshalb werde ich diesen Fall übernehmen, also setzen Sie sich, damit wir anfangen können.« Sie wirft einen resoluten Blick in die Runde, und ich weiß, wir sind geliefert. Mit einer Richterin - einer Schwarzen! - kommen wir nie aus der Sache raus. Wir sind komplett am Arsch!

Es ist ein ganz normaler Montag. Bis auf den Unterschied, dass ich vergangenes Wochenende Sex hatte. Das sollte ich rot im Kalender anstreichen, und die Aussicht auf baldige Wiederholung beflügelt meine Laune ungemein. Seitdem ich den fehlenden Schlaf nachgeholt habe, fühle ich mich, als könnte ich Bäume ausreißen. Die Arbeit geht mir heute leicht von der Hand, und beim Servieren schwebe ich förmlich zwischen den Tischen, getragen von einer Welle aus Glückshormonen.

»Hey, Keisha«, sagt Hank, als ich an ihm vorbeikomme. »Ist das nicht der Typ, der euer Dach repariert hat?« Er nickt mit dem Kinn Richtung Fernseher, der an einer Deckenhalterung über der Theke hängt und auf dem üblicherweise Sportübertragungen laufen. Doch heute kennt ganz Tennessee offenbar nur ein Thema: den Prozess im Fall Latisha Booker.

Im Bild verschwindet gerade einer der Angeklagten im Gerichtsgebäude. Er hat seine Jacke vors Gesicht gezogen, damit man ihn nicht erkennt, aber als er sie sinken lässt, um seinem Anwalt die Hand zu schütteln, sehe ich, dass Hank Recht hat. Es ist Brad, kein Zweifel, und bei seinem Anblick fühle ich mich, als hätte mir jemand mit Schwung den Boden unter den Füßen weggezogen. Er ist einer von ihnen! Aber ... das kann nicht sein, die Täter waren doch alle im Gefängnis. Meine Ohren klingeln und mein Kopf wird seltsam leicht, alles dreht sich und das Fernsehbild verschwimmt vor meinen Augen.

»Da brat mir doch einer ...« Granny schnappt empört nach Luft. »Ich wusste gleich, dass mit ihm was nicht stimmt!«

»Ich brauche eine kurze Pause«, bringe ich mühsam hervor und kämpfe gegen das nervöse Flattern in meinem Magen an.

Auf wackeligen Beinen durchquere ich den Raum, verlasse das Diner durch die Hintertür und lehne mich gegen die Hauswand, bevor ich einen Atemzug ausstoße.

»Alles okay?«, fragt plötzlich Liz' Stimme neben mir.

Ich drehe mich zu ihr um und sehe sie verwirrt an. »Was machst du hier?«

»Ich bin sofort ins Auto gesprungen, als ich Brad im Fernsehen gesehen habe«, sagt sie und zieht mich in ihre Arme. »Ich dachte, du brauchst vielleicht jemanden zum Reden.«

»Nein, ich ...«, setze ich an, verstumme und sammele mich einen Moment. »Alles in Ordnung, es ... geht mir gut.«

Liz sieht mich besorgt an. »Sicher?«

»Ja.« Meine Stimme ist zittrig. »Wirklich«, füge ich deshalb fester hinzu. »Ich muss bloß den Schock erst mal verdauen, ich meine, ich habe ...« Mit einem Vergewaltiger geschlafen! Der Gedanke ist so ungeheuerlich, er übersteigt meine Vorstellungskraft.

»Das ist wirklich heftig«, sagt Liz. »Auf mich machte er eigentlich einen netten Eindruck. So was hätte ich ihm nicht zugetraut.«

Du kennst mich nicht, schießt mir durch den Kopf. Das

waren seine Worte. Jetzt weiß ich, was er damit gemeint hat, doch die ganze Tragweite wird mir erst nach und nach bewusst.

»Entschuldige mich«, sage ich zu Liz. »Aber ... Ich möchte einen Moment allein sein.«

»Du weißt, wenn was ist, bin ich für dich da. Du kannst mich jederzeit anrufen, okay?«

»Danke, das ist lieb«, gebe ich zurück, zwinge mich zu einem Lächeln. Liz nickt mir zu, bevor sie geht und mich endlich allein lässt. Mir ist nicht nach Reden. Es gibt sowieso keine Worte für das Unaussprechliche. Sieh's ein, flüstert eine leise Stimme in meinem Kopf. Er war dabei. Er hat dieses Mädchen vergewaltigt, und alles, was er gesagt hat, war gelogen. Jedes einzelne Wort.

Die Minuten kriechen dahin. Nachdem eine ellenlange Liste an Formalitäten durchgekaut und die Anklageschrift verlesen worden ist, halten die gegnerischen Parteien ihre Eröffnungsplädoyers.

Der Staatsanwalt ergreift das Wort. »Den Angeklagten werden Brandstiftung und gemeinschaftliche Vergewaltigung zur Last gelegt, und ich werde Ihnen, hohes Gericht, beweisen, dass sie den Tod der Kinder nicht nur billigend in Kauf genommen haben, sondern dass es in der vollen Absicht geschah, sie zu töten.«

Er will uns wegen versuchten Mordes drankriegen! Nicht dass ich das nicht geahnt hätte, aber es aus seinem Mund zu hören, macht es noch viel bedrohlicher.

Das Plädoyer unseres eigenen Anwalts klingt, verglichen damit, wie eine lahme Ausrede. Er faselt irgendwas von *die Schuld seiner Mandanten müsse erst erwiesen werden,* aber das kann er sich genauso gut sparen. Niemand auf der Anklagebank erweckt den Eindruck eines unschuldigen Lämmleins, ganz im Gegenteil.

Als Nächstes steht die Sichtung der von der Staatsanwaltschaft gesammelten Beweise an. Ein Gerichtsdiener erscheint und lässt eine Leinwand von der Decke herunter.

»Sehen wir uns also zunächst das Video an, das zur Verhaftung der Angeklagten geführt hat«, sagt der Staatsanwalt. Er gibt dem Gerichtsdiener ein Zeichen, woraufhin der das Licht dimmt, und startet den Film.

Das Bild der Handykamera ist dunkel und verwackelt, aber es katapultiert mich zurück in die Nacht, in der alles geschah. Wir sind gerade am Jugendclub angekommen und sammeln uns am Picknicktisch, der auf dem Rasen davor steht. Unsere Karren hatten wir ein Stück entfernt geparkt, jetzt erinnere ich mich wieder. Das letzte Stück sind wir zu Fuß gegangen. Man erkennt immer nur die Personen im Vordergrund, die Gesichter erhellt vom Schein der Fackeln, aber man hört unsere Stimmen. Alle reden durcheinander, besoffenes, wirres Zeug, bis John uns unterbricht.

»Schnauze jetzt. Los!«

Auf sein Kommando löst sich Jeremy aus der Gruppe und die Kamera folgt ihm. Er trägt einen Kanister und verschüttet Benzin, spritzt es an die Seitenwand des hölzernen Clubheims. John tritt vor, senkt die brennende Fackel in die Lache. Flammen lodern empor, begleitet von lautstarkem Grölen.

Als im Film die Tür des Clubheims auffliegt, zucke ich zusammen. Wer konnte schon ahnen, dass da jemand drin ist, um die Uhrzeit? Aber ... Es waren Kinder, verdammt! Ihr Kreischen schallt durch den Gerichtssaal, bohrt sich in mein Hirn, während sie in alle Himmelsrichtungen auseinanderlaufen.

»Hey Brad, sieh dir an, wie die kleinen Nigger rennen!«, ruft Jeffs Stimme. – Und da ist er, der Beweis, dass ich wirklich da war. Es fühlt sich an, als hätte mir jemand mit voller Wucht in den Magen geboxt. Mir wird schlecht, und ich kämpfe dagegen an, mir nicht auf den Schoß zu kotzen, würge den sauren Schwall hinunter, der in meiner Kehle aufsteigt.

»Na, wen haben wir denn da?«, fragt John im Film. Ein spitzer Schrei ertönt und die Kamera schwenkt auf das Gesicht von Latisha Booker. Ihre Augen sind riesig, genau wie die von Keisha vorletzte Nacht. John hält ihr den Mund zu und drückt sie auf den Picknicktisch.

Im Hintergrund erklingt das Geräusch eines startenden Motors. Die Erkenntnis durchfährt mich wie ein Blitz und ich springe auf.

»Das ist meine Karre!«, platzt es aus mir heraus.

Der Staatsanwalt stoppt den Film und schenkt mir einen verärgerten Blick. »Sie sind jetzt nicht dran!«

»Aber es ist wichtig! Derjenige, der da weggefahren ist«, sage ich. »Das war ich. Ich weiß genau, wie der Motor meiner Softail klingt.«

Die anderen starren mich wütend an, aber niemand widerspricht. Niemand behauptet, dass er es war, der abgehauen ist. Das ist gut, oder?

»Können Sie das beweisen?«, fragt der Staatsanwalt und sieht jetzt nicht mich, sondern unseren Anwalt an.

»Nein«, sagt der. »Aber beweisen Sie uns das Gegenteil.«

»Einspruch, Euer Ehren, das ist unerheblich. Es könnte jedes Motorrad gewesen sein«, sagt der Staatsanwalt. »Außerdem sind wir noch bei der Beweisaufnahme.«

»Stattgegeben«, stimmt Richterin Scott zu. »Fahren Sie fort. Und Sie halten Ihre Mandanten im Zaum«, fügt sie in Richtung Mr. Dentons hinzu. »Ich wünsche keine weiteren Unterbrechungen.«

Ich sinke auf meinem Platz zusammen, und der Staatsanwalt spult ein paar Sekunden zurück, bevor er den Film wieder startet.

»Halt's Maul«, zischt John und zerrt grob ihre Hose runter, bevor er seine öffnet, um sie zu vergewaltigen. Er zuerst, schließlich ist er der Boss. Weil ich nicht hinsehen kann, beobachte ich stattdessen die Jury auf der anderen Seite des Saals. Auf ihren Gesichtern spiegeln sich Abscheu und Entsetzen. Ich kann es ihnen nicht verdenken.

John ist mit ihr fertig und übergibt an Jeff, seinen Vize. Immer schön die Hierarchie beachten. Die Kamera bleibt die meiste Zeit auf Latisha Bookers Gesicht gerichtet, die es mit geschlossenen Augen über sich ergehen lässt. Auf Jeff folgt Sam und ... Als Nick dran ist, bricht das Video ab, weil er gefilmt hat. Das Bild auf der Leinwand wird schwarz, lässt mich und die anderen Zuschauer im Unklaren, wer der Nächste in dieser unrühmlichen Reihe war.

Ich bin abgehauen, beharrt die Stimme in meinem Kopf. Das war meine Karre. Meine, meine, meine!

Als ich schließlich um kurz nach vier am Ende des ersten Verhandlungstages das Gerichtsgebäude verlasse, ziehe ich wieder meine Jacke über den Kopf und verberge mein Gesicht vor den Journalisten, bevor ich zum Auto renne. Ich will nur noch nach Hause.

Dort lauert bereits die nächste Horde Presseheinis in der Einfahrt, weshalb ich das Haus durch die Garage betrete, um mir den Spießrutenlauf bis zur Haustür zu ersparen. In meinem Zimmer werfe ich mich aufs Bett und schalte mein Handy ein. Vom Display springt mir eine Nachricht von Keisha entgegen.

Du mieses, verlogenes Schwein! Ich hasse dich dafür!

Es tut mir leid, schreibe ich. *Ich würde es dir gerne erklären.*

Ich zögere einen Moment, bevor ich es abschicke. Es wird sowieso nichts ändern, sie wird mir nicht glauben. Das erste blaue Häkchen erscheint, und das zweite verrät mir, dass sie es gelesen hat. Ich halte die Luft an und warte, aber nichts passiert. Keisha antwortet nicht.

Kapitel Einundzwanzig

»Viel Spaß«, wünsche ich Granny, als sie zu ihrem Bridge-Abend aufbricht.

Sie bleibt im Flur stehen und dreht sich zu mir um. »Soll ich nicht lieber hierbleiben?«

»Wieso das denn?«

Sie betrachtet mich mit einem seltsamen Blick und kommt einen Schritt auf mich zu.

»Auch wenn du es nicht zugibst«, sagt sie und legt mir eine Hand auf den Arm. »Aber ich weiß, dass du für diesen Jungen etwas empfindest, und sehe doch, wie sehr dir die Sache zu schaffen macht.« Sie schenkt mir ein mildes Lächeln, und ich muss einsehen, dass ich meiner Großmutter nichts vormachen kann.

»Es ist okay«, versuche ich es trotzdem. »Ich komme schon zurecht.« Ein Becher Ben & Jerry's und eine Packung Kleenex werden es wieder richten, und wenn nicht, kann ich mich immer noch in den Schlaf heulen. So lautet zumindest der Plan.

»Sicher?«

»Ja, geh nur und hab einen schönen Abend.«

»Also gut, bis später.«

. . .

Bewaffnet mit Eis und Taschentüchern verziehe ich mich in mein Zimmer und setze mich im Schneidersitz aufs Bett.

Mein Handy klingelt. Fassungslos starre ich Brads Nummer auf dem Display an. Glaubt er wirklich, ich würde rangehen? Ich lege es zur Seite und ignoriere es, aber er lässt nicht locker und versucht es immer wieder.

Entnervt gebe ich schließlich auf. »Was willst du?«

»Bitte, hör mir nur einen Moment zu …«

»Warum? Damit du mir noch mehr Lügen auftischen kannst?«

»Um meine Version der Geschichte zu erfahren.«

»Die interessiert mich nicht.«

»Ich bin unschuldig, ich war das nicht«, stößt er atemlos hervor. »Können wir uns sehen? Bitte«, schiebt er eindringlich nach.

Ich muss total bescheuert sein. »Wann und wo?«

»Kennst du den Aussichtspunkt am Tail of the Dragon?«

Will der mich veralbern? Ich bin hier aufgewachsen.

»Natürlich.«

»Wir treffen uns da um neun. Das heißt, sofern ich die Reporter abschütteln kann, die bei uns in der Einfahrt stehen. Wenn ich bis halb zehn nicht da bin, fahr wieder nach Hause.«

»Okay.«

»Danke«, sagt Brad und atmet erleichtert auf.

Um kurz nach acht spähe ich aus dem Fenster und sondiere die Lage. Die meisten Reporter haben sich verzogen und endlich Feierabend gemacht. Nur ein einzelner Kastenwagen parkt noch auf der anderen Seite der Straße. Ein Mann sitzt hinter dem Steuer und spielt mit seinem Smartphone herum, ich kann sein Gesicht im schwachen Schein des Displays erkennen. Der Zweite steht hinter dem Wagen und raucht, wie mir das kleine Wölkchen verrät, das über dem Dach des Transporters aufsteigt. Perfekt! Schnell schnappe ich mir meinen Helm und schleiche mich, vorbei am Wohnzimmer, in dem meine Eltern auf der Couch sitzen, in die Garage. Das Tor quietscht leise, als ich es öffne, und ich halte den Atem an und lausche. Durch den Zaun zum Nachbargrundstück ist die direkte Sicht versperrt. Von hier aus kann ich nur die Schnauze des Transporters sehen, aber wie es scheint, haben sie nichts mitbekommen. Dann lasse ich mich auf die Sitzbank gleiten, starte den Motor und bin aus der Einfahrt und die Straße runter, bevor die beiden überhaupt begriffen haben, was los ist.

An der Straßenecke blicke ich mich um, sehe, wie der Raucher gerade die Beifahrertür öffnet, und gebe Gas. Obwohl ich mir sicher bin, dass sie mich aus den Augen verloren haben, fahre ich trotzdem kreuz und quer durch die Stadt, bevor ich den Weg zu meinem eigentlichen Ziel einschlage.

Um zwanzig vor neun schlüpfe ich in meine Jacke und greife mir die Autoschlüssel. Ich kann nicht glauben, dass ich das wirklich mache. Aber wenn er mir was zu sagen hat, dann will ich ihm dabei in die Augen sehen. Ich werde es mir anhören, und dann gehe ich wieder. Ganz einfach.

Dachte ich zumindest. Denn während ich auf dem Foothills Parkway Richtung Chilhowee fahre, beschleicht mich ein ungutes Gefühl. Wenn es stimmt, was sie sagen, dann bin ich gerade im Begriff, mich mit einem Vergewaltiger zu treffen. An einem abgelegenen Ort, an dem um die Uhrzeit bestimmt niemand vorbeikommt. Ich muss komplett verrückt geworden sein, mich darauf eingelassen zu haben. Trotzdem biege ich auf den Tail of the Dragon ab und folge seinem gewundenen Verlauf, bis ich nach etwa zwei Meilen den Aussichtspunkt erreiche. Langsam rolle ich auf den schmalen Parkstreifen. Von Brad keine Spur, deshalb stelle ich den Motor ab, steige aus und trete an die niedrige Mauer. Der Himmel ist wolkenverhangen, deshalb kann ich die Schleife kaum ausmachen, die der Fluss weit unter mir in die Landschaft schneidet. Aber ich kann ihn riechen, zumindest bilde ich mir das ein. Der Wind trägt einen sumpfigen Hauch von Moder, der sich mit dem erdigen, schweren Aroma des Waldes um mich vermischt.

»Keisha!« Brads Silhouette löst sich aus der Dunkelheit am anderen Ende des Parkplatzes. Mit ein paar schnellen Schritten ist er bei mir und macht Anstalten, mich in den Arm zu nehmen.

»Fass mich nicht an«, sage ich und weiche zurück.

»Danke, dass du gekommen bist.«

»Sag, was du zu sagen hast.«

»Wo soll ich anfangen?«

»Am besten von vorn.«

Also schön … Ich atme tief durch und sammele mich einen Moment, bevor ich Keisha erzähle, was ich von dem Abend noch weiß. »Ich war total betrunken und hatte einen Filmriss«, sage ich. »Das Nächste, an das ich mich erinnern konnte, war, wie die Bullen mich aus dem Bett geholt haben.«

»Wieso warst du nicht im Knast wie die anderen?«

»Weil ich auf Kaution draußen bin.«

»Seit wann?«

»Seit dem Tag, an dem wir uns zum ersten Mal gesehen haben.«

»Aber ich verstehe nicht …?« In ihrem Gesicht arbeitet es. »Wieso bist du nach Heavenfield gekommen?«

»Ich hatte euer Dach im Fernsehen gesehen und …«

Keisha zählt eins und eins zusammen. »Du wolltest dein Gewissen reinwaschen?«, fragt sie fassungslos.

»Ja, ich geb's zu. Am Anfang schon, aber dann …«

»Was dann?«

»Dann warst da plötzlich du.«

»Was soll das heißen?«

»Na, eben du«, sage ich und hebe meine Hände in einer hilflosen Geste. »Mit deiner komischen, dicken Brille und deiner großen Klappe, deinem Häschenvibrator und deinem Teufelszeug, mit dem du mich vergiftet hast. Weißt du noch? Du hast gesagt, es sei Voodoo.«

Ein kleines Grinsen stiehlt sich auf ihr Gesicht, ein bisschen schief, aber immerhin.

»Und soll ich dir was verraten? Es hat funktioniert«, sage ich. »Denn was auch immer du gemacht hast, du hast mich damit verzaubert. Vollkommen verhext. Ich habe versucht, mich dagegen zu wehren, aber auf einmal konnte ich an nichts anderes mehr denken als an dich. Wie du stehst, wie du redest, wie du lachst, wie du gehst … Ich bin vollkommen besessen von dir.«

Sie hebt die Hände und streckt mir die Handflächen entgegen. »Whoa, langsam, das klingt jetzt echt ein bisschen schräg. Weißt du eigentlich, was du da sagst?«

»Ja«, sage ich ernst und nicke. Es ist mir absolut bewusst und war mir nie klarer als in diesem beschissenen Moment. »Ich habe mich in dich verliebt«, bekenne ich und es bricht mir das Herz.

»Das …« … war jetzt ein bisschen zu viel für mich. In meinem Kopf wirbeln die Gedanken. Vermutlich war das die aufrichtigste Liebeserklärung, die mir je ein Mann gemacht hat. Doch ich bin mir nicht sicher, ob ich sie erwidern kann.

»Ist schon okay.« Brad lächelt matt. »Du musst nicht darauf antworten. Das mit uns hat sowieso keine Zukunft. Hatte es nie.«

»Woher willst du das wissen?«

»Weil es so ist«, sagt er und sieht in die Ferne.

»Wenn es wahr ist, was du sagst«, setze ich an. »Warum hast du mich dann angelogen?«

»Was hätte ich denn sagen sollen?«

»Die Wahrheit.«

»Die Wahrheit«, sagt er bitter und schnaubt. »Die ganze Zeit hatte ich das Gefühl, dass ich mich nicht erinnern kann, weil ich nicht dabei war. Erst seit heute weiß ich, dass es stimmt. Ich bin abgehauen, ich hab das Motorengeräusch meiner Harley auf dem Video erkannt.«

»Aber das ist doch gut.«

»Sie sagen, es könnte ein anderes Motorrad gewesen sein. Die wollen mich fertigmachen. Außerdem habe ich für die Zeit danach kein Alibi.« Er massiert sich die Stirn, als könnte er die Erinnerungen damit zurückholen. »Ehrlich, ich schwöre, ich habe ihr nichts getan. Ich könnte doch nie einer Frau etwas antun. Aber niemand glaubt mir. Nicht mal meine eigene Mutter.« Brad sieht mich an, und ich fühle seine Zerrissenheit, seine Qualen, die er leidet.

Langsam strecke ich meine Hand nach ihm aus und lege sie auf seinen Arm, wie Granny es vorhin bei mir getan hat.

»Ich glaube dir«, sage ich und meine es auch so, denn ich kann mir nicht vorstellen, dass er zu so etwas fähig ist.

Vor Erleichterung schießen mir die Tränen in die Augen und ich kann meine Dankbarkeit nicht anders ausdrücken, als Keisha in den Arm zu nehmen.

»Danke«, flüstere ich heiser. »Du ahnst nicht, wie viel mir das bedeutet.« Für einen Moment gestatte ich mir den Trost, den mir ihre Nähe gibt, zu fühlen. Aber ... Keisha zittert am ganzen Leib.

»Dir ist kalt«, stelle ich fest und ziehe sie enger an mich. Sie legt die Arme unter meiner Jacke um meinen Rücken und schmiegt sich an meine Brust. Ich könnte ewig hier mit ihr stehen. Keisha hebt das Gesicht und der Himmel reißt auf. Das Licht des abnehmenden Mondes fängt sich in ihren Augen. Sie funkeln wie Sterne, und bei Gott, Keisha war nie schöner als in diesem Moment. Deshalb kann ich gar nicht anders, als sie zu küssen. Ihre Lippen sind warm und weich und ihr Kuss ist aufrichtig. Mein Herz schlägt schneller und mich durchströmt ein jähes Glücksgefühl, weil sie mir verziehen hat.

»Und jetzt?«, fragt sie zaghaft.

O nein! »Tut mir leid«, beeile ich mich zu sagen. »Das war dumm von mir, das hätte ich nicht tun sollen.«

»Aber wieso nicht? Du hast gesagt, du liebst mich.«

»Das ändert nichts an meiner Situation«, sage ich und wische mir mit der Hand über die Augen. »Hör zu, so wie es aussieht, werde ich verdammt lange in den Knast wandern.« Sechzig Jahre, flüstert die Stimme in meinem Hirn und die Angst streckt ihre eisigen Klauen nach mir aus und bohrt sie in mein Herz.

»Du wirst aber nicht ins Gefängnis gehen«, entgegnet

Keisha, beinahe trotzig. »Wir werden deine Unschuld beweisen.«

»Wie willst du das denn anstellen?«

»Keine Ahnung.« Sie strafft die Schultern und reckt das Kinn. »Aber wenn du wirklich unschuldig bist, finden wir einen Weg.«

»Woher nimmst du nur diese Zuversicht?«

»Ich weiß es nicht. Aber wir schaffen das. Gemeinsam.«

Mit einer Löwin wie ihr, die mir den Rücken freihält, könnte ich vermutlich die Welt bezwingen, geht mir durch den Kopf.

Ihre Entschlossenheit macht mir Mut, und als ich zurück nach Hause fahre, empfinde ich fast so was wie Hoffnung, dass doch noch alles gut werden wird.

Kapitel Zweiundzwanzig

Der zweite Verhandlungstag beginnt, wie der erste geendet hat: mit einer Meute von Reportern, die mich verfolgen. Als ich in den Pick-up steige, springen sie in ihre Autos und fahren mir nach. Schon auf dem Parkplatz fallen sie wieder über mich her, und ich bin froh, als ich endlich im Gericht bin, so bescheuert sich das auch anhören mag. Heute steht die Vernehmung des Opfers und der Zeugen an und ich sehe dem mit gemischten Gefühlen entgegen.

Latisha Booker betritt den Gerichtssaal und die Temperatur im Raum scheint um zehn Grad zu sinken, als der Staatsanwalt sie nach vorn bittet und auffordert, im Zeugenstand Platz zu nehmen.

»Miss Booker«, spricht er sie an. »Ich weiß, dass das hier sehr schwer für Sie sein muss, aber würden Sie dem Gericht bitte Ihre Version der Ereignisse schildern, die sich am Abend des 14. Januar zugetragen haben?«

Ihr Anwalt nickt ihr aufmunternd zu, aber man sieht, dass sie Angst hat. Sie ist unruhig und nervös.

»Wir wollten doch bloß eine Pyjamaparty machen«, sagt sie leise.

»Was ist passiert?«

»Becca und ich haben uns um halb sieben getroffen und alles vorbereitet. Dann haben wir mit den Kindern zusammen vor dem Clubhaus ein Lagerfeuer und Stockbrot gemacht. Danach sind wir reingegangen und haben uns in unsere Schlafsäcke verkrochen. Wir haben den Kindern Gruselgeschichten vorgelesen. In einer kam sogar ein Feuer vor.« Sie schaudert bei der Erinnerung daran. »Aber es war lustig, wir hatten einen schönen Abend«, setzt sie schnell hinzu.

»Was geschah dann?«

»Irgendwann um elf haben wir das Licht ausgemacht und uns schlafen gelegt«, fährt sie mit stockender Stimme fort. »Ich bin wach geworden, weil ich husten musste. Überall war Rauch, und dann habe ich auch schon die Flammen gesehen und die Kleinen geweckt. Ich hab ihnen gesagt, sie sollen nach draußen laufen, nach Hause. Becca wollte die Feuerwehr rufen, aber der Akku ihres Handys war leer, deshalb ist sie losgerannt, um Hilfe zu holen.« Sie bricht ab.

Scheiße, ich wusste nicht mal, dass da noch ein zweites Mädchen war.

»Und dann?«

»Plötzlich waren da diese Rocker. Einer von ihnen hat mich gepackt und ...« Ihre Stimme bricht. »Dann hat er meine Hose runtergezogen und mich vergewaltigt. Sie alle haben das getan, einer nach dem anderen.«

Manchmal spricht sie so leise, dass man sie kaum verstehen kann, aber trotzdem schneidet jedes einzelne Wort ihres Berichts in meine Seele, und ich ertrage es kaum, ihr zuzuhören.

»Mit *sie alle* meinen Sie die Angeklagten?«

Ihr Blick zuckt zu uns rüber, sie nickt. »Ja.«

»Danke«, sagt der Staatsanwalt. »Keine weiteren Fragen.«

Im Saal herrscht Totenstille, doch Mr. Denton steht auf und rückt den Kragen seiner Anwaltsrobe zurecht, bevor er sich räuspert. Was hat er vor? Er will doch nicht etwa ...

»Gestatten Sie der Verteidigung, einige weitere Fragen zu Ihren Ausführungen zu stellen, Miss Booker«, hebt er an. Es ist keine Frage, sondern eine Feststellung. »Ihre Behauptungen wiegen schwer und da ist es nur recht und billig, wenn Sie uns helfen, Licht in ein paar ... nennen wir es *Ungereimtheiten* zu bringen.«

Sie schluckt sichtlich nervös, sagt aber nichts, deshalb fährt Denton ungerührt fort.

»Sie sagen, Sie hätten die Männer erkannt, die Sie vergewaltigt haben, Miss Booker. Stimmt das?«

»Ja«, haucht sie.

»Woran meinen Sie die Männer erkannt zu haben?«

»Sie hatten Namensschilder«, sagt sie. Ihre Hand zuckt hoch zu ihrer Brust. »So komische Clubnamen. Vorne, auf ihren Westen.«

»Erinnern Sie sich an alle Namen?«

»Nein, nur an zwei. Big John und Rudeboy Nick.«

»Warum ausgerechnet an diese beiden?«

»Weil Big John der Erste war und der andere hat mich gefilmt.«

»Und trotzdem behaupten Sie, auch die anderen Männer wiederzuerkennen. Stimmt das?«

Sie nickt zögerlich.

»Wie können Sie da so sicher sein? Schließlich war es dunkel.«

»Weil ich sie gesehen habe«, murmelt sie.

»Nun, würden Sie dann bitte auf die Männer zeigen?«

Man sieht, wie schwer es ihr fällt, doch sie hebt einen Finger und deutet auf John. »Er.« Ihre Stimme ist nur noch ein Flüstern. »Und der und ...« Sie stockt. »Der da auch.« Sie zeigt auf Jeremy.

»Was ist mit den anderen Männern?«, fragt er. »Zum Beispiel Mr. Atwood oder Mr. Peters? Mr. Malik?«

Sie schüttelt verwirrt den Kopf. »Ich ... Ich weiß nicht«, stammelt sie.

»Wie steht es um Mr. Turner?« Er deutet auf mich.

»Ich hab nichts getan«, keuche ich entsetzt, aber er gebietet mir mit einer barschen Geste zu schweigen.

»Ich weiß nicht«, sagt sie verunsichert.

»Warum wissen Sie das nicht?«

»Ich ...« Ihre Stimme bricht. »Es waren so viele«, schluchzt sie. »Ich ... Ich hab einfach die Augen zugemacht und ... nur noch gebetet, dass es schnell vorbeigeht.«

»Also können Sie nicht mit Sicherheit sagen, ob Mr. Turner mit Ihnen den *Geschlechtsakt* vollzogen hat?«, sagt er betont und sieht sie herausfordernd an. »Nun?«

Das ist widerlich! Es ist pervers, sie so zu quälen, sie windet sich auf ihrem Stuhl.

»Ich ... weiß es nicht!« Sie schlägt die Hände vors Gesicht.

»Sie wissen also nicht ...«, setzt Denton an.

»Hören Sie auf!«, unterbreche ich ihn. »Sehen Sie nicht, wie Sie sie quälen?«

»Seien Sie still«, zischt Denton. »Sie sind jetzt nicht dran, Mr. Turner«, fügt er energisch hinzu, aber ich lasse mir von ihm nicht den Mund verbieten.

»Sie sagt, sie weiß es nicht, okay?«

»Genau das versuche ich ja gerade zu ergründen.«

»Indem Sie sie immer wieder fragen?«

»Exakt«, sagt er mit einem schmallippigen Lächeln, das mir verrät, dass ich das hier noch bereuen werde, aber es ist einfach nicht richtig, also ...

»Das nützt nichts«, erwidere ich aufgebracht, bevor ich mich direkt an das Mädchen wende. »Ich bin mir ziemlich sicher, dass ich nichts gemacht habe, und das, was dir angetan wurde, tut mir aufrichtig leid«, setze ich zur Erklärung hinzu. »Aber ich kann mich auch nicht an diesen Abend erinnern. Egal wie oft mich jemand danach fragt, und das ist echt ein beschissenes Gefühl. Ich weiß, wie das ist. Also lassen Sie sie gefälligst in Ruhe«, sage ich jetzt wieder in Richtung unseres Anwalts und setze mich. In den Gesichtern der anderen Clubmitglieder erkenne ich blanken Hass und die Gewissheit, dass ich erledigt bin. Wenn Blicke töten könnten, wäre ich jetzt vermutlich gerade neun Mal gestorben. Aber in den Augen von Richterin Scott lese ich etwas anderes, beinah so was wie ... Anerkennung. Für den Bruchteil einer Sekunde senkt sie die Lider und schenkt mir ein stummes Nicken. Gut gemacht, junger Mann, und ich weiß, ich habe das Richtige getan.

Als ich das Gericht verlassen will, holt Denton mich ein. »Sind Sie eigentlich von allen guten Geistern verlassen?«, fährt er mich an. »Sie torpedieren unsere gesamte Verteidigungsstrategie.«

»Ist mir scheißegal, was Sie hier für 'ne Strategie fahren«, blaffe ich zurück. »Ich bin unschuldig, also helfen Sie mir gefälligst, das zu beweisen, und holen Sie mich hier raus. Ich werde nicht in den Knast gehen für etwas, das ich nicht getan habe!«

»Lassen Sie das meine Sorge sein«, gibt Denton zurück.

Am liebsten würde ich ihm sagen, was ich von seinen anwaltlichen Fähigkeiten halte, aber das wäre wohl eindeutig der falsche Ort dafür. Hier wimmelt es nur so vor Presse. Also schlucke ich meine Worte hinunter und ersticke fast daran, während ich aus dem Gericht hetze und ins Auto springe, um nach Hause zu fahren und den ganzen Scheißtag zu vergessen.

Mein Magen flattert nervös, als ich den kleinen Vorgarten durchquere und die Stufen zur Veranda hinaufsteige. Ich atme einmal tief durch, dann fasse ich mir ein Herz und klingele.

Orells Mutter strahlt über das ganze Gesicht, als sie mir öffnet. »Keisha! Wie schön, dich zu sehen, komm doch rein.«

»Nein«, wehre ich ab. »Ich wollte mit Orell sprechen. Ist er da?«

»Einen Moment, ich hole ihn schnell«, sagt sie. »Aber willst du wirklich nicht reinkommen?«

»Schon gut. Danke, Mrs. Woods«, sage ich, und kurz darauf erscheint sie mit Orell im Schlepptau und lächelt mir zu, bevor sie uns allein lässt.

»Was verschafft mir das Vergnügen?«, fragt er erstaunt.

»Kann ich mal mit dir reden?«

Orell runzelt die Stirn. »Was gibt's?«

»Es geht um Brad«, beginne ich. »Brad Turner«, setze ich hinzu. »Er ist einer der Angeklagten im Fall ...«

»Ich weiß, wer das ist«, unterbricht Orell mich. »Aber warum ...?«

»Er hat es nicht getan«, platzt es aus mir heraus. »Brad ist abgehauen und das hört man auch auf dem Video.«

»Du hast es gesehen?«

»Nein, hab ich nicht. Aber er hat es mir erzählt und ich glaube ihm.«

»Woher kennst du ihn?«

»Er hat unser Dach repariert.«

»Ach deshalb kam er mir bekannt vor«, sagt Orell und schüttelt verständnislos den Kopf. »Aber was hat das mit mir zu tun?«

»Na ja«, sage ich. »Er hat Angst, ins Gefängnis zu

kommen, er meint, der Staatsanwalt will ihn fertigmachen, und da dachte ich, du könntest vielleicht mal mit ihm reden und ein gutes Wort für Brad einlegen.«

»Ich soll mit dem Staatsanwalt sprechen?« Orell sieht mich an, als wäre ich verrückt geworden. »Wieso?«

»Weil ...« Ich ihn liebe, liegt mir auf der Zunge. »Weil er unschuldig ist«, sage ich stattdessen.

»Na und?« Orell zuckt mit den Schultern. »Von mir aus können sie ihn trotzdem verdonnern.«

»Wie kannst du so was sagen?«

»Weißt du, wie viele unserer schwarzen Brüder und Schwestern jedes Jahr unschuldig eingesperrt werden? Für die interessiert sich auch niemand. Finde ich irgendwie nur fair, wenn es auch mal einen Weißen trifft.«

»Das kannst du doch nicht ernst meinen. Hier geht es doch nicht um die Hautfarbe.«

»Sondern?« Orell sieht mich herausfordernd an.

»Darum, das Richtige zu tun.«

»Tut mir leid, aber das ist ein bisschen zu viel verlangt«, gibt Orell zurück.

»Also hilfst du ihm nicht?«

»Was erwartest du von mir? Ich bin der Anwalt des Mädchens.« Orell schüttelt den Kopf. »Außerdem liegt es sowieso nicht in meiner Hand oder der des Staatsanwalts. Letztendlich entscheidet die Jury. Aber trotzdem wäre es nicht sehr bedauerlich, wenn er verknackt werden würde. Ein Rassisten-Arschloch weniger«, fügt er hinzu.

»Wenn das so ist, bist du kein Stück besser«, schleudere ich ihm entgegen, mache auf dem Absatz kehrt und stapfe zum Auto zurück. Es war ein Fehler, herzukommen.

Kapitel Dreiundzwanzig

Irgendwo muss ein Nest sein. Diese Reporter vermehren sich jedenfalls wie die Karnickel. Die Zahl derer, die von Tag zu Tag unsere Einfahrt und den Eingang des Gerichtsgebäudes belagern, steigt immer mehr an. So langsam entwickle ich eine gewisse Routine darin, ihnen auszuweichen und mich wegzuducken. Trotzdem atme ich wieder mal erleichtert auf, als ich endlich die Schleuse mit den Metalldetektoren passiert habe, durch die alle hindurchmüssen, die in den Gerichtssaal wollen.

Keisha hat mit ihm gesprochen, das erkenne ich sofort an der Art, wie dieser Orell mich ansieht, und sie lässt nichts Gutes hoffen. Im Gegenteil, um seine Mundwinkel spielt ein kaltes Lächeln. Es verrät mir, dass ich von ihm keine Gnade erwarten darf.

Der Tag vergeht mit endlosen Zeugenbefragungen.

Als Erstes wären eigentlich die Kinder dran, aber da sie zu jung sind, um in den Zeugenstand gerufen zu werden, wurden die Befragungen im Vorfeld durch einen Kinderpsychologen durchgeführt, der nun die einzelnen Aussagen vorliest.

Danach vertagt sich das Gericht auf den Nachmittag.

Mein Magen dreht sich und ich flüchte mich auf die Herrentoilette, wo ich den Rest der Mittagspause verbringe, da ich keine Lust auf die Gesellschaft meiner Kameraden oder unseres Anwalts verspüre. Außerdem bin ich viel zu sehr damit beschäftigt, das Zittern in meinen Händen unter Kontrolle zu bringen.

Nach der Pause werden die restlichen Zeugen gehört. Der Feuerwehrchef von Maryville muss sich rechtfertigen, warum der Löschzug erst über eine Stunde, nachdem der Notruf eingegangen ist, am Einsatzort war. Antwort: weil alle verfügbaren Männer zu einem Brand am Flughafen von Knoxville ausgerückt waren.

»Deshalb kamen wir zu spät«, fügt er beinahe trotzig hinzu.

»Befand sich zu der Zeit sonst noch jemand auf dem Grundstück?«

»Nein.« Er schüttelt den Kopf. »Als wir am Einsatzort eintrafen, war niemand mehr da. Wir konnten bloß noch die schwelenden Ruinen und einige Glutnester löschen.«

Der Ablauf des gesamten Abends wird minutiös aufgerollt, um den genauen Tathergang zu rekonstruieren, aber in meinem Kopf herrscht weiterhin Schwärze. Bei nichts von dem, was geschildert wird, setzt irgendeine Erinnerung ein. Sosehr ich auch nach einem Anhaltspunkt suche, da ist immer noch diese gähnende Leere.

Nachdem auch der Polizeichef von Maryville und der Sheriff des Blount County gehört wurden, deren Aussagen keine neuen Erkenntnisse zutage fördern, vertagt sich das Gericht wieder einmal auf den nächsten Tag.

Also kämpfe ich mich durch die Meute der Pressefuzzis und lasse mich erschöpft ins Auto fallen. Ich will jetzt bloß noch eins: nach Hause ... Aber dort erwartet mich bereits der nächste Reporter und ... mein Dad. Er steht in der Einfahrt und gibt gerade ein Interview!

»Hast du das gehört?« Granny dreht sich zu mir um und deutet fassungslos auf den Fernseher. Natürlich habe ich das gehört, ich bin ja nicht taub! Auch nicht blind, nebenbei bemerkt. Und es ist keine optische Täuschung, sondern ganz eindeutig: Da steht Brads Vater, der gerade verkündet hat, dass ich Brads Freundin bin.

»Hat er da eben gesagt …?«, setzt sie wieder an und ich schüttele den Kopf, um den Nebel in meinem Hirn zu vertreiben.

»Zuerst habe ich mich auch gewundert«, fährt Mr. Turner fort. »Aber jetzt ist er mit einer … Wie sagt man noch gleich? Einer Afroamerikanerin zusammen.«

»Wenn man vom Teufel spricht«, sagt der Reporter. Die Kamera schwenkt herum auf den Pick-up, der gerade in die Einfahrt biegt. Brad steigt aus und kommt ins Bild.

»Ihr Vater hat uns gerade von Ihrer neuen Freundin erzählt«, sagt der Reporter freudestrahlend.

Brads Augen zucken rüber zu seinem Vater. »Hat er das?«

Der Reporter nickt. »Das ist schon eine sehr ungewöhnliche Beziehung, oder?«

»Finden Sie?«, fragt Brad zurück, bevor er wieder in die Kamera blickt. Es ist, als würde er mich direkt ansehen. »Nun, wissen Sie«, sagt er dann. »Ich sehe darin nichts Ungewöhnliches, denn ich habe meine Einstellung grundlegend geändert.«

»Vom Saulus zum Paulus«, sagt der Reporter und grinst. Und was macht Brad? Grinst dümmlich zurück.

Es dauert einen Moment, bis ich es realisiere: Er …

»Er benutzt mich als sein Alibi!«, stoße ich hervor und die Ungeheuerlichkeit dieser Tatsache verschlägt mir glatt wieder die Sprache.

Ich fasse es einfach nicht! Dieses ganze Gerede, er habe sich geändert, sich in mich verliebt ... Alles nur ein Vorwand, um vor Gericht gut dazustehen. Wie konnte ich bloß so dumm sein, darauf hereinzufallen?

Wütend schnappe ich mir die Fernbedienung und schalte den Fernseher aus. Als ich mich wieder umdrehe, starrt das ganze Diner mich mit offenem Mund an, inklusive Granny. Wobei, die hat ihren Ich-hab's-dir-doch-gesagt-Blick aufgesetzt, und den vertrage ich jetzt am allerwenigsten!

Auf dem Absatz wirbele ich herum.

»Wohin willst du?«, ruft meine Großmutter mir nach.

»Na, wohin wohl?« Ich will ihn zur Rede stellen. Er soll mir das erklären – und ... genau das wird er auch!

In meinem Zimmer angekommen setzte ich mich aufs Bett, hole mein Handy hervor und wähle seine Nummer.

»Keisha«, dringt seine Stimme an mein Ohr.

»Ich habe dich gerade im Fernsehen gesehen. Wie kannst du es wagen?«

»Es ist nicht so, wie du denkst!«, beeilt er sich zu sagen.

»Du bist echt das Allerletzte! Aber wenn du glaubst, du könntest mich benutzen, um deine Weste reinzuwaschen, hast du dich getäuscht.«

»Nein, hör zu, Keisha, ich ...« Er seufzt. »Lass mich dir erklären ...«

»Du brauchst mir gar nichts mehr zu erklären. Ich bin deine Lügen so leid, also spar sie dir für die Jury.«

»Keisha, bitte! Als ich nach Hause kam, hat mein Dad schon mit dem Reporter geredet, ich wusste nichts davon.«

»Nein, natürlich nicht. Deshalb jetzt noch mal zum Mitschreiben: Wir waren noch gar nicht richtig zusammen und wir werden es nie sein!« Nach der Nummer mit Sicherheit nicht.

»Es tut mir leid«, sage ich erneut. »Das wollte ich nicht. Bitte, du musst mir glauben.«

»Ich habe dir schon viel zu viel geglaubt«, gibt Keisha zurück. »Denn es waren bloß Lügen.«

»Das, was ich am Tail of the Dragon gesagt habe«, entgegne ich leise. »Das war nicht gelogen.«

»Aber alles andere schon«, sagt sie. »Warum bist du nicht einfach geblieben, wo du warst?«, fragt Keisha bitter. »Warum musstest du dich in mein Leben schleichen?«

»Weil …«, sage ich und seufze. »Ich dich l…«

»Sprich es nicht aus!« Sie schneidet mir das Wort ab. »Wage es ja nicht!«

»Aber es ist die Wahrheit«, sage ich leise.

»Mir egal«, behauptet sie hitzig, aber das winzige Zittern in ihrer Stimme verrät mir, dass es ihr näher geht, als sie zugeben will.

»Ich hasse dich für das, was du getan hast!«, schleudert sie mir entgegen. »Also nimm nie, nie wieder, auch nicht ein einziges Mal, meinen Namen in den Mund. Denk noch nicht mal daran. Lass dich hier nie wieder blicken und ruf mich nie wieder an. Auch nicht wegen der Rechnung«, fügt sie hinzu.

»Natürlich nicht, vergiss die Rechnung.« Als ob es mir darum ginge!

»Keine Sorge.« Ihr Tonfall ist schneidend. »Ihr bekommt euer Geld. Jemandem wie dir will ich nichts schuldig sein. Das Einzige, was ich wirklich bedauere, ist, dass ich deinetwegen sogar mit Orell gesprochen habe. Aber ich hoffe, er macht dich fertig.«

Mit diesen Worten legt sie auf und das Freizeichen tutet in meinem Ohr. Wütend feuere ich mein Handy in die Ecke. Ich könnte mich ohrfeigen, dass ich dieses blöde

Interview gegeben habe. Es war nicht meine Absicht, sie als Vorwand zu benutzen. Damit wollte ich doch bloß verdeutlichen, dass ich mich wirklich geändert habe. Durch sie. Nein, für sie. Keisha hat das in den falschen Hals bekommen und ich hätte es ihr gerne erklärt. Stattdessen habe ich alles nur noch schlimmer gemacht.

Ich hasse dich für das, was du getan hast, sagt ihre Stimme in meinem Kopf.

Verdammt, ich hab es total vermasselt. Nicht nur mein komplettes Leben, vielmehr habe ich die erste und einzige Frau verletzt, die ich von ganzem Herzen liebe.

Kapitel Vierundzwanzig

Die folgenden beiden Tage stürze ich mich in die Arbeit und versuche, Brad und alles, was mit ihm zu tun hat, so gut wie möglich auszublenden. Das klappt nur so mittelprächtig, denn im Fernseher läuft nichts anderes, auf allen Kanälen. Eigentlich könnte ich ihn einfach abschalten, aber da habe ich leider die Rechnung ohne unsere Gäste gemacht. Nachdem wirklich bis zum allerletzten Einwohner der Stadt durchgesickert ist, dass Brad und ich was miteinander hatten und er mich nur benutzt hat, um sich reinzuwaschen, lauern alle förmlich darauf, dass er verurteilt wird.

»Hey, alles klar?«, fragt Noah hinter mir. Ich drehe mich zu ihm um und blicke in sein besorgtes Gesicht.

»Ja, alles bestens.«

»Sollte der sich noch einmal hierher wagen, kann er sich auf was gefasst machen.«

»Genau«, pflichtet Ryan ihm bei.

»Danke, Jungs, das ist echt süß von euch. Aber glaubt mir, er traut sich nicht, noch mal herzukommen«, sage ich grimmig. »Das hab ich ihm unmissverständlich klargemacht. Und den Rest erledigt Orell.« Ich hoffe, er macht Brad fertig und seine Freunde von der Bikergang gleich mit.

Die Tage vergehen quälend langsam und ich leide wie ein Hund, während sich die Zeit im Gerichtssaal endlos dehnt, weil jetzt doch jedes einzelne Kind befragt wird.

Es ist grauenhaft. Stunde um Stunde immer das Gleiche. Verängstigte Kinder, die von ihren Erlebnissen berichten. Ihre hohen, klaren Stimmen bohren sich wie Messer in mein Herz. Jede Aussage schneidet eine neue Kerbe in meine Seele, und ich weiß nicht, ob und wie lange ich die Kraft habe, das durchzustehen.

Am Freitagnachmittag bin ich einfach nur noch froh, dass die Woche vorbei ist. Das war definitiv die schlimmste meines Lebens! Doch ich fürchte, das war nur ein Vorgeschmack auf die nächste. Daran darf ich gar nicht denken. Deshalb beschließe ich, meinen Kummer und mein Selbstmitleid in Alkohol zu ertränken.

»Lange nicht gesehen«, begrüßt Steve mich, als ich das Murphy's betrete und mich auf einen Hocker an die Bar klemme.

»Du weißt ja«, sage ich mit einer Geste, die alles und nichts bedeuten kann.

»Hab gehört, du hast jetzt 'ne Freundin?«

»Hatte«, stelle ich klar. »Das hat sich erledigt. Gib mir ein Miller und einen Jack Daniel's«, entscheide ich spontan. Er reicht mir ein Bier aus dem Kühlschrank unter dem Tresen, nimmt ein Whiskeyglas und gießt einen Schluck ein.

»Weißt du was, lieber gleich einen doppelten.«

Steve kommt meiner Aufforderung nach und schenkt ein, bis der Tumbler etwa vier Fingerbreit gefüllt ist, dann stellt er ihn vor mir auf die Theke.

Ich leere ihn in einem Zug. »Noch mal das Gleiche.«

»Am besten, ich lasse die Flasche gleich da«, sagt Steve und stellt sie demonstrativ neben mein Glas.

»Sicher nicht die verkehrteste Idee«, entgegne ich. Es geht doch nichts über einen ordentlichen Tennessee Whiskey, um seine Sorgen damit runterzuspülen.

Nach dem zweiten fällt mir auf, dass die Atmosphäre nicht gerade entspannt ist. Die anderen Anwesenden mustern mich feindselig. Selbst Kenny, der mir sonst ständig in den Arsch kriecht, hält sich im Hintergrund und tuschelt mit einem Grüppchen der Halbstarken, die sich wohl als neue Anwärter auf die Mitgliedschaft betrachten. Meinen Platz können sie haben.

»Was glotzt ihr so?«, schnauze ich sie an.

»Wenn ich dir einen Tipp geben darf«, Steve lehnt sich über den Tresen und senkt die Stimme, »pass auf, was du tust.«

»Soll das 'ne Drohung sein?« Hat John etwa schon aus dem Gefängnis jemanden auf mich angesetzt?

»Ich sag's ja nur, entspann dich«, sagt Steve und hebt abwehrend die Hände. »Aber erst schwingst du große Reden über die Ehre der League und jetzt lässt du die Jungs hängen. Das kommt bei einigen nicht gut an.«

»Ehre! Wie viel Ehre haben sie denn bewiesen? Jahrelang haben sie gesagt, sie würden nie eine Schwarze ficken, und dann sind sie alle drübergestiegen. Weil es viel cooler ist, wenn man sie mit Gewalt nimmt.« Ich funkele ihn zornig an. »Also erzähl mir nichts von Ehre, okay?«

Steve lässt mich in Frieden und ich widme mich wieder der Flasche.

»Hi, Brad!«, erklingt nach einer Weile Tracys durchdringende Stimme an meinem Ohr. Sie schiebt sich neben mich, lehnt sich an die Theke und ich lasse meinen nicht mehr ganz so klaren Blick an ihr herabgleiten. Ihr Outfit fällt heute mal wieder in die Kategorie *extranuttig*. Der Ausschnitt ihres schwarzen Tops lässt keine Fragen offen und der Minirock aus schwarzem Kunstleder bedeckt gerade so ihre Pobacken.

»So allein?«, haucht sie und schenkt mir einen lasziven Augenaufschlag.

»Jetzt nicht mehr«, antworte ich und lasse meinen Zeigefinger entlang der Linie des besagten Ausschnitts über ihr üppiges Dekolletee gleiten.

Tracy schiebt ihre Unterlippe vor. »Bin ich also wieder gut genug für dich?«

»Das warst du doch immer«, gebe ich mit einem schiefen Lächeln zurück, wobei Tracy der ironische Unterton vollkommen entgeht. Aber egal. Eine schnelle Nummer mit ihr ist vielleicht genau das Richtige, um wieder auf andere Gedanken zu kommen und diese ganze Scheiße einfach nur zu vergessen. Allerdings ...

»Lass uns lieber zu dir gehen«, sage ich und schiebe sie Richtung Hintertür. »Bei mir ist es zurzeit ein bisschen schlecht.«

Unsere Einfahrt wird immer noch von der Presse belagert, deshalb schlage ich beim Hinausgehen den Kragen meiner Jacke hoch und führe Tracy an den Mülltonnen vorbei Richtung Straße, wo ich noch mal kurz die Lage sondiere. Die Reporter konzentrieren sich weiterhin auf unser Haus, deshalb lege ich meinen Arm um Tracy und wir entfernen uns unauffällig in die andere Richtung.

»Bin wieder da!«, brüllt sie, nachdem wir das Haus betreten haben. Ihre Mutter antwortet irgendwas Unverständliches aus dem Wohnzimmer, wo sie vermutlich sternhagelvoll auf der Couch liegt. Sie ist genau so eine versoffene Schlampe wie ihre Tochter, die mich eilig die Treppe hochschiebt.

Aber ich hab gut reden, ich bin selbst ganz schön blau, verfehle eine Stufe und kann mich gerade noch am Geländer festhalten.

In Tracys Zimmer sieht es mal wieder aus wie Sau. Ihre Klamotten liegen quer durch den Raum verteilt, als hätte sie eine halbe Stunde rumprobiert, bevor sie sich für ihr heutiges Outfit entschieden hat. Ich bahne mir einen Weg zum Bett. Tracy hebt ein Minikleid auf und wirft es achtlos zur Seite, bevor sie mich spielerisch auf die Matratze schubst.

Die Szene erinnert mich frappierend an die Nacht mit Keisha. Nur mit dem Unterschied, dass die eindeutig anders drauf war. Bei der Erinnerung daran, wie sie mich angesehen hat, als sie mich geritten hat, läuft mir ein Schauer über den Rücken. Diesen Blick werde ich wohl nie vergessen. Ich schüttele den Gedanken ab, während sich Tracy an meiner Hose zu schaffen macht, und gehe ihr zur Hand, indem ich mein Shirt über den Kopf ziehe. Vor ihr brauche ich mich nicht zu verstecken, sie kennt meine Tattoos.

Mit einem trägen Grinsen steht sie auf, entledigt sich ihres Tops, lässt ihren BH fallen und präsentiert mir ihre Titten. Sie sind aus Plastik, wie die beiden wulstigen Narben darunter verraten. Nicht wirklich gut gemacht und auch nicht exakt gleich groß. Außerdem zeigen die Nippel in verschiedene Richtungen. Der eine zur Decke und der andere zum Boden, wodurch ihre Brüste immer so aussehen, als würden sie schielen. Tracy dreht sich rum, streift den Mini runter und wackelt mit dem Hintern wie eine Stripperin. Sie gewährt mir einen Blick auf das schmale pinkfarbene Gummiband in ihrer Ritze, das sich als winziger String entpuppt.

Die Show hat mir auch schon mal besser gefallen. Jetzt erscheint sie mir einfach nur billig, als Tracy sich mir zuwendet, mit diesem dümmlichen Blick, den sie wohl als sexy erachtet. Sie kniet sich aufs Bett, beugt sich über mich und macht Anstalten, mir einen zu blasen. Ihre Finger schließen sich um meinen Schwanz. Doch der scheint heute seltsam immun gegen Tracys Reize zu sein, denn da rührt sich nichts. Im Gegenteil; sosehr sie sich auch bemüht, umso abgeturnter werde ich. *Weil sie nicht die Frau ist, mit der du eigentlich ins Bett willst, du Idiot,* flüstert die leise Stimme in meinem Hirn.

»Na toll«, mault Tracy. »Kriegst du jetzt keinen mehr hoch, seit du Schwarze fickst?«

»Geht gleich«, sage ich. »Mach weiter.«

»Das hat beim letzten Mal auch schon nichts gebracht.«

»Welches letzte Mal?« Ich kann mich nicht daran erinnern, jemals versagt zu haben. Zumindest nicht bei ihr.

»Na, neulich. An diesem Abend, als ihr, du weißt schon ...«

Ein Kribbeln rinnt über meine Kopfhaut. »Ich war hier?«

»Ja, klar. Du standest irgendwann vor der Tür und hast Steine an mein Fenster geworfen. Erinnerst du dich nicht mehr?«

»Nein.« Ich fasse Tracy an den Schultern. »Weißt du noch, wann das war?« Plötzlich fühlt es sich an, als hinge mein Leben von dieser Antwort ab.

»Klar«, sagt sie. »Kurz nach zwei.«

»Scheiße«, stoße ich aus. Für einen Moment hatte ich die Hoffnung, sie könnte mich entlasten.

»Du warst total besoffen, und ich hab dich reingelassen, bevor du noch meine Eltern aufweckst. Ich dachte, du wolltest ficken, aber während wir es gemacht haben, ist er immer wieder schlaff geworden.« Sie nickt in Richtung meines Schritts. »Außerdem hast du die ganze Zeit wegen deiner

Karre rumgejammert, weil du dich vorne an der Kreuzung aufs Maul gelegt hattest.«

In meinem Hirn rastet etwas ein, eine Erinnerung blitzt auf. Ich war zu schnell und bin bei Rot über die Ampel gefahren. Von rechts kam ein Auto, die Scheinwerfer haben mich geblendet und ich bin ausgewichen. Dabei habe ich die Kontrolle über die Harley verloren, sie ist mir unterm Hintern weggerutscht, und ich hab mich auf die Fresse gelegt, voll auf die Seite, mitten auf der Kreuzung, nicht mal eine Viertelmeile von hier.

»Danke!«, sage ich, drücke der verdutzten Tracy einen Kuss auf die Stirn und springe auf.

»Wo willst du hin?«

»Ich ...« ... muss das Keisha erzählen. Hektisch steige ich in meine Hose. »Nicht so wichtig«, sage ich. »Aber du hast mir sehr geholfen.«

Kapitel Fünfundzwanzig

Weil Brad mich letzte Nacht plötzlich mit Anrufen bombardiert hat, wusste ich mir nicht anders zu helfen, als mein Telefon auszuschalten. Deshalb habe ich heute prompt verschlafen und werde durch Grannys Klopfen geweckt.

»Bist du krank?«

»Nein«, stöhne ich und reibe mir die Augen. »Bin sofort da.« Ich schleppe mich ins Bad und eine Viertelstunde später lustlos in das Diner, wo bereits die ersten Gäste eintrudeln. Darunter auch Noah und Ryan, um sich mit einem schnellen Kaffee zu stärken. Während ich ihnen einschenke, verkneife ich mir ein Gähnen.

»Du siehst echt beschissen aus«, kommentiert Noah.

»Wie 'ne wandelnde Leiche«, fügt Ryan hinzu und sieht mich aus seinen stahlblauen Augen durchdringend an.

»Schon gut, ich bin bloß müde«, entgegne ich genervt. »Dieser Idiot hat die halbe Nacht Telefonterror gemacht.«

»Wer? Er?« Noah nickt hoch zum Fernseher, über den gerade wieder Brad flimmert. Echt jetzt? Können die nicht einfach mal einen von den anderen Typen zeigen?

»Wer sonst?«, bemerke ich mit einem säuerlichen Grinsen.

Zwischen Ryans Augenbrauen bildet sich eine steile Falte. »Wenn der Stress macht, fahren wir da hin und regeln das.«

»Halb so wild«, wehre ich ab. »Er nervt nur.«

»Was wollte er denn?«

»Keine Ahnung. Bin nicht rangegangen«, sage ich mit einer wegwerfenden Geste. »Interessiert mich nicht.«

Noah trinkt seinen Kaffee aus und drückt mir die leere Tasse in die Hand. »Wir müssen los.«

»Wichtiger Einsatz?«

»Verkehrskontrolle.« Noah zuckt mit den Schultern.

»Und sag Bescheid, wenn der Kerl Ärger macht.« Ryan nickt mir zu und folgt Noah nach draußen.

»Mache ich!«, rufe ich ihnen nach, sehe mich um und verschwinde kurz nach hinten unter dem Vorwand, nach den Papiertüchern auf der Damentoilette zu schauen. Dort angekommen, schließe ich mich in einer der Kabinen ein und höre meine Mailbox ab.

»Keisha«, erklingt Brads Stimme an meinem Ohr. »Ich bin unsch-uldig!«, brüllt er unvermittelt und ich halte das Telefon ein Stück weg. An der Art, wie er die Buchstaben schleift, erkenne ich, dass er betrunken war. Sternhagelvoll, um genau zu sein. Er stammelt irgendein zusammenhangloses Zeug, dass er es jetzt beweisen könne.

»Schön für dich«, murmele ich bissig.

»Ich war gerade bei Tracy, um sie zu ficken«, fährt er fort. Na, das wird ja immer schöner! Denkt er wirklich, dass mich das interessiert, wann er seine Schlampe flachlegt? Mit Sicherheit nicht. Der hat sie doch nicht mehr alle!

»Aber es ging nicht, ich konnte nicht«, nuschelt Brad. Oh, wie traurig! Ich kann mir ein schadenfrohes Grinsen nicht verkneifen. »Weil ich ... an dich denken musste.«

Erwartet er jetzt etwa Mitleid? Dann hat er sich geschnitten. Freut mich, wenn er keinen mehr hochkriegt. Geschieht ihm ganz recht!

»Aber ich erinnere mich wieder, ich hatte einen Unfall, bevor ich zu Tracy gefahren bin.« Ist mir scheißegal, woran er sich erinnert. Ich für meinen Teil will ihn einfach nur vergessen. Wutentbrannt drücke ich die Mailbox weg. Auf dieses besoffene Gestammel und die große Reue habe ich wirklich keinen Bock.

Keisha ignoriert weiterhin meine Anrufe. Die Nachrichten liest sie erst gar nicht, wie mir das fehlende blaue Häkchen verrät.

Am Montagmorgen passe ich Mr. Denton vor dem Gerichtssaal ab. »Sie müssen eine Zeugin für mich benennen«, sage ich atemlos. Diese Woche steht die Vernehmung der Entlastungszeugen an, aber damit das Gericht Tracy zulässt, muss unser Anwalt sie einbringen.

»Sie kann bestätigen, dass ich bei ihr war und auf dem Weg zu ihr einen Unfall hatte.«

»Also schön«, brummt er, zückt sein Handy und wählt eine Nummer. »Amanda«, blafft er dann, als am anderen Ende seine Sekretärin rangeht. »Schicken Sie die Daten rüber ...?« Er sieht mich fragend an.

»Tracy Miller«, assistiere ich. »Sie wohnt bei uns in der Straße, Barnes Avenue Nummer 35.«

Denton wiederholt es für seine Sekretärin. »Wir werden sie als Zeugin einbestellen«, fügt er hinzu und mir fällt ein riesiger Stein vom Herzen.

»Danke.«

Er nickt mir knapp zu. »Wir werden sehen«, sagt er

dann und lässt mir den Vortritt zum Saal. Vielleicht steckt doch ein Funke Anstand und Menschlichkeit in ihm.

Der Vormittag vergeht mit der Befragung der Entlastungszeugen. Als Erster wird Steve gehört, der behauptet, wir seien seines Wissens erst um kurz nach halb eins aus dem Murphy's abgehauen. Eine glatte Lüge, wie jeder dank der Uhrzeit im Video weiß, deshalb wird Steve in kürzester Zeit vom Staatsanwalt auseinandergenommen.

»Würden Sie diese Aussage auch unter Eid wiederholen?«, fragt er und Steve nickt zögerlich. »Sie wissen, dass Sie sich damit strafbar machen würden?«, fügt er hinzu und Steve knickt ein.

»Vielleicht habe ich mich auch geirrt«, gibt er zu und wirft einen entschuldigenden Blick in Johns Richtung. »Kann sein, dass es ein bisschen eher war. Ich hab nicht so genau auf die Uhr geschaut.«

»Keine weiteren Fragen, Euer Ehren«, verkündet der Staatsanwalt mit einem zufriedenen Lächeln.

Nach und nach demontiert er alle unsere Zeugen. Kein Wunder, sie lügen, und das ist auch jedem klar. Die Chancen, irgendwie glimpflich aus dieser Sache rauszukommen, sinken von Stunde zu Stunde.

»Euer Ehren, als Nächstes möchte ich Tracy Miller in den Zeugenstand rufen«, sagt Mr. Denton um kurz vor halb vier. Richterin Scott überfliegt eine Notiz und nickt knapp, woraufhin Tracy hereingestöckelt kommt, die heute ein winziges Minikleid in Neonpink trägt. Hätte sie sich nicht wenigstens einmal etwas Unauffälligeres anziehen können? Trotzdem war ich noch nie so froh, sie zu sehen, wie jetzt, in diesem Moment.

»Miss Miller«, setzt unser Anwalt an. »Was können Sie zur Aufklärung der Ereignisse beitragen?«

»Brad war bei mir in der Nacht.«

»Mit *Brad* meinen Sie Mr. Turner, richtig?«, hakt Denton nach und zeigt zu mir.

Sie nickt. »Ja, er stand plötzlich auf der Matte.«

»Wann war das?«

»Ich weiß nicht mehr so genau«, sagt Tracy. »Ich glaube, so um Viertel nach zwölf, halb eins.«

Was um Himmels willen macht sie denn da? Warum gibt sie mir ein falsches Alibi, statt einfach zu sagen, was sie weiß? Es geht doch bloß darum, meine Aussage glaubwürdig zu machen, aber wenn sie jetzt lügt, war alles umsonst.

»Was wollte Mr. Turner bei Ihnen?«

»Na, was wohl?«

»Würden Sie etwas konkreter werden, Miss Miller?«

»Muss ich das jetzt echt sagen?«, vergewissert sich Tracy mit einem ratlosen Blick in die Runde. »Also schön«, fährt sie auf das Nicken unseres Anwalts hin fort. »Er wollte Sex. Aber es hat sowieso nicht geklappt«, fügt sie unnötigerweise hinzu, was mir eine Reihe hämischen Grinsens einbringt.

»Warum nicht?«, fragt Mr. Denton und ich bedenke ihn mit einem vernichtenden Blick. Müssen wir da jetzt drauf rumreiten?

»Er war zu betrunken«, gibt Tracy achselzuckend zurück. »Außerdem stank er nach Kotze und hat die ganze Zeit nur über sein Motorrad gejammert, weil er sich auf dem Weg zu mir auf die Fresse gelegt hat.«

»Die Schäden an der Maschine sind auch in den Akten dokumentiert«, fügt Mr. Denton in Richtung der Geschworenen hinzu. »Wie es aussieht, war er also tatsächlich derjenige, der sich vom Ort des Geschehens entfernt hat.« Er ist zwar ein Schleimbeutel, aber so langsam finde ich ihn fast sympathisch, seit er sich endlich mal daran erinnert, etwas für seinen Mandanten zu tun. Doch ich habe mich zu früh gefreut, denn jetzt ist der Staatsanwalt an der Reihe, Tracy zu befragen, und legt gleich richtig los.

»Wie lange kennen Sie Mr. Turner bereits, Miss Miller?«

»Weiß nicht«, sagt Tracy. »Solange ich denken kann, schätze ich.« In ihrem Fall kann das eigentlich nicht so lange sein, wie mir das amüsierte Lächeln des Staatsanwalts bestätigt.

»Also verkehren Sie häufiger miteinander?«

»Wir haben schon immer in der gleichen Straße gewohnt.«

»Meine Frage bezog sich auf die sexuellen Aktivitäten zwischen Ihnen und Mr. Turner«, konkretisiert er. »Um es einfacher zu formulieren: Haben Sie beide regelmäßig Sex?«

»Ja. Also immer mal wieder, wenn es ihm gerade passt.« Ihre Lippen verziehen sich zu einem Schmollen.

»Also könnte man sagen, das zwischen Ihnen sei etwas Festes?«

»Von mir aus schon«, antwortet Tracy gedehnt.

»Nun, kürzlich hat sein Vater in einem Interview behauptet, er sei jetzt mit einer anderen zusammen. Wussten Sie das?«

»Nein. Ich weiß bloß, dass er keinen mehr hochkriegt, seit er mit dieser schwarzen Nutte rumgemacht hat«, faucht Tracy. Was redet sie denn da? Das läuft in eine ganz falsche Richtung.

»Sie sagen also, er hat die Frau, von der sein Vater behauptet, er sei mit ihr zusammen, dafür bezahlt?«, hakt der Staatsanwalt nach.

Das ... »Das ist nicht wahr!«, rufe ich und springe auf. »Keisha ist keine ... Ich meine ...«

Orells Augen zucken zu mir und sein zufriedenes

Grinsen verrät mir, dass er Keisha alles brühwarm erzählen wird.

»Einspruch, Euer Ehren«, wirft unser Anwalt ein. »Ich wüsste nicht, was das mit der Sache zu tun haben sollte.«

Richterin Scott blickt über den Rand ihrer Brille von ihm zum Staatsanwalt.

»Ich versuche hier nur aufzuzeigen, dass der Angeklagte es mit der Ehrlichkeit nicht so genau nimmt und die Zeugin aus persönlichen Gründen befangen ist.«

»Einspruch abgelehnt«, bestätigt die Richterin mit einem Nicken. »Bitte fahren Sie fort. Und Sie setzen sich wieder hin«, fügt sie mit Blick in meine Richtung hinzu.

»Nun, Miss Miller, wie mir scheint, würden Sie sich wünschen, Ihre Beziehung zu Mr. Turner zu vertiefen, sehe ich das richtig?«

»Ja, das stimmt«, sagt Tracy und sieht mich herausfordernd an, als ob sie einen Heiratsantrag zur Belohnung dafür erwartet, dass sie mich gerade richtig in die Scheiße geritten hat.

»Wenn Sie so viel für ihn empfinden, wären Sie dann auch bereit, Mr. Turner ein falsches Alibi zu geben?«, fragt der Staatsanwalt mit einem zufriedenen Lächeln, und die Falle schnappt zu.

»Was? Nein, natürlich nicht, ich ...«, stammelt Tracy und läuft dunkelrot an.

»Einspruch, Euer Ehren«, geht Mr. Denton wieder dazwischen. »Die Frage ist suggestiv und beeinflusst die Zeugin in einer unzulässigen Art und Weise.«

»Einspruch stattgegeben«, bestätigt Richterin Scott.

»Na gut«, sagt der Staatsanwalt. »Ich frage Sie jetzt noch mal, Miss Miller. Und ich weise Sie darauf hin, dass Sie sich strafbar machen, wenn Sie etwas Falsches sagen. War Mr. Turner bei Ihnen?«

»Ja«, druckst Tracy. »Aber kann sein, dass ich mich geirrt habe. Vielleicht war es auch später.«

»Wann genau?«

»So gegen zwei?«, schlägt sie vor.

»Keine weiteren Fragen«, sagt der Staatsanwalt. »Sie?«, fügt er an Orell gewandt hinzu, aber der schüttelt den Kopf und lehnt ab.

»Ich denke, wir haben genug gehört«, sagt er und ich weiß, das winzige, spöttische Grinsen, das an seinen Mundwinkeln zerrt, gilt mir. »In Anbetracht der Tatsache, dass die Zeugin und der Angeklagte ein intimes Verhältnis miteinander haben, bezweifle ich generell ihre Glaubwürdigkeit.«

»Ich war bei ihr, wirklich«, beteuere ich, aber es hat keinen Sinn. Tracy klingt mehr als unglaubwürdig, wie mir ein Blick in die Gesichter der Jury bestätigt, und ich habe nichts in der Hand, mit dem ich meine Unschuld beweisen könnte. Der letzte Rest meiner Hoffnung verpufft.

Kurz bevor ich das Diner abschließen will, schlendert Orell herein. Er wirkt heute irgendwie entspannt, als er sich auf einen der Barhocker an der Theke setzt.

»Wir schließen gleich«, lasse ich ihn wissen.

»Keine Angst, ich will nur schnell ein Bier trinken.«

»Gibt es was zu feiern?«, kommentiere ich seine blendende Laune, während ich eine Flasche Miller aus dem Kühlschrank unter der Theke hervorhole. »Willst du ein Glas?«

»Geht so.« Orell schüttelt den Kopf und nimmt einen kräftigen Schluck aus der Flasche. »Ah, fantastisch«, sagt er dann. »Verfolgst du den Prozess?«

»Zwangsläufig«, bemerke ich mit einem grimmigen Lächeln. »Aber nicht mehr als nötig. Wieso?«

»Dein Brad«, setzt er an, doch ich unterbreche ihn.

»Er ist nicht *mein Brad*.«

»Umso besser.« Orell zuckt mit den Schultern und schenkt mir ein kurzes Lächeln. »Jedenfalls hat er eine aufgetakelte Tussi angeschleppt, die ihm ein Alibi geben sollte.«

»Tracy«, murmele ich.

Orell hebt eine Augenbraue. »Du kennst sie?«

»Ich hab sie mal gesehen«, antworte ich. »Sie war an dem Abend im Murphy's Law, nach unserem ... Date«, setze ich zur Erklärung hinzu.

Orell hebt die zweite Braue. »Du warst noch mal drin?«

»Ich hatte meinen Schal vergessen, und als ich rauskam, bin ich mit Brad zusammengestoßen und er hat mich gefragt, ob ich noch was mit ihm trinken will.«

Orell stöhnt auf. »Also heißt das, ich bin dafür verantwortlich, dass du was mit ihm angefangen hast?«

»Ja, könnte man so sagen«, gebe ich spitz zurück. »Du hast dich an dem Abend nicht gerade mit Ruhm bekleckert.«

»Tut mir leid«, sagt Orell zerknirscht und sieht mich um Verzeihung heischend an. »Ich war einfach im Kopf total mit diesem Fall beschäftigt.«

»Schon okay«, gebe ich zurück. »Vielleicht habe ich auch ein bisschen überreagiert.«

Orell trinkt einen weiteren Schluck und seufzt. »Ich bin froh, dass das alles bald vorbei ist. Für einen kurzen Moment habe ich schon befürchtet, er kommt damit durch, aber der Staatsanwalt hat diese Tracy ordentlich in die Mangel genommen, deshalb ist das Alibi wertlos.«

»Welches Alibi?«

»Er behauptet, er sei zu ihr gefahren, um mit ihr Sex zu

haben. Aber sie hat gesagt, er habe keinen hochgekriegt.« Orell grinst schadenfroh.

»Aber ...«, setze ich an. »Das stimmt. Er hat mir so was auf die Mailbox gesprochen. Ich hab es bloß nicht verstanden, weil er so betrunken war. Hör selbst«, sage ich, zücke mein Handy und starte die Sprachnachricht.

»Keisha«, ertönt Brads Stimme aus dem Lautsprecher. »Ich bin unschuldig! Ich war gerade bei Tracy und hab keinen hochbekommen. Wegen dir«, fügt er hinzu, und Orell schenkt mir einen amüsierten Blick von der Seite.

»Warte«, sage ich mit einer ungeduldigen Geste.

»Ich hab immer einen hochbekommen«, sagt Brad. »Immer. Das ist mir noch nie passiert, frag Tracy. Auf dem Weg zu ihr hab ich mich mit meiner Karre aufs Maul gelegt«, sagt er und seine Stimme klingt ganz aufgeregt. »Mitten auf der Kreuzung, Montvale Road Ecke Boardman. Jetzt erinnere ich mich wieder daran. Also nicht an alles, aber an den Unfall, und ich war da«, sagt Brad.

Hier habe ich die Nachricht beim letzten Mal gestoppt, der Rest ist für mich auch neu.

»Tracy kann meine Unschuld beweisen, und wenn ich das durchgestanden habe, wenn ich hier rauskomme, dann ...« Seine Stimme stockt. »Bitte, gib mir noch eine Chance, Baby. Nur eine einzige, verdammte Chance. Das ist alles, was ich will. Du fehlst mir so und ich halte das alles ohne dich nicht aus. Ich liebe dich«, fügt er eindringlich hinzu, und ich spüre, wie meine Kehle eng wird.

Orell schnaubt. »Das beweist gar nichts«, sagt er abfällig. »Die Schlampe würde alles behaupten, um ihn da rauszuholen. Sie hat dich als Nutte bezeichnet.«

»Aber er sagt die Wahrheit. Ich habe die Kratzer an seiner Harley selbst gesehen.«

»Wie gesagt, es ist nicht meine Entscheidung.« Orell zieht sein Bier leer und macht sich bereit zu gehen.

»Außerdem wolltest du doch, dass ich ihn fertigmache, oder?«, fragt er bei der Tür.

Ich schließe hinter ihm ab. Ja, stimmt, das wollte ich. Aber auf einmal bin ich mir da nicht mehr so sicher.

Ich schnappe mir meine Jacke und stürme die Treppen hinunter.

Granny sieht mich erstaunt an. »Wo willst du hin?«

»Rüber zur Polizeistation.«

»Warum?«

»Nur so«, antworte ich ausweichend. »Ich glaube, Noah hat Nachtschicht, und ich wollte kurz hören, wie es mit der Spendenaktion läuft.«

»Ich dachte, darum kümmert sich Liz?«, fragt Granny misstrauisch.

»Ja, schon«, sage ich. »Aber die beiden sind zusammen, falls du das schon vergessen hast. Noah wird wohl auch Bescheid wissen.«

»Wenn du meinst«, brummt Granny, und ich mache mich auf den Weg.

»Keisha!« Noah hebt erstaunt den Blick von einem Formular, als ich die Wache betrete. »Was machst du hier? Gab es Ärger?«

»Nein«, sage ich. »Zumindest nicht so, wie du denkst«, füge ich schnell hinzu. »Aber könntest du mir einen Gefallen tun?«

»Kommt drauf an, welchen.«

»Hast du Zugriff auf die Daten der Verkehrsüberwachungskameras in Maryville?«

»Ich kann mich in die zentrale Datenbank des Countys einloggen, wieso?«

»Du musst etwas für mich überprüfen.«

Ryan grinst. »Bist du mal wieder zu schnell gefahren?«

»Nein«, wehre ich ab. »Es geht um einen Unfall. Mit einem Motorrad«, setze ich hinzu und Noah zählt eins und eins zusammen.

»Geht es etwa um diesen Brad?«

»Ja«, gestehe ich kleinlaut. »Er sagt, er sei abgehauen in der Nacht und habe einen Unfall auf der Kreuzung Montvale Road Ecke Boardman Avenue gehabt, und da gibt es doch Kameras.« Da bin ich mir ziemlich sicher, denn ich habe da tatsächlich schon mal ein Ticket bekommen, weil die Ampel nicht mehr ganz grasgrün war.

Ryan sieht mich aus großen Augen an. »Willst du dem Schwein etwa helfen?«

Ich nicke entschlossen. »Wenn es sonst niemand macht.«

Noah schüttelt verständnislos den Kopf. »Aber wieso?«

Das ist eine sehr gute Frage. »Ich muss einfach wissen, ob er die Wahrheit gesagt hat.«

»Also schön.« Noah seufzt. »Weil du es bist. Aber das kann ein Weilchen dauern.«

»Was denn?«, sagt Ryan. »Wir haben doch eh nichts zu tun.«

»Auch wieder wahr.«

»Danke, Jungs«, sage ich. »Ihr seid die Besten.«

»Für dich immer«, sagt Noah und zwinkert mir zu.

»Und falls du mal mit ’nem anständigen Typen ausgehen willst, würde ich mich anbieten«, schiebt Ryan nach.

»Danke, lieb von dir«, sage ich lachend. »Aber dafür kennen wir uns einfach zu lange.«

»Schade«, sagt Ryan mit einem schiefen Grinsen. »Aber du weißt ja, wo du mich findest, falls du es dir anders überlegst.«

»Ich denk drüber nach«, entgegne ich diplomatisch und winke den beiden zum Abschied zu, bevor ich mich nach draußen flüchte. Ryan ist zwar echt nett, aber wir sind Freunde, deshalb hält sich sein Sexappeal aus meiner Sicht eindeutig in Grenzen. Außerdem ist mein Bedarf an Männern fürs Erste gedeckt.

Kapitel Sechsundzwanzig

Niedergeschlagen verfolge ich die nächsten beiden Verhandlungstage, die nichts Neues ergeben. Die Staatsanwaltschaft nimmt einen Entlastungszeugen nach dem anderen auseinander, bis keiner mehr übrig ist.

»Das letzte Wort haben die Angeklagten«, stellt Richterin Scott fest. »Wollen Sie noch etwas zu Ihrer Verteidigung beitragen oder weiterhin schweigen?«

Einer nach dem anderen verneint. Niemand will sich dazu äußern, sie alle halten an der ursprünglichen Verteidigungsstrategie fest und plädieren auf »nicht schuldig«.

»Ich will mich verteidigen!«, sage ich, als ich an der Reihe bin.

»Ihnen ist klar, was das bedeutet, Mr. Turner?«, fragt Richterin Scott.

»Ja, absolut«, bekräftige ich. Soll mich der Staatsanwalt ins Kreuzverhör nehmen. »Es gibt nur die eine Wahrheit und die will ich beweisen, nämlich dass ich unschuldig bin.«

»Bitte«, sagt die Richterin und übergibt das Wort an unseren Anwalt, der als Erster Fragen stellen darf. Er bittet mich, die Ereignisse des Abends aus meiner Sicht zu schildern, und ich fasse zusammen, woran ich mich noch erinnern kann.

»Ich hatte an dem Abend ziemlich viel getrunken. Es war 'ne beschissene Woche, ich hatte Stress mit meinem Dad, also bin ich rüber ins Murphy's und hab mich volllaufen lassen.«

»Wie viel hatten Sie getrunken?«, hakt Mr. Denton nach.

»Neun Bier und eine Flasche Whiskey. Der Barkeeper kann das bestätigen.«

»Ein ziemliches Wunder, dass Sie da überhaupt noch fahren konnten«, bemerkt Mr. Denton. »Das war wohl ziemlich nah an der Unzurechnungsfähigkeit.«

»Wie dem auch sei«, sage ich. »Ich war auf jeden Fall so blau, dass es mir wie eine gute Idee erschien, einen Jugendclub abzufackeln, um ein bisschen Dampf abzulassen.«

»Sie geben also zu, dass Sie daran beteiligt waren?«, hakt der Staatsanwalt nach.

»Ja, ich will nichts beschönigen. Ich weiß, dass das falsch war, und ich würde alles dafür tun, es irgendwie ungeschehen zu machen. Aber wie man auf dem Video sieht, war ich nicht derjenige, der das Benzin ausgeschüttet hat, und ich hab auch nicht die Fackel drangehalten. Ich hab einfach irgendwo im Hintergrund gestanden und mir die Seele aus dem Leib gekotzt. Und als sie angefangen haben, das Mädchen zu belästigen, bin ich abgehauen und zu Tracy gefahren, die Ihnen das auch bestätigt hat. Auf dem Weg dorthin hatte ich einen Unfall, daran erinnere ich mich wieder, aber das war alles, mehr habe ich nicht getan.«

»Können Sie das irgendwie beweisen, Mr. Turner?«

»Nur durch Miss Millers Aussage«, sage ich matt.

»Ich würde sagen, Ihr Alibi steht auf ziemlich wackligen Beinen, Mr. Turner«, stellt der Staatsanwalt mit einem schmallippigen Lächeln fest. »Denn ich halte Miss

Millers Aussage nicht gerade für glaubwürdig, und wenn Sie keine Angaben für die Zeit zwischen halb eins und zwei machen können …«

»Ich kann Angaben dazu machen!«, erklingt eine Stimme von der Eingangstür. Alle drehen sich zu ihr um.

»Keisha«, platzt es aus mir heraus. Ich sehe sie ungläubig an, während sie mir im Vorbeigehen zunickt.

»Und Sie sind …?«, fragt die Richterin.

»Keisha Williams, Euer Ehren«, antwortet Keisha. »Und ich kann beweisen, dass Mr. Turner unschuldig ist.«

»Ich beantrage, Miss Williams in den Zeugenstand zu rufen!«, beeilt sich Mr. Denton zu sagen.

»Also gut«, sagt Mrs. Scott. »Es interessiert mich, was Sie zu sagen haben.«

Keisha setzt sich auf den Stuhl, strafft ihre Schultern und wirft mir einen aufmunternden Blick zu.

»Was haben Sie zur Aufklärung des Falls beizutragen?«, beginnt Mr. Denton mit seiner Vernehmung.

»Ich habe hier Bildmaterial«, sagt sie und zieht einen USB-Stick aus der Tasche. »Es stammt aus der Überwachungskamera über der Kreuzung Montvale Road Ecke Boardman Avenue, und daraus geht zweifelsfrei hervor, dass Mr. Turner die Wahrheit sagt.« Sie nickt mir zu. »Er hatte einen Unfall und ist mit dem Motorrad gestürzt«, fährt sie fort. »Obwohl er einen Helm getragen hat, ist er so schwer mit dem Kopf aufgeschlagen, dass er anderthalb Stunden am Straßenrand lag, auch das geht aus den Bildern hervor. Aber was noch viel wichtiger ist, ist die Uhrzeit, die automatisch im System der Überwachungskamera gespeichert wird. Dort steht 0 Uhr 26, also vier Minuten nachdem er den Tatort verlassen hat. Exakt so lange braucht man für die Strecke, wenn man schnell fährt. Damit ist zweifelsfrei bewiesen, dass er an der Vergewaltigung nicht beteiligt war.«

»Ich beantrage, den USB-Stick als Beweismittel zuzulassen«, sagt unser Anwalt, und Richterin Scott nickt und weist den Gerichtsdiener an, einen Laptop anzuschließen, damit das Video vorgeführt werden kann.

Der Ausschnitt zeigt die Kreuzung von oben, und der Film ist ein wenig unscharf und grobkörnig. Trotzdem ist mein Motorrad gut darauf zu erkennen, ebenso das Auto, das von rechts kommt. Ein dunkler Prius, wie ich jetzt bemerke. Ich weiche ihm aus und lege mich zur Seite, die Harley gerät ins Rutschen und ich schlittere mit ihr einige Meter über den Asphalt und bleibe am Straßenrand liegen. Die Uhrzeit zeigt kurz vor halb eins, genau wie Keisha gesagt hat. Der Film stoppt. Der nächste, auf dem ich mich schwankend aufrappele und dem Hinterrad einen frustrierten Tritt versetze, wurde um kurz vor zwei aufgenommen.

»In der Zwischenzeit hat er die ganze Zeit da gelegen«, sagt Keisha. »Das Video wurde bloß gekürzt. Aber Sie können das überprüfen.«

Das ist der endgültige Beweis, der fehlte. Vor Erleichterung kommen mir schon wieder die Tränen.

»Danke«, forme ich lautlos mit den Lippen und Keisha nickt mir stumm zu. Ich bin so unendlich dankbar, dass ich sowieso keine Worte dafür hätte. Diese Frau ist wirklich unglaublich und sie hat mir gerade den Arsch gerettet.

Als ich den Saal verlassen will, holt Brad mich ein.

»Das war ... Ich weiß nicht, was ich sagen soll.«

»Wie wär's mit Danke?«, schlage ich vor und bereue es sofort, denn er macht Anstalten, mir um den Hals zu fallen, was ich mit einer knappen Geste unterbinde.

»Ich habe das nicht für dich getan«, sage ich und sehe

ihn an. »Sondern für mich. Es wäre nicht richtig und ich hätte es nicht mit meinem Gewissen vereinbaren können«, setze ich hinzu. Wenn ich Mom schon nicht retten konnte, dann wenigstens ihn. Vielleicht wiegt das irgendwas wieder auf.

»Dann gibst du mir noch eine Chance?«

Ich schüttele den Kopf. »Das hat nichts mit uns zu tun, und dass du mich als Vorwand benutzen wolltest, kann ich dir nicht verzeihen. Tut mir leid«, füge ich hinzu.

»Keisha, bitte ...« Er fasst mich am Arm.

»Nein.« Meine Entscheidung steht diesbezüglich absolut fest. »Wir werden am Samstag eine Party geben, um das Geld für eure Rechnung zusammenzubekommen. Danach überweise ich es dir. Also leb wohl.«

Der Blick, mit dem Brad mich ansieht, bricht mir fast das Herz, aber ich verschließe es davor, mache mich von ihm los und verlasse das Gericht. Sofort stürzt sich die Meute von Reportern auf mich, doch ich halte mir die Hand vors Gesicht, um mich gegen das Blitzlichtgewitter abzuschirmen, und flüchte mich ins Auto.

Ich sehe ihr nach, unfähig mich zu rühren, während die Erkenntnis langsam in mein Hirn sickert. Sie hat mir den Arsch gerettet, nur um dann kräftig hineinzutreten. Die Euphorie, die ich vorhin noch verspürt habe, ist verflogen.

Ich ... muss ihr nach, es irgendwie wieder in Ordnung bringen. Meine Füße bewegen sich wie von selbst auf die Eingangstüren zu, aber kurz bevor ich sie erreiche, fängt ihr Ex mich ab.

»Wohin so eilig?«

»Keisha, ich ... muss mit ihr reden«, stammele ich, aber er schüttelt den Kopf.

»Falsch«, sagt er. »Aber ich denke, wir beide sollten uns mal unterhalten.« Mit einer einladenden Handbewegung deutet er den Gang hinunter, der offensichtlich zum Verwaltungstrakt des Gerichts führt. Ich frage mich, was er von mir will, während ich ihm in einen Besprechungsraum folge.

»Ich will, dass Sie sich von Keisha fernhalten.«

Ich sehe ihn perplex an. »Was?«

»Du hast mich schon verstanden«, zischt er. »Keisha und ich kennen uns schon lange. Sie hat viel durchgemacht und sie hat etwas Besseres verdient. Ich meine, sieh dich an. Was hast du ihr zu bieten?« Er schaut an mir herab.

»Nichts«, murmele ich.

»Was Keisha jetzt braucht, ist Sicherheit, vor allem auch finanziell«, fährt er fort. »Jemanden, auf den sie sich verlassen kann. Keinen Kerl, der schon wieder mit einem Bein im Knast steht. Sie hat bereits genug Sorgen, also mach ihr nicht noch mehr Kummer.«

»Nein«, sage ich leise. »Werde ich nicht.« Ich habe eh schon alles versaut und nicht vor, es noch schlimmer zu machen.

»Wenn sie dir irgendwas bedeutet, dann lass sie einfach in Ruhe.« Er nickt mir knapp zu, um sich zu vergewissern, dass ich ihn verstanden habe. Aber keine Sorge, ich hab's kapiert, und das Schlimme ist: Er hat Recht.

Kapitel Siebenundzwanzig

In den folgenden Tagen stürze ich mich komplett in die Partyvorbereitungen, vor allem auch, um damit Gesprächen über Brad und diesen Prozess zu entgehen. Die Leute fragen mir Löcher in den Bauch. Alle wollen wissen, warum ich dafür gesorgt habe, dass eins dieser Dreckschweine freikommen wird. Niemand kann oder will es verstehen, aber ich bin es leid, darüber zu diskutieren. Deshalb lautet meine Standardantwort: »Weil es gegen mein Gerechtigkeitsempfinden verstößt, einen Unschuldigen zu verurteilen.«

Beinahe reflexhaft kommt dann die Frage zurück, ob ich es nicht vielleicht aus Liebe getan habe, gefolgt von einem vertraulichen Zwinkern, so nach dem Motto: »Mir kannst du es ruhig sagen.«

Nein, habe ich nicht. Denn ich verbiete mir jegliches Gefühl für ihn, dafür hat er mich zu sehr verletzt. Deshalb checke ich die Biervorräte und überprüfe die Tomaten. Schaue, ob wir genug Papiertücher und Handseife haben, und kontrolliere gerade zum dritten Mal die Menge der Kidneybohnen in Dosen.

»Alles okay?«, fragt Liz hinter mir, die ihren Kopf in den Lagerraum gesteckt hat.

»Ja«, sage ich und hebe zum Beweis das Klemmbrett mit der Checkliste, die ich extra dafür angefertigt habe.

»Pommes sollten reichen«, stelle ich mit Blick in den Gefrierschrank fest. »Zwiebelringe auch, Gleiches gilt für die Mozzarella-Sticks.«

»Das meinte ich nicht«, gibt Liz mit einem nachsichtigen Lächeln zurück. »Du weißt genau, dass ich nicht von den Zwiebelringen spreche. Ich mache mir Sorgen um dich.«

»Mir geht's gut, alles bestens.«

»Sicher?«, hakt Liz nach.

»Nein, natürlich nicht«, bekenne ich und seufze. »Aber ich will nicht mehr an ihn denken, okay? Deshalb konzentriere ich mich auf diese Party, dann können wir die Rechnung bezahlen und danach werde ich ihn vergessen, ein für alle Mal.«

Liz sieht mich von der Seite an. »Meinst du, er taucht hier auf?«

»Ich glaube, nicht«, sage ich. »Und wenn, bekommt er Stress mit Noah und Ryan. Die beiden haben mir sowieso schon angeboten, hinzufahren und die Sache zu regeln.«

Liz schmunzelt. »Noah war ziemlich angefressen, dass Brad dich verarscht hat.«

»Ja, ich weiß. Alle sind sauer auf mich, weil ich was mit ihm angefangen habe. Aber glaub mir, ich selbst bereue das am allermeisten.«

»Ach Süße«, sagt Liz und nimmt mich in den Arm. »Du wirst sehen, bald hat der ganze Spuk ein Ende. Wenn dieser Prozess erst mal vorbei ist und du Brad nicht mehr ständig im Fernsehen siehst, wirst du ihn ganz schnell vergessen.«

»Ich hoffe«, sage ich. Denn um ehrlich zu sein fällt es

mir nicht gerade leicht. »Also«, sage ich, um das Thema zu wechseln. »Wann kommen die *Sinners and Saints*?«

»Um acht. Sie spielen von neun bis elf, aber vermutlich geben sie sowieso noch ein paar Zugaben.«

»Okay, lass uns sofort mal schauen, ob die Bühne bereit ist«, sage ich und hebe demonstrativ mein Klemmbrett. »Dann kann ich einen weiteren Punkt auf der Liste abhaken.«

Heute findet diese Party statt, von der Keisha gesprochen hat. Ich weiß, ich habe gesagt, ich würde mich von ihr fernhalten, aber ... ich kann nicht. Nicht solange dieses Missverständnis nicht aus der Welt geschafft ist. Es ist mir wichtig, dass Keisha versteht, warum ich dieses Interview gegeben habe. Nicht um mich reinzuwaschen, sondern um zu beweisen, dass ich mich wirklich geändert habe. Durch sie.

In mir tobt ein Kampf. Ich weiß, ich bin nicht gut für sie und sollte sie in Ruhe lassen. Vielleicht sollte ich einfach weggehen und irgendwo noch mal neu anfangen. Vermutlich muss ich das sogar, nachdem ich mit der League gebrochen habe. Aber was wäre dieses Leben wert, wenn ich dafür mit der Gewissheit leben müsste, dass ich es der Frau verdanke, die ich am meisten verletzt habe?

Selbst wenn sie mir nicht verzeiht, muss ich die Chance nutzen, das irgendwie in Ordnung zu bringen. Nach dem, was sie für mich getan hat, bin ich ihr eine Erklärung schuldig.

Entschlossen schnappe ich mir Jacke und Helm und schleiche mich auf bekanntem Weg raus. Es gelingt mir tatsächlich ein weiteres Mal, die Reporter abzuschütteln. Doch als ich das Ortsschild von Heavenfield passiere, kommen mir Zweifel. Ist das wirklich richtig, oder sollte ich lieber umkehren?

Plötzlich erscheint es mir wie eine dumme Idee. Vermutlich werde ich von den Einwohnern gelyncht, wenn ich im Diner auftauche. An meinem geistigen Auge ziehen die Bilder von Hillbillys vorbei, die mich mit Mistgabeln zur Stadt hinausjagen. Deshalb lasse ich die Karre ausrollen, parke sicherheitshalber ein Stück entfernt und gehe das letzte Stück zu Fuß.

Die Party ist im vollen Gange, wie mir ein Blick durch die Fenster verrät. Ich entdecke Keisha, die sich gerade mit einem Tablett durch die Menschentraube vor der Bühne schiebt. Bei ihrem Anblick zieht sich mein Herz schmerzhaft zusammen. Ich sollte wohl besser gehen, aber genau in dem Moment dreht sie sich um. Schnell ducke ich mich weg, aber sie hat mich entdeckt, wie mir das Aufblitzen in ihren Augen verrät.

Nur Sekunden später fliegt die Tür auf und Keisha stürmt raus. »Was willst du hier?«

»Nur mit dir reden«, sage ich schnell und hebe beschwichtigend die Hände in Richtung der beiden Typen, die sich mit verschränkten Armen hinter ihr aufgebaut haben. Das sind die beiden Polizisten, die hier immer abhängen, und ich hab keine Lust auf neuen Ärger.

»Ist gerade ein schlechter Zeitpunkt«, bemerkt der Größere von beiden. Er überragt mich locker um einen halben Kopf und würde von seinen körperlichen Ausmaßen her einen hervorragenden Quarterback abgeben.

Keisha dreht sich zu ihm um. »Schon gut, Jungs«, sagt sie. »Ich komme alleine mit ihm klar.«

Die beiden verziehen sich, behalten uns aber durch die Scheibe in der Tür im Auge.

»Ich hab zu tun«, sagt Keisha. »Du siehst ja, was hier los ist. Also sag, was du zu sagen hast, und dann verschwinde.«

»Es tut mir leid«, sage ich. »Ich weiß selbst nicht, warum ich dieses bescheuerte Interview gegeben habe. Ich wollte doch nur beweisen, dass ich mich geändert habe. Durch dich. *Für* dich«, setze ich hinzu.

»Siehst du?«, sagt Keisha und sieht mich an. Die Nüchternheit in ihrem Blick macht mir Angst. »Und genau das glaube ich dir nicht.«

»Was muss ich sagen, damit du mir glaubst?«

»Nichts.« Sie schüttelt den Kopf. »Du musst gar nichts sagen.«

»Aber ich habe mich geändert«, sage ich flehentlich. »Wirklich.«

»Dann beweis es mir.«

»Und wie?«

»Keine Ahnung«, sagt sie leise. »Ich weiß nicht, ob und wie ich dir jemals wieder glauben kann. Deshalb denke ich, es ist besser, wenn du jetzt gehst.« Mit diesen Worten dreht sie sich um und lässt mich zurück, und ich hab keine Ahnung, was ich tun soll, um ihr begreiflich zu machen, wie wichtig sie mir ist.

Ich flüchte mich in das Diner, wo Noah und Ryan bereits auf mich warten.

»Alles in Ordnung«, sage ich. »Ich habe das geklärt.« Zumindest hoffe ich das. Mit zittrigen Händen schnappe ich mir mein Tablett vom Tisch neben der Tür, auf dem ich es beim Rausgehen abgestellt habe, und halte es wie einen Schutzschild vor mich, während ich mich zwischen den Gästen hindurchschiebe. Ich will einfach nur möglichst viel Distanz zwischen Brad und mich bekommen, ich weiß, dass er noch da ist. Ich kann seinen Blick förmlich in meinem

Rücken spüren. Dann auch wörtlich, denn mich erreicht ein Hauch kalter Luft, als er die Tür öffnet und mir nachkommt.

»Keisha, warte!«

Statt stehen zu bleiben, beschleunige ich meinen Schritt und bringe mich hinter dem Tresen in Sicherheit, in der Hoffnung, dass Noah und Ryan die Sache regeln. Haben sie ja schließlich schon mehrfach angekündigt, dann sollen sie sich um ihn kümmern. Brad diskutiert mit den beiden und spricht hektisch auf sie ein. Die Musik ist zu laut, deshalb kann ich nicht verstehen, was sie sagen. Brad zeigt rüber zu mir, aber Noah schüttelt den Kopf und Ryan lässt demonstrativ seine Fingerknöchel knacken. Auf Brad zeigt die Geste allerdings keine Wirkung, denn er dreht sich plötzlich um und steuert schnurstracks auf die Bühne zu. Er klettert rauf und die Band gerät aus dem Takt. Das Lied, das sie spielen, verklingt zu einer Kakofonie, als sie zu unterschiedlichen Zeitpunkten damit aufhören. Russel, der Frontmann, wirft Brad einen verärgerten Blick zu, aber der beugt sich vor und tuschelt mit ihm. Ein breites Grinsen spannt sich über das Gesicht des Sängers, als er Brad das Mikrofon überlässt. Er gibt der Band eine kurze Anweisung und verzieht sich an den Rand der Bühne.

»Das hier ist für dich, Baby«, sagt Brad, nickt dem Schlagzeuger zu, woraufhin der einen schnellen Beat anschlägt. Brad öffnet den Mund und beginnt zu singen, die übrigen Instrumente stimmen ein, und ich erkenne das Lied. *Sucker* von den Jonas Brothers. Das ist der Song, zu dem er beim Aufräumen getanzt hat, und die Erinnerung an ihn in der pinkfarbenen Schürze bringt mich zum Lächeln.

»I'm a Sucker for you«, singt Brad, und ich muss sagen, er singt echt schlecht. Richtig krumm und schief, es ist zum

Davonlaufen, und es würde mich nicht wundern, wenn gerade sämtliche Hunde im Ort heulen. Aber er gibt alles, schmettert den Text mit Inbrunst in das Mikrofon und zieht dabei wieder seine Tanzeinlage ab.

Den Leuten gefällt es, sie johlen und klatschen und rufen nach einer Zugabe, als es vorbei ist. Brad wehrt lachend ab und sieht mich an, wird plötzlich ernst, als er das Mikrofon nimmt.

»Ich habe jedes Wort dieses Liedes genau so gemeint«, sagt er. »Ich weiß, dass ich Fehler gemacht habe. Vermutlich habe ich alles falsch gemacht, was ich nur falsch machen konnte«, setzt er hinzu. »Aber ich fühle es wirklich, aus tiefstem Herzen, Keisha. Ich bin verrückt nach dir, nach allem, was dich ausmacht. Ich würde überallhin gehen und alles für dich tun. Blind und bedingungslos. Wenn du von mir verlangst, dich in Ruhe zu lassen, dann werde ich mich daran halten. Aber bitte zwing mich nicht, das zu tun, denn ich glaube, dann werde ich verrückt. Ich liebe dich, Keisha.«

Die Leute im Diner rasten völlig aus. Der Applaus ist ohrenbetäubend, aber er ist nichts gegen die Stille, die darauf folgt. Alle drehen sich zu mir um und halten den Atem an, gespannt, was ich darauf sagen werde. Es ist so leise, dass man eine Stecknadel fallen hören würde. Jeder hofft, dass ich ihm verzeihe, ihm mit großer Geste um den Hals falle. Verdammt. Hank guckt, als glaubt er, gleich Zeuge eines Antrags zu werden.

Der Einzige, der anders guckt, ist Orell. Ein verbitterter Zug liegt um seinen Mund.

Keine Sorge, denke ich verbissen. Mir schmeckt das Ganze hier nämlich ebenso wenig.

»Was erwartest du eigentlich von mir?« Ich sehe Brad über die Leute hinweg an und hebe meine Stimme. »Hast du wirklich gedacht, du könntest hierherkommen und mit Worten alles ungeschehen machen? Meinst du, ein bisschen Singen und Tanzen reicht aus, damit ich vergesse, was du getan hast? Denn wenn du das glaubst, dann hast du wirklich gar nichts begriffen, und dann ist es egal, was du sagst oder machst.«

»Okay«, sagt er leise. »Verstanden.« Er schleicht von der Bühne wie ein geprügelter Hund, hebt seinen Helm auf und geht mit hängenden Schultern zur Tür. Dort dreht er sich noch mal um und sieht mich mit einem flehenden Blick an, aber ich schüttele stumm den Kopf, und endlich geht er.

Ich weiß, dass jetzt alle von mir erwarten, dass ich nachgebe und ihm hinterherlaufe, ihm tränenreich verzeihe. Aber das werde ich nicht tun.

»Was?«, fahre ich die Gäste an, die mich immer noch mit offenem Mund anstarren.

»Nichts«, beeilt sich Hank zu sagen und wendet sich wieder seinem Bier zu. Das bricht den Bann, die *Sinners and Saints* hauen wieder in die Saiten.

Orell löst sich aus der Menge der Gäste und tritt an die Theke heran. »Ich bin froh, dass du dich richtig entschieden hast«, stellt er fest.

»Hab ich das?«

»Ich schätze.« Er legt den Kopf schräg. »Hör mal, wenn du Geld brauchst, um seine Rechnung zu bezahlen«, setzt er an, aber ich wehre ihn mit einer knappen Handbewegung ab.

»Schon okay.«

»Wirklich, Keisha, das ist kein Problem. Sag einfach, wie viel dir fehlt.«

»Nein, ich will nicht, dass du das bezahlst.«

»Ich verdiene gut«, sagt Orell, als hätte er meine Gedanken gelesen. »Genug für uns beide«, schiebt er nach und sieht mich an.

»Was soll das werden? Ein Antrag?«

»Komm mit mir nach Chicago und fang neu an, in einem richtigen Job …«

»Nein«, sage ich entschieden. »Mein Platz ist hier im Diner. Ich gehöre hierher, nach Heavenfield.« Ob mit oder ohne Mann. Das ist mein Leben und ich will kein anderes, da bin ich mir absolut sicher.

Kapitel Achtundzwanzig

»Guten Morgen, ihr zwei«, begrüße ich Liz und nicke in Richtung ihres Babybauchs, der stetig wächst und gedeiht. »Wie geht es euch?«

»Gut, und selbst?« Sie sieht mich forschend an.

»Auch«, sage ich und denke kurz drüber nach. »Doch, eigentlich schon.« Die Party ist jetzt vier Wochen her, und danach waren wir tatsächlich in der Lage, unsere Rechnung zu begleichen. Von den Einnahmen ist sogar noch was übrig geblieben. Das restliche Geld haben wir im Baumarkt in Farbe investiert. Die Wände meines Zimmers erstrahlen jetzt in einem heiteren Sonnengelb, und ich habe die Chance genutzt, mich von einigen Dingen zu trennen. Unter anderem von der alten Blümchenbettwäsche. Man könnte sagen, der Raum ist erwachsen geworden, genau wie seine Bewohnerin. Es fühlt sich an, als starte ich einen Neuanfang in meinem alten Leben, und es war an der Zeit, sich auch häuslich darin einzurichten.

»Hast du noch mal was von Orell gehört?«

»Nein«, sage ich und schüttele den Kopf. Nachdem der Prozess vorbei war, ist er zurück nach Chicago gegangen. Nicht ohne mich noch mal zu fragen, ob ich mitkommen würde. Natürlich war er geknickt, dass ich abgelehnt habe, aber ich liebe ihn nicht und das hat er eingesehen.

»Und von …?«

»Sprich seinen Namen nicht aus«, wehre ich ab. Nachdem der Prozess mit einem Freispruch für Brad endete, musste er zur Verhandlung über das Strafmaß nicht erscheinen. Deshalb war sein Gesicht Gott sei Dank irgendwann aus der Berichterstattung verschwunden. Die anderen Clubmitglieder kamen nicht so glimpflich davon und wurden zum Teil zu jahrzehntelangen Haftstrafen verurteilt, was dafür sorgte, dass sich die Wogen geglättet haben. Dem Gerechtigkeitsempfinden wurde Genüge getan und das Interesse der Medien konnte sich wieder den neuesten Eskapaden des Präsidenten zuwenden, der seine Lügen durchs Land twittert. Langsam ist Gras über die Sache gewachsen und das ist gut so. Ich bin froh, nicht mehr ständig darauf angesprochen zu werden.

»Machst du uns vier Mal das Spezialfrühstück?«, fragt Liz und deutet auf ihre übliche Sitzecke an Tisch Nummer vier. »Die Jungs kommen gleich rüber.«

»Geht klar«, sage ich mit Blick auf die Uhr und gebe die Bestellung an Granny weiter.

Eine Viertelstunde später, pünktlich um zehn, öffnet sich die Tür und die Heavenfield Polizei gibt sich die Ehre. Noah und Ryan winken mir kurz zu, bevor sie mit ihrem Vorgesetzten Greg im Schlepptau die Sitznische ansteuern.

»Hey, Keisha«, sagt Ryan, als ich ihnen die vier Platten mit dem Spezialfrühstück serviere. »Warst du kürzlich mal in Maryville?«

»Natürlich, im Großmarkt wie jede Woche.«

»Aber du bist nicht zufällig an der Willard Road vorbeigefahren?«

»Nein, wieso?«

»Oh«, sagt Ryan mit einem kleinen Grinsen. »Ich hab

gestern Abend kurz bei meiner Mom auf der Arbeit vorbeigeschaut.«

Ich verdrehe die Augen. »Der gute Sohn hat seine Mutter auf der Arbeit besucht. Du bist so ein anständiger Junge, Ryan«, spotte ich. Jeder weiß, dass seine Mom als Barfrau in Maryvilles einzigem Stripclub arbeitet und dass er da bestimmt nicht so oft hinfährt, um sie zu besuchen.

»Na klar, was denn sonst?«, gibt er grinsend zurück. »Aber auf jeden Fall habe ich was Interessantes entdeckt. Das solltest du dir mal ansehen.«

»Ach ja? Und was?«

»Fahr einfach hin und schau es dir an«, sagt Ryan geheimnisvoll und rückt auch keine weiteren Informationen raus. Also bleibt mir wohl nichts anderes übrig, als beim nächsten Mal einen kleinen Umweg in Kauf zu nehmen, wenn ich nicht dumm sterben will.

Vermutlich hat Ryan mich sowieso verarscht, denke ich, als ich zwei Tage später die Kisten mit den Einkäufen in den Kofferraum wuchte. Das ist mit Sicherheit irgendwas Blödes. Vermutlich gibt es jetzt eine Speeddating-Bar oder einen Laden mit Sextoys oder so'n Schwachsinn, und Ryan wird sich totlachen, wenn er erfährt, dass ich wirklich gucken war. Aber nachdem er so ein Geheimnis darum gemacht hat, sterbe ich vor Neugier und kann gar nicht anders, als hinzufahren.

Schon von Weitem erkenne ich das neue Gebäude an der Ecke. Kein Wunder, es ist auch nicht zu übersehen, denn einige Arbeiter sind damit beschäftigt, es in leuchtendem Pink zu streichen. Langsam fahre ich daran vorbei, um herauszufinden, worum es sich handelt. Bei der Farbwahl vielleicht wirklich um Sextoys, denke ich noch, als mir einer der Männer ins Auge fällt. Er trägt ein pinkfarbenes T-Shirt und hat verblüffende Ähnlichkeit mit ... Brad? Das kann nicht sein. Was macht er hier und warum wollte Ryan, dass ich mir das ansehe? Ich lenke den Wagen in eine Parklücke, steige aus und gehe über den Rasen. Er ist es wirklich und bei seinem Anblick schlägt mein blödes Herz ein paar Takte schneller. Er will gerade die Leiter zum Dach hochsteigen, hält aber inne, als er mich entdeckt.

»Keisha?«, sagt er und sieht mich ungläubig an. »Was machst du hier?«

»Das Gleiche könnte ich dich fragen«, gebe ich zurück.

»Wir bauen den Jugendclub wieder auf«, sagt er.

»Wer ist wir?«

»Die League«, sagt er achselzuckend. »Also das, was davon noch übrig ist. Der Rest sitzt ja jetzt hinter Gittern.«

»Hast du Sozialstunden aufgebrummt bekommen?«

»Ist so 'ne Art freiwillige Auflage.«

»Wow«, sage ich, denn mehr kriege ich nicht raus. Das macht mich jetzt wirklich sprachlos.

»Na ja«, sagt er und wirkt auf einmal verlegen. »Du wolltest einen Beweis und ich wusste nicht, was ich tun sollte.«

»Du hast das ... für mich gemacht?«

»Nein.« Er schüttelt den Kopf und lächelt. »Ich habe das für mich getan. Ich dachte mir einfach, bevor ich zu Hause sitze und in Selbstmitleid versinke, weil ich die Frau meines Lebens vertrieben habe, sollte ich mit meiner Zeit lieber etwas Sinnvolles anfangen. Und das ist nun mal das, was ich kann und worin ich gut bin. Häuser bauen«, fügt er achselzuckend hinzu.

»Es ist wirklich schön geworden.«

»Willst du es mal von innen sehen?«

»Gern«, sage ich, doch meine Stimme klingt belegt, und als Brad mir die Hand auf den Rücken legt, um mich hineinzuführen, rinnt ein warmes Kribbeln durch meinen Körper.

»Hier ist der Gesellschaftsraum«, sagt Brad und macht eine weit ausladende Geste. »Da kommt noch ein Billardtisch hin und dort drüben eine Sitzecke und eine Theke. Dahinter ist die Küche«, sagt er und führt mich weiter. »Hier ist ein Raum für verschiedene Zwecke, man kann Schlafsäcke ausrollen und übernachten oder Gymnastikmatten auslegen und Sport treiben. Und da sind die Toiletten«, fügt er hinzu und deutet auf die beiden Türen, von denen sich die eine genau in diesem Moment öffnet.

Ein schwarzer Junge kommt heraus, vielleicht sechs oder sieben Jahre alt, und nestelt an seinem Reißverschluss.

»Hi Scotty«, sagt Brad und streicht ihm über den Kopf. »Soll ich dir helfen?«

»Schon okay«, wehrt der Kleine ab. »Ich bin doch kein Baby mehr.«

Brad hebt die Hände. »Ich frag ja nur.«

»Wer ist das?«, fragt Scotty, legt den Kopf in den Nacken und sieht zu mir hoch.

»Das ist Keisha«, sagt Brad.

»Ist sie deine Freundin?«

»Vielleicht«, fügt er mit einem hoffnungsvollen Seitenblick hinzu. »Sofern sie einem Idioten wie mir noch eine Chance gibt.«

»Sollte sie das?«, frage ich, aber ich kenne die Antwort bereits.

»Unbedingt«, sage ich und schlucke. »Ich weiß, ich bin vielleicht nicht der beste Mann und ich habe viele Fehler gemacht. Aber wenn du mir noch eine Chance gibst, schwöre ich dir, du wirst es nicht bereuen«, sage ich und hebe zur Bestätigung drei Finger. »Du wolltest einen echten Beweis, aber ich habe begriffen, dass einer allein nicht reicht. Deshalb werde ich es dir beweisen, jeden einzelnen Tag aufs Neue, wenn ich darf.«

Sie lässt sich Zeit mit einer Antwort und sieht mich an und ich ertrinke in ihrem Blick aus diesen toffeebraunen Augen, die ich so lange vermisst habe. Der Wunsch, sie in den Arm zu nehmen und zu küssen, wird schier übermächtig, doch ich halte mich zurück. Nicht bevor sie gesagt hat, dass sie mir verzeiht.

Keisha öffnet den Mund. »Jeden einzelnen Tag?«, fragt sie dann.

»Bis ans Ende meines Lebens.«

»Nun, du bist nicht gerade der sicherste Motorradfahrer und hast einen gefährlichen Beruf. Was ist, wenn du morgen vom Dach fällst und tot bist?«

»Dann würde die Zahl der Beweise wohl eher gering ausfallen.«

»Na, dann sollten wir besser keine Minute verschwenden«, sagt Keisha mit einem kleinen Lächeln und legt ihre Arme um meinen Nacken. Und endlich, nach all den Wochen, in denen ich geglaubt hatte, ich hätte sie für immer verloren, senke ich meinen Mund auf ihre herrlichen Lippen und versiegele sie mit einem zärtlichen Kuss.

Kapitel Neunundzwanzig

»Seid ihr schon wach?«, dringt die Stimme meiner Großmutter durch die Tür meines Zimmers.

Brad rollt sich auf den Bauch, zieht sich das Kissen über den Kopf und stöhnt.

»Nein, noch nicht«, gebe ich scherzhaft zurück.

»Gut, dann sag ihm, er soll seinen weißen Toastbrothintern gefälligst an die Arbeit schwingen.«

Er dreht den Kopf zur Seite, lugt mit einem Auge unter dem Kissen hervor und blinzelt mich an. »Warum darf sie eigentlich so was sagen?«

»Weil es stimmt«, entgegne ich und lasse meine Hand über seine nackte Kehrseite gleiten. »Der ist wirklich ziemlich eckig und bleich.«

»Na warte«, sagt Brad, setzt sich auf, schnappt meine Arme und hält beide Handgelenke mit einer Hand fest, um mich mit der anderen zu kitzeln. Ich winde mich kichernd in seinem Griff, bis er endlich von mir ablässt.

»Als ich eingezogen bin, hatte ich nicht damit gerechnet, ständig rumkommandiert zu werden«, schmollt er.

»Das hättest du dir vorher überlegen sollen.«

»Du hättest mich warnen können.«

»Wovor?«

»Wer kann schon ahnen, dass deine Großmutter sich als solch eine Sklaventreiberin entpuppt?«

»Das war sie schon immer«, antworte ich grinsend. »Außerdem baut sich die Terrasse nicht von selbst.« Es war seine Idee, damit die Touristen im Sommer auch draußen sitzen und beim Essen den Blick über den See genießen können.

»Die Terrasse kann warten«, knurrt Brad, lässt sich zurücksinken und zieht mich in seine Arme. Ich kuschele mich an seine Brust und zeichne die Linien seiner Tattoos mit den Fingerspitzen nach. Sie sind noch frisch und bei der Berührung zuckt er kurz zusammen.

Er hat die Buchstaben überstechen lassen. Aus dem CWB ist ein K, Herz, B geworden, das steht für ‚Keisha liebt Brad'. Ein verrückter Junge ist er immer noch, das werde ich ihm wohl auch nie austreiben können. Nur das *Weiß* spielt keine Rolle mehr. Ein paar weitere Tattoos sind unter dem Bild einer Löwin verschwunden und zur anderen Seite spannt ein Adler seine Schwingen bis auf die Schulter. Es sind unsere Tiere, wie er sagt, die afrikanische Löwin und der amerikanische Adler. Aber für mich bedeuten sie viel mehr. Sie sind das Zeichen, dass man den Hass besiegen kann. Selbst wenn er so tief reicht, dass er unter die Haut geht.

Schlussendlich ist es sowieso egal, ob Schwarz oder Weiß oder irgendwas dazwischen. Das Einzige, was zählt, sind die Farben, die wir in unseren Herzen tragen. Die Farben unserer Liebe.

Liebe Leser*in

Ich sage jetzt mal »du«. Und ja, ich muss die Anrede gendern, denn zu meinem allergrößten Vergnügen darf ich auch Männer zu meinen Lesern zählen. Also, Jungs, schämt euch nicht. Es ist okay, Liebesromane zu lesen. Ich freue mich jedenfalls über jeden einzelnen Leser, sei er nun männlich oder weiblich. Wie dem auch sei, ich hoffe, dir hat die Geschichte gefallen und du empfiehlst sie gerne weiter.

Rezensionen sind für uns Autoren sehr wichtig. Wenn dir die Geschichte gefallen hat, wechsle bitte zur Produktseite bei Amazon und verfasse eine kleine Rezension. Das muss kein Roman sein. Schon zwei, drei Sätze reichen aus, damit andere Leser sich einen Eindruck vom Buch verschaffen können. Natürlich freue ich mich auch sehr darüber, jede einzelne Rezension bedeutet mir sehr viel. Denn nur dafür sitze ich hier an meinem Schreibtisch: um eine Geschichte zu schreiben, die euch gut unterhalten und hoffentlich auch gefallen hat.

Ich hoffe, es werden noch viele weitere Geschichten folgen und ihr, meine Leser, seid diejenigen, die das möglich machen. Deshalb danke ich jedem Einzelnen von

Herzen und würde mich freuen, wenn du mir auch weiterhin »treu« bleibst.

Deine Clara Gabriel

Anregungen, Fragen, Wünsche? Immer her damit, ich freue mich auf eure Post: post@claragabriel.de

Lust auf noch mehr Heavenfield? Dann abonniere jetzt meinen Newsletter »Flaschenpost«, und du erhältst das kostenlose Rezeptheft »Essen wie in Heavenfield: Die besten Rezepte aus Granny Mae's Diner« als gratis Download im praktischen DIN-A4-Format zum Ausdrucken: https://claragabriel.de/granny-rezepte.html

Dank & Liebe

Dank geht raus an die »üblichen Verdächtigen«, die da wären:

Herzlichen Dank meiner Lektorin Claudia Pietschmann, die mal wieder einen großartigen Job gemacht hat, um dieses Buch in jeder Hinsicht besser zu machen. Und das, obwohl sie selbst mit ihren eigenen Büchern genug um die Ohren hat. (Kauft und lest Claudias Bücher, die sind wirklich gut, vertraut mir!)

Wie immer danke ich meiner Familie und meinem Mann. Ohne eure Unterstützung wäre das alles gar nicht möglich. Ein besonderer Dank gilt meiner Mutter, die auch dieses Manuskript wieder vorab gelesen hat. Im Aufspüren doppelter oder fehlender Wörter ist sie einfach unschlagbar. :)

Danke an die Affenbande: Bettina, Conny, Elvira, Johanna, Melanie, Sandra, Yvonne, Tamara und Thurid. Love you, girls!

Danke an Josie Kju, Melanie Reichert, Jennifer Jancke, Mia Caron, Sam Bennet, Brina Stein, Klaus S. und viele weitere Autorenkolleg*innen, die mir jetzt auf die Schnelle nicht eingefallen sind. Ich danke euch für den kollegialen

Austausch, Fachsimpelei und stets ein offenes Ohr. Ihr seid großartig!

Danke an mein Blogger-Team »Claras Crew« für alle eure Beiträge, Rezensionen, Buchvorstellungen, Artikel, Kommentare, Verlinkungen, kurz: euren Support! Danke, Anett H., Anja B., Anja L., Annalena W., Astrid W., Bärbel W., Carmen S., Claudia L., Claudia P., Claudia Sch., Claudia Sch., Claudia S., Claudia St., Claudia T., Daniela B., Diana B., Diana D., Diana W., Doris S., Elke R., Elvira H., Franziska B., Frauke A., Frauke P., Heidi P., Heike O., Hiltrud W., Irene F., Jenny J., Jessica S., Josie K., Julia E., Kathrin P., Lena P., Lisi L., Luisa L., Manja T., Marita Z., Marion Anne R., Marion K., Marion S., Melanie R., Michaela J., Nadja K., Nicole B., Nicole R., Nina S., Sina P., Sonja M., Steffy S., Stefanie B., Steffi S., Simone G., Susanne Ba., Susanne Br., Susanne K., Susanne S. und Hiltrud W.

Wer hat die beste Crew der Welt? – Ich hab die beste Crew der Welt! Danke, Mädels, ihr seid spitze!

Wenn auch du Buchblogger*in bist und gerne Liebesromane liest, komm an Bord und werde Teil der Crew. Unter https://claragabriel.de/clarascrew.html findest du alle Infos.

Und zu guter Letzt natürlich Dank an die wichtigsten Personen: meine Leserinnen und Leser. Ohne euch würde es nämlich schlicht keinen Sinn machen, Bücher zu schreiben, wenn es da draußen niemanden gäbe, der sie auch liest. Also danke, dass ihr mir eure Zeit schenkt und sie mit meinen Geschichten verbringt. Das bedeutet mir sehr viel. Deshalb vielen Dank, dass auch du ein Teil der Clara-Geschichte geworden bist. Ich hoffe, unser gemeinsamer Weg ist noch lang.

Über die Autorin

Clara Gabriel liebt amerikanisches Fastfood, romantische Komödien und alles mit Erdnussbutter. Als bekennende Romantikerin heult sie sich bei Disney-Filmen die Augen aus und leidet bei besonders traurigen Szenen in Büchern mit.

Die Zweiundvierzigjährige lebt mit ihrer Familie und zwei Hunden im Sauerland, von wo aus es sie immer wieder in die weite Welt zieht. Wenn sie nicht gerade arbeitet oder schreibt, verbringt sie ihre Zeit mit ihrer zweiten großen Leidenschaft, dem Reisen.

Mehr über Clara Gabriel unter https://claragabriel.de

Clara im Netz folgen:

facebook.com/ClaraGabrielAutorin
instagram.com/claragabriel_autorin
pinterest.com/claragabriel_autorin

Jetzt vorbestellen

Der dritten Band der Heavenfield Hearts: Eingeschneit mit Mr. Right erscheint im Herbst 2020.

Jetzt vorbestellen und er landet am Erscheinungstag automatisch auf deinem Reader.

Weitere Bücher von Clara Gabriel

Heavenfield Hearts: Kopfüber ins Glück – Smoky Mountain Storys 1

Die zweiunddreißigjährige Liz besitzt alles, was sich eine Frau wünscht. Nur eines nicht: ein kleines Abenteuer, das ihre Augen zum Funkeln bringt. Kurzerhand gibt sie ihrem Schicksal eine neue Wendung und löst ihre Verlobung. In einem alten Van bricht sie zu einem Roadtrip auf und landet durch Zufall in Heavenfield, wo sie beim Tanken auf den sieben Jahre jüngeren Noah trifft. Noah ist fasziniert von Liz. In seinen Augen ist sie die perfekte Frau. Die Sache hat nur einen Haken: Sie ist auf der Durchreise. Hals über Kopf stürzen sie sich in ein Abenteuer, von dem keiner will, dass es endet. Doch ihr altes Leben holt Liz früher ein als gedacht und sie muss sich entscheiden: Ist Noah der Richtige für sie oder ist ihre Liebe nur ein Strohfeuer?

Rettungsring für zwei – Kreuzfahrt-Liebe Band 1

Leinen los! Die MS Stella Maris sticht in See, nimmt Kurs auf die Liebe und steuert mitten ins Herz.

Maries Leben läuft ganz nach Plan. Bis ihr Verlobter drei Tage vor der Hochzeit tödlich verunglückt. Ihre Freundin Eva überredet sie, dennoch in die Flitterwochen zu fahren. Wäre doch schade, die Karibik-Kreuzfahrt sausen zu lassen. Dumm nur, dass es sich bei der Reise um das Romantik-Special handelt, denn nach Romantik steht Marie gerade gar nicht der Sinn. Wenn da nicht Paul wäre, der glaubt, dass sie sich etwas antun will, und entschlossen ist, sie zu retten. Doch das Einzige, was in Gefahr gerät, ist Maries Herz, und ehe sie sich's versieht, verliebt sie sich in den einzigen Mann an Bord, bei dem sie das besser gelassen hätte. Denn Paul ist nicht der, für den sie ihn hält ...

Kennen Sie den …? – Kreuzfahrt-Liebe Band 2

Es gibt einen Mann auf diesem Planeten, den Karrierefrau Victoria bestimmt nicht sehen will, als sie auf Kreuzfahrt geht, um ein paar Tage abzuschalten: den Comedian David Baum. Der macht ihr mit seiner Initiative gegen ihren Pharmakonzern das Leben schwer. Blöd, dass ausgerechnet er als Stargast der Weihnachtsreise durch Mittelamerika und die Karibik gebucht wurde. Auf den Komiker hätte Victoria getrost verzichten können. Doch wie es scheint, ist er der Einzige, der ihr dabei helfen kann, ihren Ex Philipp zurückzugewinnen. Der macht nämlich ebenfalls Ferien an Bord der Stella Maris, zusammen mit seiner neuen Freundin. Und die wiederum würde eigentlich viel besser zu David passen, wie Victoria findet. Wenn da nicht die Tatsache wäre, dass er sie zum Lachen bringt und eine Seite in ihr weckt, die Victoria an sich noch nicht kannte …

Postkarten an Dora – Clara Gabriels historischer Debütroman

Deutschland im Herbst 1905: Wenn es nach ihrem Vater ginge, soll Dora Lehrerin werden, die Mutter sähe sie am liebsten unter der Haube. Doch die Siebzehnjährige hat andere Pläne, denn sie träumt von einer Karriere als gefeierte Schauspielerin im fernen Amerika. Der junge Offizier Alfred verliebt sich in sie, doch auch er kann sie nicht aufhalten. Dora brennt durch und begibt sich auf eine spannende Reise, die sie nicht nur auf die Bühne, sondern auch ins »falsche Amerika« führt. Doch weder mit der Karriere noch mit der Liebe läuft alles so leicht wie gedacht

Clara Gabriel

Köbbinghauser Hammer 20

58840 Plettenberg

post@claragabriel.de

https://claragabriel.de/clarahome.html

Lektorat: Claudia Pietschmann, ebooks-perfekt.de

Coverdesign: Clara Gabriel, claragabriel.de

Coverfotos: ©Volodymyr Martyniuk, shutterstock.com, ©gpointstudio, shutterstock.com

ISBN: 978-3-96698-401-0

HEAVENFIELD HEARTS

Die Farben deiner Liebe

CLARA GABRIEL